Nino dans la nuit

CAPUCINE & SIMON JOHANNIN

Nino dans la nuit

ÉDITIONS ALLIA

16, RUE CHARLEMAGNE, PARIS IVᵉ

2019

*Et on les appelait mendiants ou bien
voleurs suivant leur insistance à vivre.*

Albert Cossery,
Les Hommes oubliés de Dieu

PARADIS ? Nino Paradis ? Bordel c'est qui ta mère, Amélie Poulain ? Qu'est-ce que tu viens chercher ici Nino, tu veux en finir avec ton nom ?

Le mec lève pas la tête de mon passeport et comme je dis rien, il recommence.

– Qu'est-ce que tu viens faire ici ?

– Je veux servir mon pays, je veux être utile en cas d'attentat.

– Si on veut être utile et jouer au boy-scout, on entre dans la police. Si t'es ici, c'est soit que tu crèves la dalle, soit que t'en as marre de ta vie, soit que tu te planques mais autant que tu le saches tout de suite, ça sert à rien. C'est pas parce qu'on donne personne aux autorités civiles qu'on règle pas les problèmes nous-mêmes. Et toi, t'as une tronche à problèmes. De toute façon, on va éplucher ton passé jusqu'à trouver lequel de tes dix doigts tu t'es rentré en premier dans le cul. T'as déjà eu des problèmes avec la justice Nino ? T'es pédé ?

– Non, j'ai jamais fait de prison.

– SERGENT, tu dis SERGENT quand tu t'adresses à moi.

– J'ai jamais fait de prison sergent.

– Et alors, t'as dealé ? T'as vendu de la came ?

– Non sergent.

– Alors, t'as fait quoi ?

– Je me suis bagarré, c'est tout.

– C'est déjà ça. On va t'appeler Paul Dubois maintenant, tu seras canadien, né à Montréal le quatorze février mille neuf cent quatre-vingt-seize. Tu poses tout, le téléphone et le reste, sur la table à côté du bureau. Maintenant tire-toi d'ici, et fais-moi entrer le Chinois qui attend son tour derrière toi.

Ma parole ce mec a des oursins greffés à la place des couilles, c'est pas un drôle.

Je me lève, je récupère le sac qu'il a vidé et j'y remets mes trois slips, mes six chaussettes, mes trois tee-shirts, mes claquettes en plastique à trois bandes, ma serviette et ma trousse de toilette avant de sortir en disant au suivant d'aller se faire engueuler à ma place.

J'ai les épaules mouillées à cause de la pluie, j'ai pris la flotte en venant ici, ça fait chier.

– C'est toi qui viens de sortir du bureau ? Viens sous la barre. Tu fais sept tractions en partant bras tendus et tu vas t'asseoir avec les autres.

J'abandonne mon sac sous le préau, je cours vers la barre, j'en fais dix histoire de montrer que ça va et je retourne m'asseoir là où il pleut pas, à côté du bureau, en attendant que tout le monde y soit passé.

C'est le premier tri, ceux qui tirent pas assez fort sur leurs bras se font dégager tout de suite, ils ont fait tout ce chemin pour rater des tractions et puis se casser, ils sont trois à se faire sortir comme ça. Évidemment c'est l'armée en pire ici, si on peut pas soulever son corps, il vaut mieux pas tenter.

– ALLEZ, AU VESTIAIRE ! ET ICI ON FAIT TOUT EN COURANT !

C'est le sergent qui gueule, alors on court jusqu'à la salle blanche et vide de l'autre côté du préau, là où un légionnaire nous attend et nous allume aussi vite que l'autre.

— DESSABILLEZ-VOUS, ENLEVEZ TOUT, LES CHAUS-SETTES LES SLIPS, TOUT LE MONDE LES POILS ! PLOUS VITE QUE ÇA C'EST PAS OUNE PUTAN D'ASSILE POUR LES RÉFUGIÉS ICI !

Pendant qu'on vire toutes les sapes qu'on a sur nous, la trentaine de volontaires qu'on doit être, il nous fait passer des ensembles de sport bleus, tous pareils.

— SI TROP GRAND OU TROP PETIT VOUS CHANGEZ AVEC LES VOISSINS. VOUS PRENEZ AUSSI LES SLIPS NEUFS LÀ. ICI C'EST FINI LES CHOSSES DE CIVILS AVEC LA QUÉQUETTE QUI BALADE GAUCHE DROITE, COMPRIS ?

— COMPLIS.

— COMPRIS CAPORAL-CHEF, LES TROIS TRAITS ICI SUR LE POITRONE C'EST CAPORAL-CHEF, COMPRIS ?

— COMPLIS CAPULROL-CHEUF !

On a tous pris le pli rapidement, crier compris quand on nous demande compris, même si en réalité c'est la seule chose qu'ils ont capté la plupart, parce qu'on est pas nombreux à parler français. Ceux qui comprennent pas regardent ceux qui comprennent et font comme eux.

Ceux qui oublient de crier quand il faut vont sans doute pas rester longtemps, parce que, pour l'instant, on attend pas grand-chose d'autre de nous que de gueuler en chœur après ceux qui nous gueulent dessus. En même temps on s'y attendait un peu en venant ici, enfin moi.

Une fois tous habillés, le légionnaire caporal-chef nous emmène au pas de course au centre de la cour où le sergent nous attend. On s'installe droits sous la pluie, en colonnes approximatives, en suivant les ordres que le sergent nous gueule.

— QUATRE COLONNES DEVANT MOI.

C'est pas mal, je me dis, d'être entre mecs, en rang comme ça, sous la pluie tous en bleu. Et le sergent commence à nous raconter ce qu'il faut qu'on sache maintenant qu'on est bien installés là où c'est le moins confortable.

— ICI, C'EST COMME UNE AUTRE PLANÈTE, VOUS ÊTES EN IMMERSION TOTALE, COUPÉS DU MONDE EXTÉRIEUR. ON ÉCRIT PAS, ON TÉLÉPHONE PAS, ON SORT PAS. LES RÈGLES SONT PAS COMPLIQUÉES, POUR CEUX QUI LES SUIVENT PAS, VOUS REPRENEZ VOTRE CARTABLE, LE GUIDE DU ROUTARD ET VOUS ALLEZ VOIR AILLEURS SI VOS COUILLES Y SONT. COMPRIS ?

— COMPLIS SORGENT !

Je phase complet, on doit être six ou sept à pouvoir apprécier l'art du verbe du pote à John Wayne, c'est vraiment dommage pour les autres. Comme ils comprennent pas, ils font comme s'ils venaient d'apprendre un truc hyper sérieux.

Ils ont tous la tête de celui qui posera pas de question, qui a rien compris mais qui a quand même compris que s'il comprend rien, il doit faire semblant qu'il comprend tout. On en attend pas moins d'eux, ils sont motivés les gars. Ça flippe dans le rang.

Moi aussi je suis motivé, mais comme je comprends l'ironie du chef, y compris quand il parle de ma mère, c'est l'avantage qui peut me torpiller. Il faut que j'oublie tout ça, que je reste concentré sur tout ce qui ressemble à un ordre.

Même si on crie SERGENT, on est encore nulle part, c'est comme si j'étais dehors. Rien n'est réglé. Alors en attendant une certitude, je fais tout ça et pour l'instant c'est pas si mal, les tractions entre couilles sous la pluie.

On bouge en petites foulées pour passer à l'ordinaire, la cantine où on nous sert des calamars frits et des haricots verts, avec une étrange sauce marron. Moi ça va, j'ai pas peur de l'assiette, je suis un routier de la bouffe de centrale, mais ceux qui viennent de l'autre côté du monde ont pas l'air convaincus par les trucs panés. Personne ne bronche et tout le monde prend sa part.

Une fois tous à table, on a droit à un BON APPÉTIT auquel on répond BON APPÉTIT SERGENT, mais comme on doit être d'une vingtaine de pays différents, ça fait BO APUTE SOLGENT. Et j'essaye de pas me marrer en regardant ce type des Balkans du bout de la table brailler tout ça super sérieusement comme si ça faisait partie des bases patriotiques à intégrer. Il a raison, c'est un peu le cas. T'inquiète pas mon gars, ça se voit que tu le respectes l'appétit du sergent. Une fois assis, plus personne n'en a rien à foutre de l'aspect du plat, tout le monde mange. Je commence à comprendre pourquoi quand je demande au type à côté de moi d'où il vient.

– Tadjikistan.

Parmi les autres à table avec moi il y a un Éthiopien, deux Népalais et le type de l'Est qui vient d'un pays que je connais pas, ou alors j'ai pas compris quand il l'a dit.

Tous ils ont pas l'air d'être à ça près, se taper une assiette de caoutchouc biscotte à la sauce marron. On discute pas vraiment, personne ne parle la même langue à part les deux Népalais, alors chacun reste concentré sur ses rondelles de chambre à air. Il y a aussi une tranche de jambon dans l'assiette, et tout le monde a compris qu'on a intérêt à la manger, la couenne avec.

Ensuite c'est déjà le soir, on s'entasse dans le dortoir tout à fait pourri mais propre où on se couche après la toilette, en attendant de commencer les tests sportifs dès le lendemain.

Je m'allonge en pensant à rien et puis, comme tout le monde, je m'endors vite parce que c'est le mieux à faire. Un peu avant le matin, je crois que je suis réveillé mais je dors encore. Dans le flottement du doute au fond de mes rêves, je vois ton visage puis tout recommence par la mélodie de l'armée.

– ALLEZ BONJOUR DEBOUT ON SE MET DEBOUT! ON VA SE LAVER, MANGER LES TARTINES ET PUIS DANS LA COUR! CELUI QUI SE RASE PAS, IL PREND PAS SA DOUCHE, IL PREND SON SAC ET IL DÉGAGE TOUT DE SUITE!

J'ai le sang qui monte presto me réveiller les yeux, je saute du lit et j'enfile mes claquettes à trois bandes d'athlète cubain, direction la salle d'eau. Douche froide d'une minute au milieu de ces types de partout, on parle pas, on frotte bien, on rase, même si pour pas mal il y a encore rien à raser. Et puis juste après un peu de nourriture très simple, on file dehors, où ils ont installé le terrain pour le premier test sportif.

– TOUT LE MONDE EN LIGNE SUR LES COULOIRS. C'EST PAS COMPLIQUÉ. IL FAUT ALLER À L'AUTRE PLOT AVANT LE BIP, ET REVENIR À CELUI-LÀ AVANT LE SUIVANT. MAIS JE VOUS PRÉVIENS, SI VOUS ÊTES LE PRODUIT D'UNE BAISE FORTUITE ENTRE UN FREIN ET UN PANDA ROUX, VOUS SENTEZ PAS OBLIGÉS D'ESSAYER, CASSEZ-VOUS TOUT DE SUITE. GANG, T'AS COMPRIS?

– COMPLIS SOLGENT!

— ALORS SI GANG QUI EST CHINOIS A COMPRIS, TOUT LE MONDE A COMPRIS. ON FAIT ÇA ET APRÈS VOUS IREZ MANGER. EN ATTENDANT, N'OUBLIEZ PAS QUE LE DERNIER QUI S'ARRÊTE, C'EST LUI LE MEILLEUR.

Bip, c'est parti, la distance doit être de vingt-cinq mètres, on y va pas trop vite au début, on court normal, faut juste arriver au plot avant l'autre bip. Au bout de trois minutes, les plus lourds et les plus fatigués commencent à souffler. Au bout de six minutes, c'est moi qui souffle, une dizaine ont déjà été sortis par le sergent qui leur gueule à chaque fois la même chose.

— SUR LE CÔTÉ, C'EST FINI POUR TOI, TU VAS CHERCHER TON SAC ET TES CLAQUETTES ET TU REMETS PAS LES PIEDS ICI AVANT D'AVOIR APPRIS À COURIR ET À RESPIRER EN MÊME TEMPS !

On accélère toujours, courir, bip, se retourner, courir un peu plus vite, bip, se retourner, courir un peu plus vite, bip, se retourner, courir encore plus vite.

On est sept à être restés dans la course quand je rate le palier qui me fait aller m'asseoir essoufflé sur une des chaises du préau, où ceux qui ont assez couru s'entassent en attendant que la performance des autres finisse.

— Putain mais ils leur donnent quoi à bouffer dans leurs pays, les gars savent pas tenir une fourchette mais on dirait qu'ils ont trois poumons.

Je me retourne sur la droite et je vois le type qui vient de me parler.

— T'es français toi aussi ? Avec un peu de chance si on entre, au bout de quelques années, c'est à nous qu'on demandera de gueuler sur les autres. C'est vrai quoi,

c'est l'armée française, ils vont pas non plus grader les
négros. Tu t'imagines recevoir des ordres d'un putain
d'Africain comme celui qui court tout seul là ? OK, pour
courir il est bon, mais qu'on me demande pas de lui
obéir à lui ou à un autre. Il faut que les choses soient
dans l'ordre logique des choses.

Ce connard a essayé de faire une phrase plus longue
que son cerveau déroulé.

– Et celui qui est entré après la douche vérifier
les dortoirs, il est ivoirien lui, pourtant t'as fermé ta
gueule quand il nous a dit d'essuyer l'eau avec nos serviettes. T'as fait comme tout le monde, tu t'es penché
en avant et t'as essuyé le sol.

– Là on a pas le choix, si on fait pas ce qu'on nous
dit, on dégage, alors je prends sur moi, mais franchement ça me met la rage de devoir faire ce que me dit
un type qui doit tout à mon pays. Un mec comme
ça, il devrait me lécher le cul au réveil avec sa grosse
langue de con.

Il marque une pause qui pue la vieille fierté, je sens
qu'il maîtrise tout le champ lexical de la baltringue
raciste mais qu'il hésite encore un peu à se lâcher.

– Je m'appelle Louis, ça fait plaisir de voir que je suis
pas le seul du cru au milieu de la jungle.

– En même temps, Louis, t'es à la Légion étrangère
ici, pas aux scouts de Versailles, tu t'attendais à quoi ?

Ce mec me les brise, j'ai envie de lui nouer les cordes
vocales au rectum et de m'en servir comme d'un arc
pour chasser la palombe.

– Franchement ? Un traitement de faveur quand
même. Nous on est là parce qu'on aime notre pays, pas
pour venir gratter parce qu'on sait rien faire d'autre.

– T'inquiète pas, on va tous faire la même chose avec la même solde, et ceux qui sont là uniquement pour elle, au moins ils en seront contents. De toute façon, l'argent va nous servir à rien puisqu'on a pas le droit d'acheter quoi que ce soit de solide avant cinq ans de service. Et puis t'as vu combien on est de Français? C'est pas comme si ça se précipitait des quatre coins du pays pour s'engager et sauver la patrie.

– Mais ça t'emmerde pas toi, de voir autant d'étrangers ici, surtout des pas blancs comme ça là?

Ça y est, il décomplexe, ma parole, ce mec est vraiment très con. Il a cru quoi en venant ici, qu'il allait cueillir des fraises en tenant la jupe à Bernadette? Je me tais, je laisse faire tandis qu'il continue à me parler de son voisin de chambre qui pue de la gueule, des pieds pourris d'un autre, du manque d'hygiène qui augmente en fonction du taux de mélanine de la peau. Il a rien à foutre ici je me dis. Ce mec voit tout de travers, il pète tellement plus haut qu'il croit être le plus beau des culs.

Il enchaîne avec la bouffe qui est dégueulasse et le dortoir vraiment délabré. C'est vrai qu'il est plutôt rustique le dortoir. Au bout d'un moment, je saisis la perche qu'il me tend.

– Ferme-la un peu deux minutes, si t'es là pour te plaindre il vaut mieux que tu te casses. Ici, ceux qui se plaignent, c'est des faibles et des fiottes, et je sais pas si t'as remarqué, mais on en croise pas beaucoup depuis qu'on est là.

Le type me regarde comme si je lui avais planté mon zob de force dans la bouche pour lui pisser sur la glotte. C'est la première fois que j'utilise le mot fiotte depuis longtemps. Je pense à Malik, et à la tarte qu'il m'aurait collée sur la nuque s'il m'avait entendu, mais lui dire ça, c'était lui faire une petite douche d'ego au foutre d'âne façon Nino, un vrai plaisir.

En fin de matinée tous les groupes sont passés, et, comme à chaque fois qu'il y a une pause, le sergent se met à gueuler.

— TOUT LE MONDE EN RANG, À L'ORDINAIRE. MÂCHEZ BIEN SINON VOUS ALLEZ VOUS CIMENTER LES CHIOTTES, ET C'EST PAS MOI QUI IRAI LES DÉBOUCHER, COMPRIS ?

— COMPLIS SOLGENT !

On dirait bien que ça le fait marrer de dire des trucs auxquels la plupart des candidats entravent que dalle, ou alors c'est la méthode locale pour apprendre le français, j'sais pas. On trace à la cantine, ça tombe bien parce qu'on a tous faim. J'esquive le trou-du-cul pour aller m'assoir à une table où il y a Gang, le Chinois qui s'est fait rouster après moi, un Biélorusse et un Philippin.

Le Chinois et le Philippin échangent dans un reste d'anglais qui passe à la broyeuse côté chinois, pendant que le Biélorusse est concentré sur ses épinards aux œufs durs.

Je m'incruste dans la conversation. Quand je leur dis que je suis français, ils font une drôle de tête en alignant les trois mots qu'ils connaissent. Pour eux un Français a mieux à faire que de venir ici. La Légion c'est pour les gars comme eux, les pauvres des régions pauvres.

Je leur explique dans mon anglais aussi à chier que celui du Chinois ce qui m'attire.

— Je suis là parce que c'est bien, armée normale nulle
à chier, Légion beaucoup mieux, toujours trucs lourds
à porter, like it, and you, good ici ?

La flemme de tout raconter avec les vingt-sept mots
que je connais, et puis on est pas là pour blablater sur
le passé, expliquer pourquoi on est ici.

— Oui c'est bien, à manger tous les jours, important.

Oui important, le sport, un lit et bientôt l'argent
à envoyer si on entre, avec le képi blanc et tout ça.

On parle doucement parce que parler anglais dans
un centre de recrutement d'un corps d'élite de l'armée
française, c'est pas le meilleur truc à faire je me dis, on
sait jamais trop ce qu'il faut ou pas pour être recruté.
Alors eux se débrouillent pour caser les quelques mots
bleu blanc rouge qu'ils ont appris sur la route.

— Travailler longtemps chez vous pour la paye du
légionnaire ?

— Un year pour la Chine.

— Same, plus dans ma région, lieu pauvre aux
Philippines.

— You come for the monnaie ?

— Yes the best chance pour nous c'est ici, pas possible
mieux ailleurs, ici bien, même si loin. Sinon pas pouvoir travailler légal, obligé illégal. Et vie illégale, c'est
pas bien à vivre, de la merde.

— Dans Philippines j'ai fait armée, super dur, prison
très facile et argent, rien. Ici c'est bien, vous la chance
en France.

— Putain ouais tu l'as dit, on a la chance.

C'est clair qu'à côté d'eux, j'ai l'air d'avoir fait une
petite promenade en atterrissant ici, j'ai au moins pu
me permettre quelques conneries avant.

– C'est veut dire quoi putan?

– Putain c'est fuck, en français. Si t'es pas content, tu dis putain.

– OK, putan j'ai le froid ici.

– Voilà, comme ça c'est parfait.

– Je veux la putan de monnaie.

– Ça aussi ça marche.

Ils savent qu'ils sont loin, qu'ils vont pas rentrer avant perpète si seulement ils rentrent un jour. C'est trop compliqué leur vie, moi je comprends pas, c'est en dehors de ma grille de gars d'ici. Je peux pas saisir le destin de mes deux nouveaux potes. Je veux pas trop poser de questions parce que ça pue la tragédie au bout de chaque phrase, alors pour passer le temps je reste dans les banalités.

– C'est quoi vos noms, vous avez quel âge?

– Le name and old? Je s'appelle Gang maintenant, là vingt-sept années, toi?

– Je s'appelle Groot.

– Groot?

– Non je déconne, moi c'est Nino, j'ai vingt ans. Et toi?

J'ai zappé de leur dire mon nouveau nom, mais Paul Dubois ça pue la merde, impossible de m'y faire, ça rentre pas.

– Ralph-Andrew, j'ai vingt-quatre.

Lui aussi il l'a gâté je me dis, en repensant au sergent qui distribue les prénoms.

– Et vous êtes venus ici comment guys?

– Ici? À pied.

– Yes au pied.

– Lui marche sur l'eau, moi police chinoise et nous arriver à Fontenay-les-bois pour fuck les petits Français au test de légionnaire.

Voilà ça y est, on rigole un peu, le Biélorusse à côté s'est joint à nous, il comprend rien mais c'est mieux que d'être tout seul, alors il rigole quand on rigole, parce qu'ici pour un Biélorusse, voir un Chinois se taper une barre de rire, ça suffit pour se marrer aussi et *vice versa*, c'est pareil pour moi, c'est tous camarades comme dit Gang.

On essaye de dire des blagues mais ça marche pas parce qu'on comprend pas, ça nous fait rire quand même parce qu'on en a envie.

Ils sont pas très grands tous les deux. Gang ressemble à un chat qui a mal bouffé depuis longtemps et Ralph pas du tout, son cou est large comme ma cuisse, un balèze.

Je pense aux méfaits de la guerre qui a exporté du Ralph-Andrew et du Jean-Pierre aux quatre coins du monde. Y a pas à dire, on leur a pas donné le meilleur, et ici encore ils sont pas partis pour se taper l'entame du gigot, mais bien pour bouffer les balles en premier.

– Si ça prend pas la Légion, vous faites quoi ?
– Si pas Légion ? Pas la question, c'est Légion tout court. Pour l'instant y a Légion, pas viré pas sorti alors on continue.

Un point pour eux. On finit de manger notre yaourt présucré avant d'aller poser les plateaux et de retourner dans la cour où nous attendent les tests psychotechniques.

J'ai le seum qui me remonte d'un coup dans la bouche, le pourquoi j'ai fait ça, pourquoi je suis là au milieu du concentré des galériens, des prêts à crever canon en avant pour un smic.

Je trouve que ma misère est à chier à côté de la leur, et que le Louis est un sacré gros connard. Comme si c'était évident d'être né ici. On est parti de là où on est arrivé, on a rien choisi du tout, personne. C'est la loterie, c'est tout.

Comme a dit l'autre tout à l'heure, ici on part avec la chance en plus. Je me dis que c'est con, j'avais la mienne de chance pour faire quelque chose, et j'en suis déjà à la deuxième, du grand Nino.

J'essaye de pas y penser, est-ce qu'ils l'ont retrouvé? Est-ce qu'il y avait une caméra quelque part? Je m'en bats les couilles, personne peut venir me chercher ici.

Le caporal-chef débarque et hurle comme à chaque fois qu'on est assis.

— DEBOUT, FACE À MOI TOUT LE MONDE !

Une fois tous placés le menton en l'air, je me dis que les slips de la Légion ça fait chier, je suis trop compressé là-dedans. Et puis l'autre enchaîne, cette fois avec trois types pour traduire en russe, en polonais, en anglais et les autres démerdez-vous.

— ICI, ON VA TESTER VOTRE FORME À L'INTÉRIEUR DE LA TÊTE, ON EST PAS LÀ POUR FORMER DES EINSTEIN, MAIS LES GLACES AU PÂTÉ AVEC UN QI D'HUÎTRE, ON VA AVOIR QUELQUES PROBLÈMES. LE LÉGIONNAIRE, IL EST INTELLIGENT, IL CONNAÎT SON MATÉRIEL. EST-CE QUE C'EST COMPRIS ?

— COMPLIS SOLGENT !

— BON, ALORS ENTREZ LÀ-DEDANS ET INSTALLEZ-VOUS.

Dedans, c'est une salle de classe classique, avec des panneaux entre les tables pour que les candidats ne s'inspirent pas les uns des autres. On s'asseoit et on commence à cocher les cases, à trouver les suites logiques, entourer les formes et compter les numéros.

Au bout d'une heure on a tous fini, sauf les quatre ou cinq en stress qui savent que le talon du sergent va leur passer sur le cul direction la double grille de l'entrée. Pour eux c'est retour dans la rue, avec leurs trois slips et leurs six chaussettes. Il leur reste quoi à tenter après ça ?

Moi j'y pense pas trop, ni à l'avant, ni à l'après. Bien sûr, j'ai des remords en pensant à toi, j'ai bien chié dans les roses mais j'ai pas vraiment trouvé mieux à faire. Peut-être une fois entré, une fois le contrat signé, tout ça, ça existera plus.

Et dans quelques mois, après avoir rampé dans la boue et récuré des chiottes avec mes doigts, et une fois reçue dans la gueule la grande tarte que tu me mettras sans doute en préambule de nos retrouvailles, je pourrai t'emmener boire un verre à la terrasse d'une ville ensoleillée.

— LES TESTS, POUR CEUX QUI ONT RÉUSSI, LE RÉSULTAT EST CORRECT, C'EST ASSEZ, MAIS C'EST PAS TERRIBLE, OK ? LES CHOCOLATS, LES COCAS ET LES AUTRES COCHONNERIES SUCRÉES VOUS RENDENT MOUS. VOUS ARRÊTEZ TOUT ÇA, VOUS VOUS METTEZ AU CAFÉ NOIR. ÇA DONNE LA NIAQUE. QUE DU CAFÉ NOIR, PLUSIEURS LE MATIN, IL FAUT QUE L'ESTOMAC IL COURT DEVANT VOUS À L'EXERCICE. ET PAS LE LAIT DES ENFANTS, LES CHOCOLATS ET TOUT LE TRALALA. ÇA, ÇA VOUS MIXE LE CERVEAU. UN LÉGIONNAIRE A BESOIN D'AVOIR L'ESPRIT CLAIR, VIF. LE LÉGIONNAIRE, IL EST PAS SUCRÉ, IL DOIT ÊTRE TROP DUR À MÂCHER POUR LE LION. LE LÉGIONNAIRE, C'EST LUI QUI LE MÂCHE LE LION. ALLEZ, MAINTENANT VOUS ATTENDEZ DANS LA COUR QU'ON VOUS APPELLE POUR LES ENTRETIENS.

Rien que pour avoir le droit de dire des trucs pareils, j'ai bien envie d'attraper quelques galons. Le mec a vingt-cinq ans de café noir sans sucre derrière lui et j'aimerais bien voir la gueule du fauve qui essaiera de le bouffer. Il a même pas de muscles, on dirait qu'il a que des os et du bois soviétique pétrifié sous la peau. On dirait qu'il a gardé le plus dur et viré tout le reste.

Dans la cour, à côté de moi, Taras, un Ukrainien de vingt et un ans, en France depuis déjà plusieurs années, discute avec Jean-Paul, le seul Gabonais du groupe, onze ans de plus que lui, un des plus âgés.

Je me fais chier à attendre, alors je m'occupe en écoutant leurs paroles prophétiques.

– Il faut penser en avant, Jean-Paul, toujours en avant. Si tu penses en avant c'est bien, si tu penses en arrière, tu penses aux problèmes, et c'est pas bon.

– Oui, seulement je sais pas si ma femme m'a quitté parce qu'elle ne m'aimait plus ou parce que l'avenir puait vraiment la merde. Si je suis pris ici, peut-être que je peux la retrouver.

– Mais tu dois pas penser à ça maintenant, tu peux pas réfléchir romantique, comment on dit déjà, gamberger, tu dois focus sur courir, sauter, bien respirer et baisser les oreilles. Si tu passes, quand tu auras la paye, tu envoies les sous et tu verras bien mais là, gamberger maintenant c'est pas bon.

– C'est que je trouve l'esprit de l'armée bizarre, le physique c'est bien, mais franchement tuer, je ne sais pas si je suis prêt à ça.

– Mais tu t'en fous de tuer, si t'as pas le choix t'as pas le choix, c'est le boulot, tu crois que t'as le choix Jean-Paul? Tu fais quoi là si tu retournes au civil?

— Je fais quoi ? Je vais m'asseoir dans un parc et avec un peu de chance, la police me contrôle et me renvoie manger du sable au pays.

— Et t'aimes ça toi le sable ?

— Non j'aime pas ça, mais quand je vois la ration, des fois j'hésiterais presque.

— Je vais te dire, Jean-Paul, moi je suis venu ici depuis Ukraine. Ukraine, c'est pas Afrique mais quand même, j'ai travaillé c'était moins de deux cents euros pour le mois, et quand je dis travailler, putain c'était travailler beaucoup. Ici beaucoup plus d'argent pour les étrangers parce qu'on a dit OK de mourir pour la France. Mourir, je m'en fous, c'est pas l'intéressant, l'intéressant c'est l'argent. Avec la solde, je peux donner à ma sœur pour ses études parce qu'elle va réussir, il faut juste l'aider. Puis je donne à ma mère, pour elle et le petit frère. Moi j'ai pas besoin, ici y a les habits, manger et dormir sec, donc je fais ça et quand les études de ma sœur c'est fini, je verrai, sans doute je me casse. Mais je pense pas, si je pense trop, après mon corps se souvient de tous les problèmes, et là c'est fini.

— Oui tu as raison, mais quand j'arrête de penser avec la tête, c'est le cœur qui me prend. Je vois ma femme et je me dis que si je peux régler un peu tout ça pour qu'on puisse vivre assez bien, peut-être qu'elle reviendra, parce que tu vois, je pense pas qu'elle m'aime plus, c'est le désespoir qui l'a fait partir.

— OK, alors ça c'est l'objectif, retrouver ta femme. Mais en attendant il faut pas le voir, il faut voir que les étapes à passer. Quand je suis venu en France tout seul, j'ai pas pensé à la famille derrière, j'ai regardé ce que j'avais devant. Si c'est une ville, hop, je traverse la ville, si c'est la forêt, hop, je traverse la forêt, si c'est la police polonaise, je cours. Quand j'ai vu Allemagne après Pologne, il y avait l'eau entre les deux, c'était l'hiver et bien j'ai vu l'eau et hop, j'ai nagé, j'ai traversé la frontière et je suis arrivé en Allemagne. J'ai failli crever de froid mais je suis là. Dé-ter-mi-né, Jean-Paul. Une chose à la fois. Toi, tu dois oublier un peu ta femme, surtout dans le bureau. Là, c'est l'entretien, réussir l'entretien c'est être dur, déterminé, tu penses la Légion et pas le reste, tu penses soldat pas romantique, ici ils veulent pas le passé, ils veulent ton corps, ta force et l'esprit vif pour faire la guerre. Tu fais le passé comme si pas trop important, important le képi blanc, c'est tout.

– T'as raison Taras, c'est toi qui as raison.

– TARAS, DANS LE BOUREAU !

C'est le caporal qui hurle les noms pour que le suivant entre vite dans le bureau une fois l'autre sorti.

Taras se lève et file au pas de course. Pendant ce temps-là, moi je suis comme Jean-Paul, quand j'arrête ma tête c'est mon cœur qui me parle.

– Ça va Paul ? Hey Paul, t'es à l'ouest ?

– Hein ? Excuse-moi, c'est juste ce prénom, j'arrive pas à m'y faire, dans ma tête c'est Nino, y a pas moyen.

– Va pas raconter ça au sergent, ça va pas lui plaire.

C'est Naël qui est venu se foutre sur la chaise à côté de moi. Je lui réponds mollement, la tête un peu lourde à cause de l'ambiance martiale, parce qu'entendre gueuler tout le temps, ça finit toujours par m'endormir.

– T'inquiète pas pour moi quand je suis face à lui, je sens que la crotte au cul que j'ai c'est pas la mienne, c'est celle de Paul Dubois, ça revient tout seul. Pourquoi t'es là toi, vu que t'as le droit de traverser ce pays sans risquer de te faire envoyer foutre par des talibans, une police secrète ou je sais pas quoi?

Je préfère demander, parce qu'à part le délire un peu maso ou la super fibre patriotique, quand on voit le destin des gars d'ailleurs, on comprend mal pourquoi nous les Français on viendrait ici. Y a un truc pas logique, genre gros décalage.

– Le droit de traverser le pays, t'es marrant toi, je peux le traverser le pays mais elle va durer longtemps la traversée, parce qu'avec ma gueule je dois pas m'arrêter qu'aux feux rouges.

– Ah ouais?

C'est vrai qu'il a une tronche de pas-comme-eux, grosse balafre sur la joue, mais juste tombé à vélo petit. Les yeux super noirs et les lèvres qui, quand elles se pincent, donnent l'impression de pouvoir péter le monde en deux. Une allure à tout niquer malgré lui.

– Sans te mentir, si je croise un flic il me contrôle, sauf s'il est déjà occupé.

– Et quoi, on te contrôle souvent?

– Si je traverse Paris en voiture du nord au sud c'est trois, quatre fois. Plus si la voiture est belle, à pied je te raconte pas.

– Ah ouais, ça fait chier.

– Disons qu'à partir de la fin du collège, il a fallu que je m'habitue, ou plutôt que j'intègre ça, que c'était un truc possible quoi, que ça m'arriverait sans doute. Enfin, que ça peut m'arriver plus facilement qu'à d'autres. Mais en vérité, j'suis venu parce que j'en ai marre de la ville. Depuis tout petit, que du béton, du béton partout. Il me faut de la nature là, sinon j'vais devenir fou. Je voudrais entrer au 2REG, le génie

montagne, et quitter un peu les cons de la ville pour
voir des mouflons. Et toi ?

— Moi, c'est pas exactement le conte de fées du siècle
non plus, j'ai décidé de venir ici après

— PAUL, T'ES LE SUIVANT, DANS LE BUREAU, BOUGE-
TOI, T'ES PAS CHEZ LA PRINCESSE ICI.

Je suis déjà debout et je trace en pensant en avant,
pas en arrière, je baisse les oreilles, courir sauter, tac-
tac. Déterminé.

J'arrive dans le bureau où le sergent me flingue des
yeux.

— Assieds-toi. Pourquoi t'es venu ici Dubois, t'as
foutu ta copine enceinte et t'assumes pas ?

— Non sergent, je suis là parce que j'aime mon pays.

— Et si t'aimes ton pays, t'as pas mieux à faire ?

— Non sergent, pas mieux à faire.

— C'est ton téléphone ça ?

Il sort mon téléphone d'une enveloppe.

— Pourquoi il y a presque rien dedans ? C'est qui les
quelques numéros qui restent, Lale, Malik et les autres,
c'est des gens à qui tu dois du pognon Dubois ? T'as
des dettes, tu veux pas payer tes dettes et tu viens te
planquer ici peut-être ?

— Non sergent, j'aime pas les dettes, j'en ai jamais eues.

— Tu sais qu'ici on est payé pour être méchant ?
Tu sais qu'ici gentil, c'est pas un métier ? T'es un gentil
ou un méchant Dubois ?

— Le légionnaire est agressif au combat mais sans
haine pour l'ennemi, sergent. La seule chose que je
veux faire, c'est suivre méchamment les ordres.

— Tu fais pas d'esprit avec moi, avec moi tu réponds
aux questions normalement ou tu gardes ta bouche

fermée. T'es pas un de ces couillons de blancs-becs qui
vient ici pour faire le dur après s'être fait larguer ? T'es
sûr de ça ? Parce que si t'es une pleureuse de bananier
ou que tu te planques parce que t'as engrossé la fille de
ta concierge, on va vite le savoir. C'est pas parce que la
porte est ouverte que c'est la colonie des enfoirés ici.
Alors, réponds-moi, y en a une dans ce téléphone avec
qui t'as une histoire ?

— Oui sergent.

— Et tu vas te barrer parce que tu sais qu'elle t'attend ?

— Non sergent, elle m'attend pas.

— Donc elle t'a largué, tu te fous de moi ou quoi ?

— Non sergent, elle m'a pas largué, elle m'attend pas
c'est tout, elle fait sa vie.

— Et les mois passés sans voir personne, ni ta famille
ni tes amis tu vas les tenir ?

— Oui sergent, les camarades tiennent, je tiens aussi.

— Va pas croire que t'as le mental d'un de tes potes
qui a failli crever douze fois pour venir ici, les comme
toi je les connais, vous êtes rien à côté, des merdeux,
des bourgeois. Le légionnaire c'est pas un bourgeois,
t'es prêt à crever s'il le faut en étant moins payé que
celui qui ramasse tes merdes ?

— Avec votre respect sergent, dans le civil c'est pareil,
mais sans les armes, alors à choisir je préfère apprendre
à tirer.

— C'est ça, on va fouiller l'historique de ton téléphone, t'es sûr que t'es pas pédé ? Je te préviens, on va
le savoir tout de suite.

C'est quoi sa fixette avec ça, on va quand même pas
me faire croire qu'aucun légionnaire n'a jamais sucé
les couilles d'un camarade, y a qu'à voir la taille des

shorts de l'uniforme, on dirait un putain de complet Gay Pride.

– OK, on verra bien. T'es prêt à perdre ton sang pour la France ?

– Comme je vous l'ai dit sergent, je préfère le perdre pour la France que pour Lidl ou Michelin, au moins ici je fais du sport avec des copains et j'apprends à tirer.

– C'est ça pour toi servir ton pays ? Et pour économiser du sang, t'es prêt à suer ?

– J'adore suer sergent.

– Sors d'ici avant que je décide de comprendre qu'à chaque fois que tu l'ouvres c'est pour te foutre de ma gueule.

– À vos ordres sergent.

– À mes ordres c'est ça, et fais rentrer Mescouillesenski là, c'est le suivant.

Je transmets à Nikita, le Biélorusse, avant de regagner ma place où glander en attendant que tout le monde passe au coup de pression.

Le reste de l'après-midi se tue comme ça, au rythme des noms gueulés tous les quarts d'heure depuis le bureau.

Je fume une des clopes de Gang en me demandant s'il y a quand même moyen de se détendre de temps en temps avec un pilon d'une bonne herbe une fois engagé.

Je me dis que le type qui, avant même d'être volontaire, se demande ce qu'il risque s'il ramène de l'herbe, il est pas parti pour faire un bon élément. Où que je sois passé, bizarrement le bon élément c'était pas moi.

Gang révise à fond le code d'honneur du légionnaire, alors je l'aide à l'apprendre.

Sinon c'est simple, s'il se plante quand on va le lui demander, c'est moi qui vais manger les C'EST DE LA MERLDE et les NOULE À CHIER du caporal qui accompagnent les grosses tartes sur le crâne qu'il balance quand un truc lui va pas. Alors je le fais répéter, jusqu'à ce que ça rentre complètement.

— Legiounaire, tu éte oune voluntaire, seurvant la France avec Honneulr et Fédiélitè. Chaque legiounaire éte ton frère d'arme quelquesoite sa nationalité, sa rlace, sa rèligion. La mission éte sacrlé, tu l'essecutes jusqu'au boute et, si le faut, en opérlation, au péril dè ta vie.

Celle-là, elle me tente moyen. Ça veut dire quoi, que si l'officier me dit "on va là-bas mais vous, vous y allez d'abord", il faut y aller? Honneur, Fidélité. Honneur, c'est mourir. Fidélité, c'est de le faire parce qu'on le demande. Si c'est ça le deal après tout, il faut bien qu'il y en ait pour ouvrir la voie. Tu es un volontaire, on dit au début. Ça veut dire viens pas te plaindre plus tard on t'avait prévenu, personne n'est venu te chercher, alors maintenant que t'es là, tu fais le job et tu fermes ta gueule, et si le job c'est d'aller crever, alors tu vas crever et tu fermes ta gueule. Malin.

— Au cumbat tu agis sane passion et sane haine, tu rlcspectes les énnémis vaincus, tu n'abanedonnes jamais nites morts, nites blessés, nites arlmes.

— Les potes avant les meufs, en gros.

— Quoi?

— Rien, oublie, je parle tout seul. Gang, tu penses que tu vas t'engager pour combien?

— Je veux cinq ans et puis cinq aprlès, et si toujourls bon cinq aprlès.

– Ça fait quinze ans, putain c'est long ça, et tu veux une famille?

– Avant la famille, je veux claquer la bouche à la misèrle, putan.

– Gang, dis-moi, c'est quoi un Chinois pauvre en Chine?

– Hein? C'est rlien.

– Non mais je veux dire, il vit avec quoi, il a quoi?

– Hein? Avec rlien, sinon il est pas pauvrle.

– Ah, et il se débrouille comment?

– Il se débrlouille pas, il crlève. En Frlance?

– Ça dépend.

– Ça dépend quoi?

– Ça dépend, s'il est français, c'est la merde, mais moins que s'il a pas de papiers, il a tout de même des droits.

– Des drloits? Ah les drloits de l'homme là.

– Ouais, Jean-Paul il dit que c'est les droits de l'homme blanc. Bref, le Français peut recevoir des aides, pour pas crever de faim, juste pour survivre quoi. Mais c'est pas facile à avoir, il faut des papiers, une adresse, c'est plein de galères et ça suffit vraiment pas. Et puis beaucoup de ceux qui en ont pas besoin disent que c'est dégueulasse d'aider les pauvres. La plupart de ceux qui en ont besoin, ils le font pas, c'est trop compliqué, et les gens qui s'occupent de ça, ils font tout pour que ça marche pas longtemps.

– Norlmal, si lui il trlavaille parlce qu'il y a les pauvrles, il faut pas que les pauvrles gagnent tous de l'arlgent, sinon lui il irla plus trlavailler. Métier de con ça. Et s'il a pas les papiers, c'est comme moi ça, il peut venirl ici si en forlme, sinon c'est vie de clandestin, juste de la merlde.

– Ouais, c'est de la merde.

– Ici c'est Un et Deux et Trlois Zerlo, même les poubelles c'est rliche.

– T'inquiète pas, pour plein de gens ici aussi, les poubelles c'est riche. Allez, répète ce truc encore une fois.

– Legiounairle, tu éte oune voluntairle, seurlvant la Frlance avec Honneurl et Fédiélitè. Chaque legiounnairle ète ton frlère d'arlme queque soite sa nationalité, sa rlace, sa rèligion.

On répète ça jusqu'à l'appel du repas du soir qu'on avale vite avant de retourner au dortoir. Au bord des lits on parle pas, ça donnerait au capo-chef un prétexte pour nous gueuler dessus. Mais je vois les corps. Beaucoup sont fatigués, certains très larges d'avoir déjà affronté de sales morceaux de la vie. Des cicatrices, sur la poitrine et parfois dans le dos. Des très grosses cicatrices, des qu'on se fait pas tout seul, et des tatouages dans toutes les langues. Des talismans cousus à l'encre sur les cœurs de ces types qui ne sont venus qu'avec leur peau, leurs trois slips et leurs six chaussettes.

Putain ça me déprime. Y en a un, le Tunisien, il a même tatoué les noms de ses proches depuis qu'on lui a tiré son sac avec les photos dedans. Il a plus rien, juste des noms rentrés de force sous un morceau de peau. Ça lui fait comme une rivière d'arabe qui coule de travers sur son torse, qui part au-dessus de l'épaule droite pour finir en écume sous le sein gauche. Un coup de tempête qu'il s'est piqué sous la peau pour pas oublier le rodéo en zodiac qui le sépare de sa vie.

Pourquoi ? Argent. Monnaie, monnaie, monnaie. Je fais des rêves étranges. Les corps nus des camarades

sont allongés devant moi, toutes leurs teintes coulent
sur le sol et glissent sur les murs. Ça crée des ara-
besques de couleurs blanches, mates, noires, jaunes,
rousses. Un liquide moiré, une substance or qui
court entre la peau et les tissus qui transportent le
sang. Je regarde les corps, ils sont tous translucides.
Je vois les vaisseaux, les veines et les artères, les pouls
qui battent. L'irrigation des sexes et des mains. Sous
les paupières, je devine les yeux qui bougent sous
l'opercule de l'angoisse, dans le douloureux bain du
sommeil.

Je vois mon corps à moi, il a pas bougé. Étendu sur le
lit où je dors. Je traverse doucement la pièce, je marche
sur les couleurs qui roulent, glissent sous la porte vers
les douches, avant d'entrer sous terre par une des
bondes qui parsèment le carrelage. Tout ça devient
rouge pour descendre abreuver le diable.

Le lendemain, on est tous debout, rasés, le lit au
carré et le corps au garde à vous. Aujourd'hui, les tests
médicaux. D'abord le dentiste, toutes les dents une
à une, opération, oui, non, OK. Mâcher, serrer fort,
ouvrir, fermer, OK.

L'écoute du cœur, bien respirer, devant, derrière,
encore à fond, OK. Fracture ? Opération ? Maladie
héréditaire ? Sida ?

Pour certains c'est le flip, des choses à cacher, un
kyste de merde qui traîne à l'intérieur de la cuisse,
un œil moins performant que l'autre, un poids réduit
à la limite après des mois passés dans la rue, sur la
route ou pire, des maladies pour lesquelles on renvoie
définitivement. L'ambiance est tendue. La porte du
médecin chef reste ouverte, j'entends l'aspirant engagé

volontaire Louis-mes-deux-couilles-sur-ton-front se faire allumer à l'intérieur par le doc.

– Tu es sûr, tu veux faire la Légion ?

– Oui je suis sûr.

– Attention hein, c'est pas l'armée régulière, on est pas chez les schlabords ici. Y a plus de droits de l'homme, ici c'est dévore de l'homme et c'est tout. C'est que les devoirs, le reste tu oublies. T'as pas essayé de t'engager dans l'armée de terre ? Tu es sûr, tu veux être un légionnaire ? Parce que, je te préviens, le légionnaire il part au front en courant et il s'arrête que quand c'est fini.

– Je veux être là pour faire respecter les lois de la France, qu'elles soient fortes partout.

– Les balles, elles, elles respectent pas les lois, tu devrais essayer de faire CRS plutôt, c'est plus tranquille ça, tu tapes sur les vieilles en manifestation l'après-midi, et le soir tu retrouves ta femme au chaud. Si tu veux jouer les forts c'est mieux pour toi, t'auras un casque pour te protéger des cailloux. Ici tu as le béret pour leur dire qui tu es, et que le diable pour t'aider à éviter ce qui t'arrive dans la tête. Et je te préviens tout de suite, on fait pas la guerre avec des boules de pétanque. Ici c'est pas un jeu, c'est très sérieux.

Et le Louis sort en slip, parce qu'on est tous en slip, peut-être pour voir si on aurait le moindre problème à passer la journée entre mecs en sous-vêtements, peut-être parce que ça va plus vite. Je le vois du bout du couloir qui devient plus pâle encore que sa peau de cas social des Ardennes. Il avance un peu jusqu'à prendre la lumière qui sort de la porte ouverte du bureau suivant, puis il tombe. D'abord il chancelle bizarrement, il dit "les gars" et s'effondre comme un mec qui essayerait de faire le ramadan, mais sans boire non plus la nuit.

Maintenant il est tout blanc, le dessous de ses yeux tire au noir-violet, ses lèvres en cire, bref une vraie sale gueule. Il convulse un peu, on lui met des tartes pour que ça passe et qu'il se relève sans appeler le doc, sinon il est grillé. Mais visiblement il veut se griller tout seul, il s'agite en respirant comme un dindon qui gonfle le cou. Désabusé, un des gars appelle le doc qui sort aussi nerveux que moi quand je me nique un orteil sur un coin de porte, et qui colle deux grandes claques au Louis.

– DEBOUT, ALLEZ, LÈVE-TOI, SI TU TE LÈVES PAS, C'EST FINI !

Et l'autre au sol qui geint parce que la tête lui tourne. Putain mais ça va mec. On a tous des vertiges quand on se lève, au pire t'en profites, ça te fait un petit moment où le cerveau se défonce tout seul, c'est offert par la maison. Il marmonne des conneries et puis comme il veut pas faire d'efforts, deux le prennent sous le bras et vont le poser ailleurs, juste le temps qu'il retrouve la force d'aller se faire foutre derrière les doubles grilles. Le doc est furieux, ses narines de Slave pourraient sniffer des kilos en une fois tellement elles sont dilatées.

– C'EST N'IMPORTE QUOI ÇA, NOULE À CHIER ! UN LÉGIONNAIRE IL FAIT JAMAIS ÇA, GIGOTER COMME ÇA, COMME UN ENFANT, MÊME SI JE FAIS UNE CRISE CARDIAQUE, JE BOUGE PAS ! RIGUEUR ! COMPRIS ? RI-GUEUR ! ALLEZ ! VOUS PASSEZ TOUS À LA PESÉE MAINTENANT !

On passe à la pesée, soixante-huit kilos. Le type qui note me dit de tout manger, sinon je vais pas tenir sur le long terme. Pour l'instant ça rentre dans les critères, mais une fois l'entraînement commencé, ça peut descendre vite. Et si ça descend trop c'est pas bon.

On fait la queue tous en slip dans le couloir pendant que le doc donne les consignes pour l'étape suivante.

— Si je dis TOILETTE PISSER, tu prends, tu pisses dans le bocal, et tu ramènes ici. Une fois que j'ai fait le test, tu repars vider, tu nettoies le bocal et tu donnes au suivant. C'est clair? TOILETTE PISSER!

C'est très clair. C'était surtout pas prévu, putain de merde qu'est-ce que je suis con, évidemment, un putain de test d'urine c'est pas pour voir si j'ai des globules blancs qui partouzent bien avec les rouges, mais pour vérifier si des fois on serait pas des abrutis de camés.

En même temps sans défonce je serais jamais venu ici, cette histoire est complètement baisée d'avance. Toute cette merde a comme d'habitude commencé une nuit où je dormais pas, alors évidemment j'ai des traces de toutes les couleurs qui vont sortir de par en bas. Il va pas se contenter de dire qu'il y a quelque chose de pas net, c'est un vrai feu d'artifice qui va lui sauter à la gueule, il va voir la Grande Ourse lui faire des appels de phares depuis le fond de ma pisse avant de le rafaler. Je prie pour que la bandelette du test fonde immédiatement au contact de mon cocktail d'urine aux douze traces de drogues.

Je stresse, je suis pas le seul. Devant moi y a Nartay, il est kazakh et il comprend vraiment que dalle, il y a plusieurs pots à pisse, je sais même pas si c'est lui qui va me donner le sien après l'avoir rincé. Nique, c'est ça ou dehors. Je tente quand même.

— Nartay, vide pas ta pisse complètement, je suis dans la merde, laisses-en un peu.

— Hein? Je pissé quoi?

– Ta pisse, pipi là, pas tout jeter, pour moi, moi pisse pas bon du tout.

– Toi pas pisser bien ?

– Non pas bon du tout !

– Ah bon courage alors si dur pisser.

– Non c'est pas ça, t'as pas…

– NARTAY ! TOILETTE PISSER ! MAINTENANT !

Et merde, derrière moi j'ai qui, un Norvégien, je le connais pas, on s'est jamais parlé, haut les couilles j'ai pas le choix.

– Hé mec, tu comprends le français ?

– Non, juste petit peu.

– Vide pas tout quand tu pisses, pas laver, garder pisse pour moi, moi dehors pas passer le test, test pas OK si j'ai pas ta pisse, please mec pas vider pipi.

– Toi le test ? Je excuse-moi, pas français bien encore, non. Je pas comprends, excuse-moi.

Et merde c'est la merde.

– DUBOIS, C'EST TOI LE SUIVANT ?

– Oui c'est moi.

– Tu prends le pot de Nartay, NARTAY DÉPÊCHE-TOI, tu pisses et tu ramènes.

J'ai les deux pieds dedans, ils vont me niquer, je vais sortir direct, récupérer les trois merdes que j'ai dû laisser en arrivant et ils vont couper court à tout ça. Dehors. Putain c'est la merde.

J'avance dans mon slip jusqu'à la cabine de chiotte surveillée par un des types de l'équipe médicale. J'entre, et là c'est bon, je sais que je suis niqué, y a pas le choix c'est comme ça. Je décide de la jouer digne.

Je pisse dans mon bocal et me prépare mentalement à la suite de cette journée qui restera à jamais gravée dans les annales du seum. Au moins je vais faire ça bien, droit en attendant que ça passe. Je reviens mais le doc est plus dans son bureau, l'autre type en blouse qui était là avec lui est toujours assis derrière la table blanche.

— Pose le bocal devant moi, tu passes à l'entretien, ils t'attendent derrière.

Peut-être qu'un truc va se passer qui va me sortir de là, en tout cas personne n'a pour l'instant testé mon petit pot. Je passe dans le bureau d'à côté par la porte communicante, et je vais m'asseoir en slip compresse-couilles sur la chaise qui m'attend face au doc et au sergent.

— Alors Dubois, tu veux toujours t'engager ?

— Oui sergent.

— Tu es sûr que t'as rien de mieux à faire ? Tu veux pas aller faire des études, faire la fête comme les autres ?

— Non sergent, c'est ce métier-là que je veux faire.

— Dis-moi, est-ce que tu as des problèmes avec ta famille ?

— Avec ma famille, non non, il y a aucun problème.

— Et tu es sûr que la fille qui est dans ton téléphone c'est pas important ?

— Non, c'était avant.

— Bon, tu sais que tu as eu de bons points, mais est-ce que tu es vraiment déterminé ?

— Plus pour ça que pour tous les autres trucs que je pourrais faire.

C'est une réponse de merde dans la mesure où je vois pas de meilleure option, que je me planque, mais ça il le sait pas. Dans sa grille de lecture, je suis le haut du panier niveau social ici, et dans un sens il a pas tort.

– Tu viens pas te cacher Dubois? Je les connais les comme toi, on dirait que tu chopes le typhus à chaque fois que tu dois obéir, je le vois dans tes yeux.

Ce mec est complètement malade, mais là il a pas tort non plus.

– Les autres, ils ont pas grand-chose. Pour beaucoup, c'est la sécurité de l'emploi qui les attire, et toi peut-être que t'as pas grand-chose non plus, même si je pense que ta situation reste incomparable à celle de la plupart des autres candidats. En tout cas, t'as pas l'air d'être là pour ça. Ni comme beaucoup de Français, par amour de la patrie, de la virilité, de la sueur, de la camaraderie et de l'effort collectif. T'as pas l'air non plus d'être un passionné de la Légion qui rêve de voir du pays, ou un de ces types qui cherchent ici le point de départ d'une vie d'aventurier.

– T'es pédé Dubois? T'es là pour mater le cul de tes camarades?

– Non sergent.

Putain mais ma parole, il est resté coincé chez les cons lui. Le doc enchaîne, on dirait le coup du méchant et du gentil flic.

– Tu dois comprendre que, comme on a rien trouvé de vraiment étrange dans ta vie à part le fait que tu sois venu ici, on se demande pourquoi t'es là.

– Et je crois qu'on a un début de réponse.

C'est la voix de l'autre type en blouse qui parle dans mon dos. Il passe devant ma chaise et s'approche du bureau, le pot de pisse à la main, le sourire triomphant.

– Je vais le refaire devant vous, il faut voir ça, c'est du délire. Il a dix sur dix ce garçon, il sourit à la vie, positif partout.

Il trempe une bandelette devant les tronches des deux compères face à moi, et je vois leurs gueules s'ouvrir et s'allumer sur le résultat. Depuis ma place je vois pas bien, à part que la couleur change. Et elle change vraiment, c'est rouge partout. J'ai l'impression que j'ai tellement concentré ce que j'ai pris que j'ai anéanti la durée de positivité de toutes les substances. Si on me fait un scanner, ce sera du fluo partout.

Bonjour monsieur, votre urine nage dans la drogue. Ah mais c'était pas censé être comme ça, c'était pas prévu que le démon se pointe à la soirée avec autant de choses dans les poches. J'ai tellement vrillé ce soir-là que, presque une semaine après, j'affiche comme si je m'étais envoyé tout ça au petit déjeuner. Brioche et rail de coke, quel con. J'ai trop la haine.

— Et bien Dubois, t'es la preuve vivante qu'avec un peu de volonté on peut tout faire, je te souhaite bon courage pour la suite de ta vie.

— Merci sergent, à vous aussi.

Le mec me serre la main au moment où, toujours dans mon slip trop serré que je vais au moins pouvoir enlever bientôt, je me prépare à me casser d'ici à jamais.

2

J'AI RÉCUPÉRÉ mes habits, sans avoir pu garder le survêtement bleu qu'ils nous avaient filé et qui était carrément pas mal.

J'ai mes affaires, mon téléphone, ma monnaie, mon passeport, les clefs que j'avais planquées dans un trou à côté de l'entrée et quelques autres merdes qui me traînaient dans les poches. J'ai plus qu'à rentrer chez moi. J'ai au moins un endroit où aller, une direction à prendre en sortant du fort.

Ils m'ont filé des billets pour le trajet. Je m'y attendais pas, c'est sympa de leur part.

J'ai quand même le seum, je me l'étais fait mon film Nino du désert, le short beige et tout ce qu'il faut ça me plaisait bien. Mais c'est le destin de ce monde que de rattraper ceux qui fuient trop vite les choses, et j'ai un peu fait ma baltringue c'est vrai.

Je débloque mon téléphone. La puce est neuve, je l'avais achetée dans un taxiphone avant de venir ici. J'ai cassé l'ancienne, et j'ai rentré celle-là. Le type a commencé par m'embrouiller avec son histoire de pas de papiers, pas de puce. Je lui ai dit mais je suis français, tu veux que j'aille où ? Et putain il y a cru à ma bonté d'âme, moyennant une petite majoration.

On est à Paris ici, pas là où ça pourrait mieux se passer. Ça fait du temps que je suis là maintenant, et dès le début j'ai marché. J'ai marché et encore marché, je suis passé du Paris où il y a la place pour rien à celui où y en a trop pour tout. Des trottoirs trop grands, des immeubles trop larges, des voitures trop grosses. Rien à faire, ça suffit pas pour remplir tout le vide que les riches d'ici installent autour d'eux. C'est le vide de l'oseille où tout s'endort tôt sur les bourrelets de soie, des morceaux de chrome aux lèvres et la bite à la main. C'est comme partout, y a que le décor qui change. J'aime pas ces endroits, on s'y ennuie trop. Et pour voler c'est pas pratique, trop de méfiance entoure les coins où le train de la vie est grand.

J'ai continué de marcher, marcher parce qu'il y a que ça a faire dans les villes et Paris encore plus, marcher les boulevards et les ponts. Alors j'ai marché. Ça va vite de traverser Paris en marchant, ça fait glisser tout le décor de l'Histoire et puis les eaux et même le ciel se tirent vite en arrière petit à petit. Il y a tout le monde qui me tourne autour quand je traverse la Seine, c'est ça Paris, on est en haut de la boule.

Je me disais t'es fatigué Nino, tu devrais faire une pause parce que tu penses avec le cerveau d'un abruti, mais pas de stop pour les jambes qui savent que si on veut aller plus loin, il faut pas ralentir. Alors j'ai marché.

Et pour la première fois je suis passé sous le pont qui sépare les deux mondes, mais je savais pas. Non je savais pas que la merde de pigeon en quantité étonnante marque ici de son sceau sacré le trottoir, exactement là où on glisse d'une dimension à l'autre. Tout ça je l'ai découvert après, plus tard, quand j'ai enfin eu le temps de regarder autour de moi. À force de passer de l'une à l'autre j'ai fini par la voir, la différence. Mais au début j'ai marché, j'ai presque pas vu les pigeons ni les ordures cramées, ni le camion sans moteur et les autres épaves un peu partout qui montent ici la garde à l'entrée de la banlieue.

J'ai à peine vu le Lidl, j'ai pris le foyer d'héberge-ment d'urgence pour une cité ordinaire, j'ai dépassé le campement et marché jusqu'à l'immeuble où je savais que je me ferais baiser, mais où cette petite douille que me glisserait le propriétaire serait le prix à payer pour un silence souhaitable, au sec. Pas cher. C'est pas comme si j'étais en position de négocier. Personne pour garantir Nino, alors Nino se débrouille.

L'immeuble était là où on m'avait dit qu'il était, à l'angle du carrefour, à côté du feu tricolore couché par terre. J'ai appellé le type, un gros fils de pute de cinquante ans environ.

Il a dit c'est 450 en liquide tous les mois. Dans une enveloppe dans ma boîte aux lettres, ça c'est l'adresse. T'as jusqu'au sept pour payer, ensuite j'appelle les flics pour cause de violation de domicile. Oublie pas que si tu payes pas cher, c'est parce que t'es pas censé être là.

Putain tu parles d'un domicile, y a même des trous dans le plancher côté salon.

Je me suis dit en arrivant que j'aurais qu'à mettre de la terre dedans, comme c'est juste sous la fenêtre, y aurait moyen d'y faire pousser des plantes. Mais vu qu'en dessous c'est le plafond des autres, j'ai pas tenté le potager, j'ai payé le mois et posé mes affaires. Depuis ce jour-là, je me suis remis à faire tout ce qui m'avait conduit à me pointer chez les sans-papiers de la gâchette française, dans un vieux fort à l'est de Vincennes.

Aujourd'hui je viens de rentrer, et c'est retour à la case merdier.

Le trou dans le plancher est toujours là, et sous le parquet je vois le plafond des autres. Ma tête se pose sur le montant de la fenêtre, j'ai le corps vide de toute envie, j'ai que le souvenir de ta peau sur mon front, de tes doigts qui me couvrent les yeux.

Je regarde en bas le monde qui marche, qui tire les cabas, qui pousse les poussettes, qui tourne les roues.

Je vois le peu d'argent qui brille au fond des poches, l'amour dans les cages de chacun qui trace rouge dans les veines du cou. Les tissus tannés sur les peaux à qui on a volé le soleil et les regards envoûtés de fatigue, de désirs secrets. J'observe le monde par la fenêtre, je t'aime par la fenêtre et partout je vois tomber du ciel, sur moi et tout le quartier, des grosses gouttes de lassitude. J'allume une fraise éteinte et laissée là dans le cendrier depuis que je suis parti, ça fait cramer en moi un peu d'émotion quand la fumée me passe par le cœur. Je m'emmerde. Je m'emmerde de toi mon amour, sans toi c'est la tranchée. Je fais le tour de l'appartement puis je retourne à la fenêtre.

C'est le bordel dans la rue, le feu est toujours cassé et les klaxons annoncent les couleurs. C'est vert pour tout le monde. Les gens ont du mal à se comprendre. C'est la fin de l'après-midi, même le ciel sait pas où il est.

Je vois le vieux qui fait la manche devant le Coccimarket de l'autre côté de la rue. Il planque son gobelet à pièces entre la gouttière et le mur, parce qu'ici la pluie tombe en même temps que le soir. Je le vois ranger derrière le boîtier EDF le carton sur lequel il s'assoit pour pas trop se geler le cul avant de se mettre à tanguer en se redressant.

Et les lampadaires s'allument, le vieux chancelle un peu en revenant vers sa canne, puis il se casse direction ce qui lui sert à s'abriter la nuit des problèmes du monde.

Je vois les vieilles fées du sol de la banlieue se pencher sur lui et l'emmener doucement vers l'arrêt de bus. Le Grec d'à côté où il a ses habitudes est fermé, il aura pas son café aujourd'hui. Il s'assoit sur le banc tandis que je regarde le rideau de fer de la supérette descendre, les dos qui se courbent pour en sortir avant de le fermer complètement de l'extérieur.

L'équipe du magasin est dehors, le vigile, les caissières et ceux qui rangent, ils sont tous sur le trottoir, la plupart mettent le feu aux cigarettes.

Ils ont enlevé leurs tabliers et leurs vêtements sont moches, sauf le vigile noir qu'on voit pas bien dans l'ombre.

Ils se serrent la main ou s'embrassent, un rire pousse un peu d'air vers le haut, fait de la place dans la rue en m'arrivant jusqu'aux oreilles.

J'analyse le terrain. C'est la première fois que j'ai un horizon dégagé depuis là où j'habite. C'est agréable de voir plus loin que le mur d'en face. J'ai pourtant glissé un bon paquet d'enveloppes dans la boîte aux lettres de sire connard, mais ça me plaît toujours autant de regarder par la fenêtre.

J'ai les scooters garés en bas, les tours droit devant et encore d'autres plus loin vers le nord. La lumière de l'épicerie sur le trottoir d'en face, légèrement sur la droite. Et d'autres lieux fermés un peu partout avec du plastique ou de la peinture blanche sur les vitres, à l'ancienne, et puis des alimentations générales, des tabacs PMU, des halls, des trottoirs en mauvais état et des rues mal éclairées. J'aime bien le soir ne pas voir partout et deviner ce qui s'agite au sol. De toute façon avec trop de lumière on verrait tous les rats d'ici, qui courent d'une poubelle à l'autre quand les passants arrêtent de passer.

Loin sur la droite, je vois briller en rouge HOTEL en haut d'un immeuble. Tard dans la nuit, quand les autres sont presque éteints, le rouge brûle sur le noir du ciel. J'ai fini le joint.

À l'intérieur je me suis pas trop mal débrouillé, j'ai le matelas sur des palettes, le four électrique pour chauffer à côté et les plaques dans la cuisine.

J'ai les vêtements que je préfère bien pliés dans un coin, et le chevron de bois que j'ai fixé avec des clous de charpente dans l'encadrement de la porte qui passe d'une pièce à l'autre, et sur lequel je me tire le corps quatre fois quinze par jour. Après le pétard ça fait quitter le corps à la tête, c'est comme les vertiges.

Il faut que je trouve de l'argent. Comment? On verra demain. On respirera l'air par la fenêtre, on fera le loup dans la circulation et on trouvera la monnaie quelque part, de quoi tenir un peu en attendant mieux.

J'ai la tête éclatée, je coule dans le vortex de la déprime mais c'est parce que je suis trop fatigué. Je me dis Nino déconne pas, oublie pas que toi aussi tu baises le monde, t'as une vie à vivre, et putain de bordel tu vas pas la faire dans la rue.

En attendant en haut tout est clair, pas de nuages ce soir, on y devine rien quand même car ici la nuit le ciel est jaune à cause de tout ce qui brille en dessous.

Les heures ont filé jusque tard et maintenant seul avec la ville, j'enfile sweat et parka, je prends la petite pince coupante et je fais glisser la rue sous mes pieds jusqu'au chantier qui est un peu plus haut vers la porte d'ici, celle par laquelle on entre dans Paris.

C'est un gros chantier, ça creuse des trous, ça construit des trucs mais rien à voler à part des tractopelles, alors derrière les clôtures métalliques pas de gardien.

Je prends la pince et je coupe le serflex qui tient les parties mobiles du grillage entre elles, je sors un des pieds du socle en béton, j'entre et je referme derrière moi.

Il y a trois grues sur le terrain devant, je vais me faire la plus grande et niquer tranquillement des mères là-haut pour passer le temps qui me sépare de toi.

J'enfile les écouteurs, je vérifie les lacets de mes chaussures contrefaites puis j'avance vers les premiers barreaux en poussant le volume pour mieux entendre celui qui bourré sous calumet danse comme un Cheyenne.

Je grimpe et c'est froid le métal sur mes mains. J'avance sans trop y penser presque par habitude, comme le type qui va s'y mettre demain pour la faire bouger. En arrivant en haut, je m'installe dans le fauteuil et c'est parti. J'allume le joint que j'ai fait juste avant de partir pour pas avoir à le rouler les doigts gelés. J'aime bien ça le froid là-haut, sentir sur le visage les courants d'air qui passent entre les tours pour me fouetter la gueule. Je peux crier si je veux, en bas on entend rien.

La weed est forte et j'ai l'esprit qui ricoche sur les barges des cimenteries, parce que c'est pas les bateaux-mouches qu'on voit d'ici. Je fais basculer un peu la petite vitre pour que la fumée sorte et que je puisse mieux voir le paysage, les lumières et les gyrophares qui courent.

Quand j'ai trop froid je redescends avec les étoiles glacées d'un pétard fumé en hiver plantées dans le cerveau. Je savoure l'effet Mister Freeze sur le chemin du retour et une fois rentré j'enlève que mes chaussures, j'allume le four électrique à côté du lit et je m'endors entre la couette et le matelas.

Sur les coups de six heures je suis réveillé par le voisin du dessus, ou plutôt par sa pisse qui tombe en cascade au fond de ses chiottes et qui court entre les murs une fois qu'il a tiré la chasse. J'ouvre pas vraiment les yeux et je me lève pour y aller aussi, la tête toujours sous le bleu de la nuit qui s'en va.

Tout ça coule très loin sous la rue pour rejoindre ce qui a été balancé dans les chiottes autour.

Et dans tout ça y a des bêtes qui vivent. C'est à ça que je pense en faisant attention à pas en mettre à côté, ce que je fais un matin sur deux à cause du trou de ma pine qui est souvent collé au milieu et divise le jet dans deux directions différentes. Ça dure quelques secondes, le temps que la peau se décolle sous la pression mais c'est suffisant pour en mettre partout.

Une fois que c'est fait, je vide le seau d'eau dans le trou puisque comme de nombreux trucs dans ce taudis, la chasse marche pas vraiment. De retour dans la chambre, je pense à débrancher le four puis je me rendors. Je me dis que je t'appellerai demain alors que c'est déjà le matin.

Quand j'émerge le froid mord et je vais pas le faire. De toute façon t'as l'adresse aussi, on s'est dit dix jours, quinze maximum. Je préfère juste t'attendre plutôt que d'entendre ta voix et t'attendre encore.

D'ici là faut que je me démerde. Je consulte les annonces du coin sur mon smartphone premier prix via le wifi d'un voisin dont j'ai trouvé le code en trois tentatives, motdepasse1234. On vit vraiment dans un monde de blaireaux.

Y a rien, du téléconseil, du VTC, du poids lourd et de la livraison. J'ai pas le permis même si je conduis très bien depuis longtemps. Et je sais que si je dois vendre des assurances par téléphone, à part si j'ai l'équivalent d'un salaire suisse, je vais économiser pour tout claquer dans un fusil à pompe et teinter la moquette avec le sang de tout le monde. Bananer les gens au téléphone j'y arrive pas. J'ai déjà essayé plus jeune, avant de me faire sortir quand j'ai dit à M. Ducrozet à l'autre bout de la ligne que si ça l'intéressait pas il avait qu'à aller se faire foutre, que s'il voulait pas me parler il fallait pas décrocher.

Il fait froid mais j'ai faim alors j'entasse les textiles de mauvaise qualité sur moi et je sors jusqu'à la boucherie du quartier.

J'y vais pour me payer un demi poulet rôti même si c'est pas raisonnable. La raison, je sais pas où elle est passée. J'ai le souvenir de l'odeur de toi qui me traverse le visage quand le soleil se laisse voir le temps de croiser une rue. J'y vois des hommes boire debout des canettes trop froides en hiver et tièdes en été.

Je connais mes gammes aussi, j'ai fait toutes les couleurs, navigator, maximator, verte, rouge, noire etc. Que de la merde. Du mauvais jus pour casser l'esprit pauvre une fois le corps pourri par le travail ou la zone. Les quatre-vingt-trois centimes de l'étiquette et les huit degrés de la canette appellent les malheureux et les autres qui veulent se biturer pour pas cher.

Je me sens plus énervé que malheureux et j'évite la picole en solo. Fini tout ça, je bois de l'alcool que quand c'est bon, sauf si c'est gratuit. Je salue le vieux devant la supérette, et après lui avoir rendu son sourire qu'on pourrait revendre à la ferraille pour un billet bleu, je remonte chez moi veiller sur lui depuis ma fenêtre en mangeant ma dose d'hormones de chez le boucher.

Une fois les os du poulet nettoyés complètement je fais le tour de l'appartement pour voir s'il reste des trucs que je pourrais vendre.

J'ai les outils trouvés avant de partir au fort de la Légion, une perceuse, une disqueuse et des tournevis. Je vais garder les tournevis et je vais vendre le reste, ça fera quelques billets. Mais je vais pas tenir longtemps avec ce genre de magouille. Il faut que je trouve un travail, un truc valable avec un salaire, des heures, quelque chose de normal. Et toi est-ce que tu feras pareil, est-ce que ça va être ça notre traversée à deux, est-ce qu'on devra s'y plier et devenir ce vide qui partout s'étend derrière les vitres ?

Je tue les jours qui me séparent de toi comme ça, avec pas grand-chose, des murs froids, des draps pas très propres dans lesquels je me branle assez souvent et des feuilles longues roulées en cône avec le moins de tabac possible.

J'aime pas trop le tabac, sauf en buvant. Et ça fait longtemps que j'ai pas bu. C'est pas plus mal vu où ça m'a conduit la dernière fois.

J'attends que tu reviennes pour diluer tout ça, j'ai rien à célébrer sans toi de toute façon, maintenant la fête ça me déçoit. Depuis que j'ai eu vingt ans, j'ai pris la teinte du délire, j'ai plus la peau blanche des porcelaines, je me suis trop collé la tête sur les parois de la nuit.

Mes yeux ont la couleur de la lumière des toilettes de gares, un bleu trop sombre pour qu'on se voie bien dedans et qu'on y trouve les veines.

J'ai de beaux cernes, j'ai fait ça bien. Ça me vieillirait presque un peu si j'avais au moins quelques poils sur les joues. Mais rien. Aucune trace de virilité d'une oreille à l'autre.

Ça tient à rien, la virilité à mon âge. Une boîte dans la gueule, un grand cri de singe et des choses cassées.

Je m'en bats les couilles de tout ça. J'ai jamais rien eu à prouver à personne sauf à toi.

Puis je tombe sur l'annonce qui me propose une possible sortie de secours.

Commis service traiteur réception. Au pire j'aurai un nœud papillon, je ferai semblant de me croire à la portée du chic.

Y a marqué "Appelez pendant la journée", alors j'appelle.

Le type décroche. J'ai déjà fait du service ? Plein. Si ça me pose un problème de pas savoir quand je travaille, d'être appelé à la dernière minute ? Aucun. Si j'ai l'esprit d'entreprise ? Mais grave mec. Après-demain à la centrale, à sept heures, OK.

Je note l'adresse, c'est pas à côté.

Je sais même pas ce qu'il faut faire exactement, ni combien c'est payé.

Le mec se doute bien qu'il aura pas de problème à trouver des volontaires, alors pourquoi s'emmerder.

Mais je sais que t'es là quelque part, tu t'approches. Ce soir ou demain, j'aurai ta bouche dans la mienne. Je te sens, et j'oublie la brume dégueulasse dans laquelle s'enfonce l'avenir. J'attends que toi t'en sortes.

Je suis pas loin d'être à sec mais je veux sortir le grand jeu pour ton arrivée, que tu te sentes accueillie dans un appartement pourri bien à toi.

J'enfile tout ce qui n'est pas du survêtement et j'ai l'air de la personne la plus normale du monde si je baisse bien la tête sous ma petite chapka. J'ai le gène du voleur de poule qui s'active alors une fois bien réveillé, je prends les quelques balles qui me restent et je m'en vais saigner Carrefour.

J'ai mon blouson spécial disparition, j'ai déchiré la doublure en ligne droite d'une aisselle à l'autre, ça me fait un grand sac dans le dos. C'est comme une hotte de Père Noël mais en plus discret, on étale pas trop ses richesses ici, surtout quand on les a pas payées.

On va manger quoi ? Des animaux morts, du lait de vache violée, des crevettes pêchées par des esclaves ou du dérivé de tomates italiennes à base du sang de l'ennemi du clan qui tient l'usine. J'ai l'impression que derrière chaque article dans chaque rayon, quelqu'un quelque part s'est fait baiser ou essaye de me la mettre à moi.

Des fois je me dis que j'abuse peut-être un peu avec l'herbe, que ça m'aide pas niveau parano. Pourtant là j'ai l'impression de voir un mort derrière chaque boîte de conserve.

Je regarde les fantômes des enfants du Kenya courir sur les emballages des Mars en me jetant des fèves de cacao à la gueule. Y en a un qui me dit, si t'achètes tu cautionnes. Si tu voles, c'est pas bien mais c'est pas grave. Alors nique, j'enfonce les Mars dans mon armure de Jeanne d'Arc de la rue, et je glisse sur le sol lisse du magasin.

Les rayons sont tellement remplis de merde que je sais même plus quoi prendre, je me tape une phase sur les crapuleries du milieu et j'évite la viande parce que je veux pas manger du steak de Tintin et Milou.

Vu le froid en ce moment, je chope une vodka polonaise que j'aurai juste à attacher une nuit sur le rebord de la fenêtre. J'éclate l'antivol avec mon coup de poignet vers la gauche façon Nino et je range la bouteille dans la doublure.

J'ai envie d'une pizza mais c'est trop gros alors je me rabats sur le fromage, quatre ou cinq des chers. Je prends le camembert le plus luxe du rayon et je le change de boîte avec le plus pauvre caché en bas sous le logo discount. Je fais ça histoire de pas sortir les mains vides. Le camembert camouflé c'est ma petite douille sur le gâteau, mon olive dans le cul de Carrefour, ça me fait un truc bon acheté presque honnêtement, un peu payé mais sans avoir à banquer pour ça une heure de travail net même si je travaille pas.

J'enlève patiemment toutes les feuilles des mandarines corses pour qu'elles soient comme les espagnoles qui coûtent quatre fois moins cher, et quand j'ai collé l'étiquette je reviens dans le rayon pour finir de remplir le sac que j'ai pesé à moitié vide.

Je me fais des courses au quart du prix, je suis le voleur de chevaux des temps modernes et ça me rend aussi heureux que papa quand il pisse sur le pont d'un bateau par temps de pluie. Je prends sans me presser plein de trucs verts et bio emballés individuellement dans leur carton imprimé jardin pour être vendus au tarif grosse blinde, et je vire tous les emballages pour aller les peser dans les sacs à légumes pour pauvres au tarif que je pense être le bon, le moins cher quoi.

J'ai l'impression de corriger une erreur, de faire un truc tout à fait normal, de positif.

Je regarde quand même sur les côtés, je me méfie des vieux qui passent leurs journées là en espérant croiser quelqu'un avec qui perdre un quart d'heure en inepties entre la mousse de canard et la ratatouille. Ils vont plus au café pour ça, ils viennent à Carrefour, et dans leur tête c'est plus chez eux que chez moi ici, donc méfiance

avec les vieux parce que souvent ils aiment pas trop
les jeunes.

J'ai aussi volé des boîtes de poisson, des pâtes fraîches
aux cèpes et des poivrons marinés. Je dois faire attention quand je marche que tout ça fasse pas trop de
musique dans mon dos, et en souriant dans ma tête
je me dis qu'il est loin le temps où je pensais que les
codes-barres c'étaient des antivols.

En sortant, je donne une pièce à la vieille folle qui se
secoue devant le super toute la journée, et j'esquive les
prêcheurs d'un parti dans lequel ils voudraient me voir
m'engager pour rendre le monde plus juste. Je m'arrête
pas, j'ai pas le temps et je m'en bats les couilles, donc
pousse-toi camarade, j'ai des pâtes à faire cuire.

3

– C'ÉTAIT bon?

Je regarde tes yeux plantés dans les miens. T'es
arrivée tout à l'heure, on a mangé la moitié des choses
et bu autant de la bouteille. On sait tous les deux qu'on
va s'occuper d'elle et laisser le reste de côté.

T'as les mains un peu rouges à cause du froid mais
t'as aussi l'air heureuse de m'avoir retrouvé, t'étais
pas vraiment furieuse, juste un peu vexée. Moi j'avais
peur que tu rencontres quelqu'un pendant ce temps-
là, qu'un charognard prétextant te vouloir du bien
passe et profite de ton malheur pour te baiser.

Parce que la plupart ils veulent te baiser, je le sais,
t'es belle. Je vois tes cheveux châtains qui blondissent
à la lueur des bougies que j'ai mises partout. C'est pas

que c'est romantique mais comme je suis pas censé
habiter là, je voudrais pas qu'on m'en vire alors que
ce putain de loyer est payé pour encore une semaine.
Donc les ampoules éteintes, on risque de tout faire
cramer en regardant se figer la cire sur la table basse
Ikéa à cinq euros trouvée dans la rue.

Tu me demandes si j'ai fait attention à moi, si j'ai des
nouvelles des autres. Non, j'ai attendu que tu rentres
pour me remettre à vivre, je suis resté seul dans ma
tête depuis la dernière fois où je t'ai vue. Je te fais du
charme au son du voisin du dessus qui déplace ses
meubles, parce qu'il est bientôt minuit et que c'est
l'heure pour lui de promener sa commode depuis que
sa femme est morte. Puis tu reviens sur tout ça, tout
ce que je t'ai raconté depuis le début, depuis que t'es
là avec moi.

— J'étais inquiète Nino, c'est n'importe quoi ton
histoire, heureusement qu'ils t'ont pas pris, j'aurais
pas supporté. T'as bien fait de mentir, de me dire que
t'allais chez ta mère le temps que ça se calme. Ça m'a
étonnée mais vu le problème je me suis pas posé de
questions. Jamais j'aurais pensé à un truc pareil en tout
cas, c'est tellement pas toi tout ça.

— Je sais même pas si j'y ai cru, j'ai pas vraiment
réfléchi tu sais, après la soirée j'étais tellement raide
alors j'ai tracé, je suis passé par ici et avant même d'y
penser j'étais là-bas.

— Mais comment t'as eu l'idée, d'où tu connaissais
tout ça?

— J'ai rencontré un mec une fois qui m'a parlé de
ça, qui m'a dit que c'était toujours un truc à tenter en
dernier recours.

– Et t'es resté combien de temps?

– Ça a duré quelques jours, juste le temps qu'il faut pour que je me fasse virer quoi.

– Eh bien mon petit soldat j'ai du mal à imaginer que ça ait pu se passer autrement. Nino à l'armée, t'es quand même mignon d'avoir cru que ça allait marcher ton truc. T'as pas des cigarettes?

Je te donne une Marlboro sénégalaise vendue par des types qui ont pas mieux à faire pour survivre, et je te regarde l'allumer au gros cierge volé dans la dernière église dans laquelle je suis entré. Il est pratique parce qu'il finit jamais. Il faudrait que j'aille en chercher d'autres des comme ça.

Pourquoi ça marcherait pas pour moi l'armée? Ça me vexe pas, c'est vrai que je pèse pas très lourd mais pour moi ça compte pas, parce que dans ma tête j'ai des couilles pour dix balèzes.

On fume en silence le gros pétard que je viens de rouler, et puis je te fais du Nino fanfaron parce que la vodka me presse les tempes, et qu'avec tes sourires j'ai le sang qui fait des huit. Je finis dans tes bras et des fois, j'ai peur que tu me quittes.

Tu passes ton doigt sur mon front, tu redescends et suis le nez, traverses mes lèvres jusqu'au bout de ma joue. Tu me caresses et j'ai chaud partout de sentir que tu m'aimes.

– J'ai quand même trouvé un travail, du service pour un traiteur. En attendant de faire mieux.

T'es surprise. Mais vu que tout est à refaire, tu dois te dire que ça sera un début comme un autre. T'approuves, parce qu'après tous ces ratés il faut quand même qu'on s'encourage, vu que personne va le faire à notre place.

– Et tu seras payé combien?

– Je sais pas.

– Comment ça tu sais pas, on t'a pas dit?

Toujours j'ai les yeux fermés, et toujours tes mains m'entourent le visage, j'en ai presque envie de hurler tellement ça fait du bien de sentir ça, et puis aussi d'entendre ta voix me parler doucement.

– Je sais pas non, il m'a pas dit, il m'a juste dit où et quand je devais me pointer.

– Et tu vas y aller?

– Ben ouais j'ai pas le choix.

– T'as tout laissé en plan Nino. C'est fini pour toi?

– Ben ça a même pas vraiment commencé tout ça, j'ai essayé, et puis t'as bien vu comment ça s'est mal passé. Je peux pas essayer d'apprendre des choses avec des gens comme ça tu sais. C'est comme une langue que je parle pas, mais une langue où les mots c'est des vêtements, des gestes, des références que je connais pas, et puis je m'en bats les couilles, c'est un milieu de baltringue. Vu comment ça s'est passé c'est que c'était pas fait pour moi.

On regarde les flammes des trois bougies qui en forment presque une seule sur la petite planche où on colle leurs culs sur les restes durcis des autres. T'as mis la couverture fine sur tes épaules, et dessous y a mes doigts qui cherchent ta peau.

– J'aurais bien aimé que ça se passe autrement tu sais, j'ai pas fait exprès pour tout ça.

– C'est normal que t'aies réagi comme ça, il faut pas que ça t'inquiète.

Tu marques des pauses entre tes mots, et entre tes mots je vois l'air chaud qui sort de ton corps entrer en contact avec le froid qui nous entoure. Je suis content d'être seul avec toi. D'avoir que toi pour me refaire un monde. On a les restes du naufrage, on vient juste de s'échouer et on va maintenant devoir se construire des murs solides si on veut pas crever dans l'orage. Entre la vodka et le pétard je suis quand même allumé.

Je divague, je quitte le nord et nous téléporte en plein générique de Tarzan, je me dis que nique les problèmes, tout ça c'est rien que la première époque du jeu vidéo de ma vie. Je te demande quand même.

— Et ça va, t'es sûre qu'il est pas foutu?

— Oui, il est même pas resté trois jours à l'hôpital, pourtant quand ils l'ont ramassé tout le monde a cru qu'il était mort. Avec quoi tu l'as frappé Nino?

— Avec mes poings, et puis après avec le sol. Lale?

— Oui?

— Je suis désolé d'avoir tout gâché, on essaye de pas trop en parler? On passe à autre chose tu veux bien?

Je lève le regard et je vois tes yeux au-dessus de ma tête qui me font couler dessus tout ce qui dedans brûle. J'ai de l'amour et c'est pas rien.

— C'est pas grave tu sais, pour moi en tout cas ça l'est pas. On est tous les deux c'est ce qui compte. Et puis t'as fait ce qu'il fallait. Il faut pas trop t'en vouloir, c'est un vrai connard ce type. Et je crois pas qu'il ait porté plainte, ça m'étonnerait qu'il ose. Élo non plus elle est pas allée voir les flics. Ils se seraient sans doute foutus d'elle en disant que ça lui servirait de leçon avant de la renvoyer chez elle. Mais maintenant c'est fini ce genre d'histoire, on fait attention à nous d'accord?

Et je ferai attention à toi, j'éclaterai la bouche à tous ceux qui veulent renifler ton cul.

Mais j'ai beau vouloir faire le mariole qui protège et qui met des coups de genoux, tu la connais mieux que moi la crasse avec laquelle les gens envisagent les autres, l'empathie des bites, tout ça.

Je vois tes yeux par en dessous, tes petites narines dont les bords reflètent en jaune orange la lueur des flammes. Je sais que tu m'aimes. Ce que je sais pas c'est vers quoi on va tous les deux. Comment ça va se passer, avec quoi on va vivre. Toi non plus t'en sais rien, mais pour l'instant c'est la nuit, alors on le fait. Parce que ça fait longtemps, parce que baiser nous permet de pas trop penser au reste, parce qu'ici on est que nous la peau dans la peau.

C'est le matin mais il fait encore noir quand je me lève pour aller chasser l'argent pendant que tu dors. La centrale est dans une autre banlieue plus à l'est, et je dois attraper un train sur Paris puisqu'ici tout passe par là. La ville a pas encore une gueule de jour et j'ai l'estomac qui boude, la sensation d'avoir des trucs coincés un peu partout entre la gorge et le cul, barbouillé comme on dit.

Dans la fin du ciel sombre je vois les putes qui frissonnent sur les trottoirs et qui lancent des Bébé l'amour plus que fatigués aux voitures, et puis les cloches qui dorment sous les bancs, puisque à cause de tout ce qu'on y soude impossible de s'allonger dessus. Le clochard à Paris il passe après le pigeon, le chien, le chat. Il est grosso merdo sur le même barreau que le rat sur l'échelle de la sympathie. Moi je m'en bats les couilles, je préfère les rats aux pigeons, au moins ils se contentent de chier par terre et pas depuis des hauteurs insoupçonnables. D'ailleurs pour prendre un peu d'air, un peu d'empathie dans le regard des gens, ils sont de plus en plus de clochards à se coller un lapin ou un autre truc mignon dans le col du manteau ou dans le creux des genoux. Ça donne aux autres une bonne raison de les regarder. Ça les fait remonter un peu dans le monde des humains.

Je transite sans encombre dans la masse de tous ceux qui sont debout avant l'heure de leur corps, et ça se lit sur les visages. J'ai autour de moi la preuve que le meilleur moyen d'attraper une sale gueule c'est de se lever tous les jours trop tôt pour aller bosser. Ça craint. Plus personne se tient droit, tout le monde a sa nuque qui fait un angle étrange pour avoir le visage oublié dans le téléphone. Les seuls qui sont pas comme ça ont la tête en arrière ou contre la vitre, la bouche ouverte et les yeux fermés, à chercher encore un peu de limbes pour se sentir couler dedans avant de faire ce qu'ils ont à faire. Quand je me gratte l'oreille avec, mon petit doigt me dit qu'ils en crèvent pas d'envie. Je veux pas savoir ce qu'en pense mon majeur qui se lève en l'air pour un rien.

Je me console comme je peux en me disant qu'au moins je suis pas assez riche pour tomber là-dedans, l'Internet permanent, la fausse vie et les pubs ciblées de capote parce qu'à ce qu'il paraît maintenant les téléphones nous écoutent baiser.

J'ai fini par arriver à l'heure, j'ai suivi les informations que j'avais notées sur un bout de papier et me voilà devant ce gros hangar gris où on m'a dit de venir.

Quelques personnes fument des cigarettes devant la porte de service, et quand je m'approche l'odeur du tabac triste me donne la gerbe.

C'est pas ici que je vais devenir riche parce que ça sent pas l'argent, ça croque pas d'or.

Mais je suis pas là pour ça. Je suis là pour attraper de quoi bourrer l'enveloppe de l'enfoiré qui me loue son abri anti-bonnes nouvelles. Au jour le jour comme on dit, minute à la minute. J'entre et je tombe sur un type à l'air tout sauf sympa, recouvert d'une combinaison jetable perdue quelque part entre le sac à vomi d'une compagnie low-cost et le vêtement.

Le type tient une planchette sur laquelle est maintenue une feuille avec une liste dessus, il relève à peine la tête pour me parler.

— Tu fais partie des nouveaux?

— Oui.

— C'est quoi ton nom?

— Paradis, Nino.

— Paradis ah c'est con comme nom ça, on t'avait dit d'être là à quelle heure?

— Sept heures.

— Et bien si tu veux rester il va falloir que t'apprennes à en faire toujours un peu plus que ce qu'on te demande. La prochaine fois débrouille-toi pour passer la porte avec au moins cinq minutes d'avance, ça vaut mieux que le contraire et c'est le temps que t'auras pour te changer. Ici on a pas l'habitude de payer les gens quand ils font leurs lacets, OK? Rejoins les autres dans la salle de réunion, le patron va arriver et pas touche à la machine à café, on commence par bosser avant d'avoir des envies ici. Pareil pour les toilettes, on emploie pas des gens pour qu'ils passent leur temps à pisser. C'est clair?

— C'est clair.

– Alors qu'est-ce que t'attends, fais ce que je te dis, la salle de réunion est là-bas de l'autre côté.

Je m'en bats les couilles j'aime pas le café. Et me voilà parti direction la petite pièce à l'autre bout du hangar rempli de machines et de chariots. Plus je m'approche et mieux je vois à travers la vitre les quelques tronches pas plus ravies que la mienne d'être là, qui bronzent en silence sous le blanc des néons.

Ma parole à eux tous ils ont autant de poches sous les yeux que moi j'ai de boutons dans le dos. J'entre dans la pièce, on est une petite dizaine, certains assis autour d'une table, d'autres debout contre le mur. Je suis un des plus jeunes, on doit être deux ou trois de moins de vingt-cinq ans et le reste c'est des plus vieux, déjà bien passés au tamis du travail pas gratifiant.

À peine je ferme la porte derrière moi qu'elle s'ouvre à la volée sur une gueulante qui précède celui qu'on appellera désormais le patron.

Il est roux, le patron, il est gros avec un collier de barbe qui lui colle un air pas vraiment bienveillant sur le visage.

– TOUT LE MONDE DEBOUT ! SI VOUS ÊTES DÉJÀ FATIGUÉS VOUS POUVEZ TOUJOURS RENTRER CHEZ VOUS. C'EST QUOI CE BORDEL, JE ME SUIS PAS CASSÉ LE CUL POUR QUE LES GENS GLANDENT AU CHAUD CHEZ MOI. Bon. Qui sont les nouveaux ?

On est quatre à lever la main, moi, un autre jeune, une daronne et un mec qui doit avoir dans les trente-cinq ans et qui a l'air d'en avoir fait dix sous Subutex, du genre les yeux au fond de deux puits en compagnie d'une paire de chats crevés.

– Les nouveaux vous restez là avec moi, je vais vous briefer, les autres vous allez voir Luc à l'entrée, c'est lui qui fait les équipes aujourd'hui.

La troupe se lève et va rejoindre le contremaître qui m'a pointé à la porte de service. Le patron se sert un café, et enchaîne sans nous regarder.

– Avant tout j'espère que vous mesurez la chance que vous avez d'être là, c'est pas les volontaires qui manquent pour un travail comme j'en propose en ce moment, sans expérience ni qualification, alors il va falloir montrer que vous en voulez si vous souhaitez rester dans la partie. Vous avez tous répondu à l'annonce pour les extras, extras ça veut dire en plus, en renfort, donc vous devez être opérationnels tout le temps. Pour le règlement c'est soit chèque, soit liquide, vous décidez. Vous serez payés en fin de journée à chaque fois. Le travail est pas bien compliqué, soit vous êtes affectés à la logistique, donc vous préparez les plateaux, vous chargez et vous déchargez, soit vous êtes au service, et alors vous dressez les tables et vous servez les clients. Ça va du colloque au mariage, la clientèle est variée donc je compte sur vous pour sentir l'ambiance et tirer des mines de circonstance si vous êtes au service. Ici vous êtes comme en intérim mais sans l'agence. Si un jour vous refusez une mission, parce que ci ou ça, je veux rien savoir vous dégagez direct. Pareil pour les maladies. Ici on tombe pas malade, si on est capable d'aller chez le médecin chercher un arrêt maladie on est capable de bouger son cul et de venir travailler, donc pas de ça chez moi. Si vous êtes surpris en train de manger ou de parler plus que nécessaire en dehors des pauses, vous êtes virés. Si vous allez aux toilettes alors que vous êtes censés bosser, pareil, et si vous allez pas assez vite aussi. Pour les téléphones c'est simple, on oublie complètement sauf si c'est moi qui appelle. C'est compris?

– Compris.

– Alors ici quand on me parle on m'appelle Monsieur, donc on va reprendre tout ça ensemble, compris?

– Compris monsieur.

– OK ça ira pour un début. Les deux jeunes là, vous allez aux vestiaires vous trouver une tenue, aujourd'hui vous serez au service, les autres aux camions.

Dans tout ça un truc m'échappe, je sais pas si c'est parce que j'ai la tête dans le cul que je suis aussi téméraire, mais j'ai à peine le temps d'y penser que c'est déjà sorti.

– Pardon monsieur, mais combien on sera payés?

Le mec lève vers moi sa gueule de type qui se méfie tout le temps qu'on la lui mette en douce. Merlich.

– Pardon?

– C'est que personne nous a dit combien on était payé.

– Parce que tu penses à l'argent avant même d'avoir commencé?

– Je voudrais juste savoir sur combien je peux compter, c'est tout.

– C'est sept euros cinquante de l'heure au début, mais ça c'est pour ceux qui bossent jusqu'au bout, t'imagine pas que si tu nous plantes en milieu de journée t'auras quoi que ce soit. Maintenant dehors.

Une fois changés en pantalon noir et chemise noire pas vraiment ajustés, avec mon collègue qui a voulu me dire que son prénom de peur de se faire sortir, on rejoint notre équipe qui nous attend aux camions. On s'asseoit dedans, et on roule.

4

— ÇA S'EST passé comment?

Je m'effondre sur le tas de coussins au sol qui sert de canapé dans le terrier qu'on s'est creusé ici. Six étages de cailloux et de ciment sans ascenseur. J'ai de la sueur dans le dos parce que dehors il fait froid, et que monter les escaliers m'a fait chauffer toute la peau.

— Bof mais ça va. On était sur un rendez-vous de types qui fabriquent des briques de lait et qui pensent que le Tetra Pak fait d'eux des gens formidables. Moi je servais les alcools, c'était pas super compliqué. C'est rester debout tout le temps qui est chiant, j'avais des chaussures trop petites. Demain j'essaierai de voir si je peux les échanger avec quelqu'un, j'ai pas trouvé plus grand que 42 dans les vestiaires. Et puis le boss m'a fait mariner et retourner tous les chariots pour trouver sa bouteille de whisky japonais de mes couilles, il la voulait pour rincer son client, l'organisateur du machin. Apparemment c'était un truc cher. Il était là à lui dire tu vas voir c'est du japonais, ils font des merveilles en whisky ces Japonais, c'est comme un sushi bien tourbé, ce genre de connerie. Une vraie galère, introuvable sa putain de bouteille. Même l'autre lui disait t'embête pas je vais prendre autre chose mais non, il a répondu qu'il me payait suffisamment pour que je trouve la bouteille qu'il voulait. Évidemment, le mec paye, c'est pour qu'on fasse ce qu'il demande quoi. Il allait pas dire stop, sinon dans sa tête il passait pour un con.

– Tu l'as trouvée sa bouteille?

– Oui, au fond du camion coincée sous une vieille nappe, mais il restait même pas un verre, il a failli avaler sa bouche quand il a vu ça, c'est celui qui s'occupe du réassort à la centrale qui va morfler. Du coup son pote lui a dit laisse tomber je vais prendre un pastis. Il en avait rien à foutre de la tourberie du Japon, mais comme le boss l'avait demandée, il fallait qu'on la trouve. Et toi?

– Je suis passée récupérer des affaires chez Ava. Moi aussi, je vais trouver quelque chose en attendant.

Je tire la table vers la gauche pour dégager le passage et je rampe vers toi en faisant attention au trou. Je me sens comme à l'envers dans un duvet, il fait trop chaud et tout noir autour de ma tête. Je nous sens perdus mais pas franchement préoccupés de l'être, difficile de voir l'avenir autrement quand on a jamais pu vraiment le deviner, alors on s'en occupe pas pour l'instant, on gère une merde à la fois. Ta main dans mon dos raye l'humidité qui le recouvre, et ça fait du bien de sentir tes ongles y tracer des formules protectrices.

La semaine s'enchaîne et je retourne toutes les fins de nuit à la centrale d'où je décolle pour l'obscur Palais des Congrès, un endroit moche à faire vomir les chouettes.

J'ai les pieds complètement niqués à cause de ces chaussures. J'observe ces types, parce que c'est presque que des types qui me commandent des verres sans jamais me regarder. S'ils pouvaient avoir à boire sans parler ni rien faire, si je pouvais bouger mon cul avec un plateau et garder la tête moins haute que la leur ça serait mieux pour eux. Ça les fait chier de voir ma gueule de l'autre côté de la table, ils auraient préféré une deuxième Lydie qui distribue les programmes à l'accueil. Heureusement qu'ils font que la croiser, la pauvre charge d'autant plus et croule sous les numéros de chambres d'hôtel Ibis deux étoiles. Au moins je suis pas tout seul, Mathilda sert les softs à côté de moi. Elle est Roumaine, quarante-cinq ans. On parle pas, on fait gaffe. Mais en douce des fois on s'en jette un. Idéalement pendant le déjeuner où tout le monde est en salle et le vin sur les tables, quand personne ne nous emmerde à part les pochtrons qui trouvent que le vin c'est pas assez fort pour tenir le coup après vingt-cinq ans de brique alimentaire, de tranches de poulet froid décorées aux brocolis et de bouchées de cœur de palmier au tarama de mes deux couilles. Y a de quoi s'en vouloir de passer une vie là-dedans alors je comprends les déprimés. En regardant la parade des marchands de bouteilles en plastique, je me dis que pour certains il suffit de pas grand-chose pour être satisfait, un peu de hiérarchie qui les place n'importe où pourvu que ce soit juste au-dessus de quelqu'un d'autre, genre nous.

Le dernier soir du dernier jour de la mission, on va se faire donner nos enveloppes avec nos noms dessus comme après chaque service, en disant merci monsieur au boss qui nous les tend. Qui doit dire merci à qui. Personne doit rien à personne à part lui qui me doit des sous. Moi je lui dois rien sinon de clopiner en rentrant vers la gare à cause de ces putains de chaussures. Il paraît que si j'en veux d'autres il faut que j'aille

les acheter moi-même, mais que si je les mets pas j'ai
qu'à pas venir.

Mathilda marche à côté de moi et je suis tellement
heureux d'avoir pu rechausser mes vieilles baskets que
rien qu'avec ça j'ai l'impression de profiter de la vie.
Je connais un gros con de roux qui me dirait que c'est
grâce à lui si je ressens de la joie. Et puis je pense
à l'argent. Aujourd'hui c'était une grosse journée.
Dix heures, dix heures debout avec vingt minutes pour
manger. Il fallait qu'on y mette tous du nôtre parce
qu'il manquait quelqu'un. Moi j'y ai mis de mon pied
la putain de sa race.

Je compte. Dix heures, soixante-quinze euros, ça
reste mieux que ce que le pote Gang se tapait en Chine,
mais ça fait pas grand-chose quand même. Soixante-
quinze euros ça craint. Mathilda fait le même chemin
dans sa tête.

– Nino, tu trouves qu'on est bien payés ?

– Non. Surtout pas déclaré, c'est une paye d'enfoiré.
Normalement, pas déclaré, c'est au moins dix euros,
non ?

– Ma fille me dit pareil.

– Je savais pas que t'avais une fille.

– Elle a quinze ans, elle est juste un peu plus jeune
que toi, elle est gentille ma fille, elle dit que c'est pas
assez ce que je gagne ici. Et puis ce que je comprends
pas, c'est pourquoi il nous paye pas les heures qu'on
fait quand on arrive, ni celles quand on range tout.

Moi ce que je comprends pas c'est ce qu'elle veut
dire, et comme j'ai peur de me faire enfiler je lui
demande.

– Comment ça, il nous paye pas ?

– Oui, je comprends pas pourquoi ils comptent qu'à partir du moment où on est en service, parce que le reste aussi c'est du travail, c'est pas normal ça.

– Mathilda, il t'a donné combien aujourd'hui le patron?

– Comme les autres jours quand c'est long comme ça, soixante euros. Pour dix heures, là c'est pas facile.

Je stoppe net. Mathilda me regarde avec les sourcils en l'air sous le foulard qu'elle s'est noué sur la tête à cause de la vieille bruine qui se mouche sur nous. Ce sac à merde lui vole quinze balles sur la journée. Il est arrivé là où il en est en entubant tout ce qu'il a pu entuber, toute sa putain de vie. Ce type est une chiure, il carotte une daronne parce qu'elle a jamais rien fait d'autre que de trimer pour pas grand-chose. Il la joue cas par cas, et le cas Roumaine, pour lui y a pas photo. Si t'as besoin, t'iras chercher bonheur de toute façon.

– Le patron te vole des heures.

– Comment ça il vole des heures? Ça veut dire quoi?

– Il te paye pas l'installation et le rangement alors qu'il me les paye, il te vole deux heures sur la journée. Moi j'ai soixante-quinze euros là, tiens regarde.

Je lui tends mon enveloppe, elle compte les billets, doucement. Je vois la catastrophe arriver sur son visage depuis les replis de son âme. Soixante euros, c'est pas beaucoup.

Quinze euros en moins ça devient énorme. Je suis navré qu'elle se soit fait baiser, je sais plus vraiment quoi dire. Elle se raidit d'un coup, elle vient de prendre cinq ans devant moi.

– Demain je vais lui expliquer que c'est pas normal ça, qu'il doit me payer ce qu'il a pas payé.

– Mathilda, c'est le week-end là, demain y aura personne, il faut attendre la semaine prochaine qu'il rappelle.

– Ah, c'est vrai.

Entre ses dents, doucement elle dit merde. Et puis plus rien pendant qu'on monte dans le train où on a l'avantage de faire les trajets à l'inverse du flot des corps.

Au moins on a de la place pour s'asseoir. Les fauteuils sont usés jusqu'après la corde sur le bord, là où ça frotte dans le creux des genoux. Quand je m'asseois, je fais attention à pas m'affaler trop fort, pour pas que le coussin me crache dessus son nuage de poussière parfumée aux trente-cinq heures.

Mathilda s'en bat les reins et se laisse couler par la vitre, s'étire dans le paysage avalé par la brume orange et le vilain crachin jaune qui coule des lampadaires.

Quand j'arrive je suis mort, j'ai qu'une seule idée, me défoncer la gueule avec tout ce qu'on peut trouver en creusant des trous dans le sommeil. Je rallume la moitié du tibia garni de plantes vertes que tu me tends pour m'accueillir, et après avoir tiré deux barres dessus, je sens la distance entre mon cerveau et mon crâne qui augmente, la pression qui baisse, le dedans de la tête qui arrête de raper contre l'os pour sortir.

Tu m'expliques le plan. Malik t'a appelée, il est rentré du bled aujourd'hui et il nous attend pour fêter ça. Son grand-père est mort depuis quelque temps maintenant, et après tout le bordel enterrement veillée, tout ça, il a fini par revenir. Il a cherché à me joindre aussi mais comme j'ai contacté personne depuis que j'ai cassé ma puce et baratiné le Paki pour avoir celle-là... Je te fais des signaux de fumée par la bouche depuis l'autre bout de la pièce en signe d'approbation. Pour l'instant je bouge pas beaucoup mais c'est parce que je sais que ça va être bientôt un gros bordel. Je condense juste l'énergie, j'hiberne un peu en attendant plus d'étoiles.

Les yeux perdus dans le trou du parquet, je pourrais quand même essayer de faire quelque chose pour arranger ça, clouer une merde dessus, un bout de machin pour pas qu'on tombe dedans, qu'on foute le pied à travers le plafond de ceux d'en dessous.

T'as braqué une bouteille d'Havana Club et des citrons avec ton sac à la Mary Poppins. J'ai acheté le Coca à l'épicerie de l'autre côté de la rue avant de monter. J'ai encore failli crever en traversant à cause de ce putain de feu qui dort allongé par terre. Toujours cette impression que putain de merde, le mec derrière son volant doit faire un effort qui lui arrache un membre pour ralentir et pas me rouler dessus. J'emmerde ce principe qui veut que je doive courir pour pas crever écrasé par un con. Je l'ai senti venir et je me suis arrêté au milieu de la rue jusqu'à ce qu'il s'arrête lui aussi. Ensuite j'ai dressé mes deux doigts les plus grands face à lui et je suis parti. J'adore ça, faire chier les cons en bagnole.

Mais ce soir je vois Malik. Mon pote de toujours, le putain de garnement qui m'emmenait flipper avec lui dans les buissons du Louvre parce qu'à seize ans son corps était trop chaud pour ne pas braver la route de l'extase du cul. Je l'attendais sur un banc en me faisant draguer par des types trop vieux pour ça, le temps qu'il découvre ce qu'il fallait qu'il découvre. On rentrait ensuite, lui heureux d'avoir baisé et moi heureux d'avoir un pote heureux. Et puis un jour on a eu l'idée qu'il pourrait trouver un vieux à l'air riche qu'on pourrait dépouiller facilement. On en a trouvé un le soir même qui lui tournait autour. On voulait pas le taper mais il voulait pas donner ses sous, alors il y a eu un petit frottement et on est sortis de là avec soixante balles en poche, pas fiers. Ça valait pas le coup, on s'est dit qu'on recommencerait pas.

D'abord il y a eu lui, Malik, c'était le premier avant toi, le morceau de parchemin sur lequel est écrit pour l'instant la plus grande partie de l'épopée de Nino. Malik mon frère le jour, ma sœur la nuit, mon ange Gab' quand il me prête des thunes. Celui qui sait tout, à qui on ne ment pas.

Je connais Malik d'avant tout le reste, depuis qu'on est gosses, depuis le premier jour où j'ai quitté la terre du feu pour celle du gazoil. C'est venu comme ça, polarisé l'un par l'autre. Et puis boum perdu de vue, déménagement, chômage, HLM, lycée de merde, il est parti plus loin et je suis passé à autre chose.

On s'est retrouvés quelques années plus tard dans une autre ville, une comme celle qu'on habite, qui baise profond avec Paris par toutes ses rues, les doigts de goudron dans les trous l'une de l'autre.

Depuis on gravite ensemble ici, sur les bords du vortex parisien, moi autour et lui bien dedans. Il s'en est plutôt bien sorti pour l'instant il faut dire, surtout si je compare avec moi.

Il était en train de se faire savater dans une ruelle attenante au club où on allait tous les deux sans le savoir, quand je l'ai revu par hasard la première fois. Il voulait pisser tranquille, mais trois abrutis l'ont suivi parce qu'il portait des talons et qu'il roule du cul comme une brigade de pompiers quand il marche avec. Il peut pas s'en empêcher, quelques centimètres en plus et ça devient une vraie patronne de bordel. Pour les trois petits cochons, même s'ils passent leur temps entre couilles dans le noir, le voir rouler du cul en talons c'était pas possible.

Mais les abrutis ont pas pensé qu'un mec qui s'autorise à aller pisser en compensés de douze centimètres, seul dans l'ombre de ce quartier de cramés est sans doute capable de se défendre.

Il avait fait fondre le visage d'un des types à coups de gazeuse mexicaine achetée sur le Net et utilisait ce qu'il m'expliquera ensuite être sa prise du phoque mort, pendant que je mettais mon pied dans la gueule du troisième, moi qui tout simplement voulais aussi pisser par là.

Depuis le sol, il a pesé de tout son poids sur les jambes du baltringus qu'il serrait dans ses bras pour un plaquage au ralenti et jeté son corps sur lui, comme une masse molle et lourde, un triste phoque éteint tombant du ciel.

Le type a expulsé tout son oxygène sous le coup, son teint bleuté allait très bien avec la tenue de chaudasse de Malik. Celui sous gazeuse, allongé par terre inconscient, le visage comme violé par une pizza savoyarde m'a fait dire que quand même, si on pouvait éviter un mort et sniffer tranquillement de la coke, tout ça ferait une très bonne mise en jambes. Mais avant il fallait calmer le jeu.

Malik a coincé le type à terre, les genoux de chaque côté de sa tête jusqu'à ce qu'il commence à suffoquer violent. On lui découvrait plein de veines sur le front qui sortaient de sous sa peau comme pour nous dire bonjour. Pendant ce temps, je maintenais le mien au sol à bonne distance en le menaçant d'un bout de bois trouvé dans un coin. J'ai regardé Malik, un peu de sang lui sortait du nez tandis que ses yeux brillaient d'une fierté propre à la licorne qui défonce les coyotes à grands coups de sabots pailletés.

À cause du trip gobé quelques heures avant, je frisais complet.

Je voyais dans tout ça la grande danse de l'univers, les forces du cosmos se défendre des avanies du chaos, le vrai début d'une époque héroïque. Et puis j'ai dit laisse-le partir, sinon il va te vomir sa langue sur les couilles, et on a bougé.

Il a lâché le merdeux qui s'est relevé tout mou, puis lui a foutu un coup de pied au cul qui l'a envoyé taper la bise aux briques.

J'ai laissé le mien sur place pour sortir de la ruelle et rejoindre la file qui s'était formée entretemps depuis la porte du club. Une heure de l'après-minuit, l'heure de pointe.

Tête de fion au fromage était toujours allongé dans la ruelle, et j'espérais pour lui un peu de miséricorde pendant qu'on rejoignait la queue.

Une fois sous la lumière des lampadaires j'ai vu des yeux ronds partout autour, je me suis retourné vers Malik et moi aussi j'ai fait des yeux de planètes. Mais quelle dégaine il avait, j'ai parcouru la distance de la Terre au Soleil dans ma tête sans y croire à cause de l'acide, mais putain de merde c'était bien Malik, version deuxième époque. Malik a toujours été un peu gros. Là il était carrément impressionnant, avec des bras dans lesquels je pourrais rentrer une jambe, mais tellement gracieux qu'on voudrait le voir prendre encore plus d'ampleur. Quelque chose de Beyoncé, mais avec des gros muscles et de la barbe. Ses poils de torse frisés s'échappaient de son body mauve, couvert en bas par un short en vinyle noir. Aux pieds ses grands talons noirs, semelles compensées, son arme préférée depuis toujours pour dompter le grand cirque des cons qui se lève souvent sur son passage.

Ce mec me racontait un mythe par geste. Je venais de retrouver mon phare dans la nuit, et j'ai à peine eu le temps de sentir mes larmes de fragile me monter aux yeux qu'il a explosé de rire, et moi avec pour pas être tout seul à chialer comme une merde après avoir savaté des abrutis en guise de retrouvailles avec mon meilleur pote.

– Alors Nino, on oublie pas ses vieux copains ?

– Putain de merde Malik t'es devenu une vraie bombe, qu'est-ce qu'il s'est passé ?

– Je suis devenu celui que je voulais être. Et toi, t'en es où, dis donc voir t'es tout musclé on dirait, qu'est-ce que t'as fait à ton corps de poulet ?

– Arrête tes couilles c'est toi, t'es devenu une vraie marmule. Moi je fais des pompes, j'ai que ça à faire de toute façon.

– Viens on va pas traîner là, on va d'abord boire pour remercier le ciel d'avoir réuni nos projets de cuite et on discutera après.

Je l'avais retrouvé, il était sorti du noir de la ruelle plus femme que la Vierge et plus vierge depuis long-temps, mais ça je le savais déjà. Je l'avais retrouvé, mon moniteur de voile, ma maîtresse de ballet, mon Husky adoré, mon drôle de gars sûr.

Il m'a dit merci chéri, je t'en dois une petite, en m'entraînant vers l'entrée du club, doublant au passage une centaine de personnes, claquant une bise à l'armoire congolaise, le cerbère du Ramsès, la petite colonie des Enfers dont on franchissait le seuil. Moi au bras de Malik j'étais comme une jeune mariée introduite à la cour, il connaissait tout le monde à l'intérieur et moi personne, juste lui après trois ans d'absence.

Après trente bises, un saut toilettes cocaïne et un autre bar vodka jet, on s'est posés sur un canapé pourri dans un coin de la fosse pour s'entendre parler.

Il m'a raconté qu'après le lycée il avait abandonné ses études d'architecture parce que trop coûteuses, dès la première année il avait senti la distance que mettent les moyens entre les élèves et s'était vite dit que sucer des bites pour se payer de quoi construire des maquettes d'appartements d'un standing qu'il ne verrait jamais, c'était un truc trop déprimant pour lui. Au bout de trois mois à se ruiner pour rien il s'était cassé en continuant de toucher sa bourse, tout en se mettant à bosser dans des clubs qu'il avait pas mal écumés depuis, où il connaissait beaucoup de monde et ne payait pas grand-chose.

C'était la classe, j'étais fier de l'avoir avec moi. J'avais toujours su que Malik deviendrait quelqu'un d'encore plus extraordinaire que le petit ado allumé au soufre qu'il avait été quelques années avant.

Une fois le passé refait, il m'a dit tu vois la fille là-bas? Elle aime les petits loubs dans ton genre, elle m'a déjà demandé de te saouler et de te défoncer en attendant que tu passes à la casserole. J'ai dit OK. Envoie-moi tout ce qu'il faut, que je sois en condition pour me faire baiser. On a vite retrouvé les réflexes. Avec lui on tartine pas la merde avant de servir la soupe, on y va franco, surtout si c'est du cul.

C'est comme ça depuis le début. Je sais tout, jusqu'au prix d'une poire à lavement en solde, et il sait tout, même le bruit que je fais quand je couine.

La fille dont il me parlait c'était pas toi Lale, pas encore, c'était une amazone dont je n'avais retenu du visage que les reflets rouges de sa robe sur ses joues au moment où on s'était croisés. Il avait dit Pauline je te présente Nino.

Elle avait dit salut Nino d'une voix d'où coulaient des torrents de sexe en m'attrapant l'avant-bras, me détaillant les yeux, puis rapidement la ceinture ou juste en dessous et de nouveau les yeux. Ma bite, brave bête docile s'était mise tout de suite au garde-à-vous devant cette haute autorité de l'état-major des très chaudes du cul.

Elle était vraiment très courte sa robe. Quand elle s'était penchée sur le bar pour hurler sa commande au visage d'une pâleur translucide et pleine de ferraille de l'autre côté, j'avais vu sa culotte. Depuis, dans un coin reptile de ma tête j'y pensais en boucle au petit bout de coton, avec la cocaïne ça faisait un truc comme LA CULOTTE ! BAISER ! BAISER ! BAISER !

Elle me demande alors Nino, qu'est-ce que tu fais ici ? Je suis dans les tourbillons de l'ivresse et je lui dis je sais pas, je venais comme ça et puis j'ai retrouvé Malik, c'est un vieux pote, on s'était un peu perdus de vue.

Sinon je fais rien de spécial, je m'occupe, je regarde ce qui se passe, j'attends une occasion quoi.

Je trouve ça mieux qu'un voyage de trou-du-cul, un sac pourri sur le dos dans des pays où tous ceux de mon âge sont plus pauvres que moi. Il me reste un peu d'argent mais pas pour longtemps. Après je devrai bosser, sauf si je fais un bon coup.

Elle m'a dit wouaouu, alors t'es un genre de bad boy ? C'est cool. C'est cool ouais, puis j'ai pensé juste après t'en as rien à foutre que des conneries te sortent de la bouche puisque t'es déjà en train de me sucer avec les deux yeux.

T'as quel âge Nino. J'avais fêté mes dix-neuf ans peu de temps auparavant avec plein d'herbe et de la musique dans mon casque, à danser seul sur le toit du bâtiment de la cité universitaire où je sous-louais cash la chambre d'un étudiant qui partageait celle de sa copine trois portes plus loin.

Ça permettait de gratter un peu sur le dos des galères de chacun, eux c'était cent vingt euros de moins à se sortir des veines pour s'éduquer, et moi c'était le moins cher que j'avais trouvé pour un espace à la dimension exacte d'une cellule de prison, neuf mètres carrés mais sans les chiottes. Paris, cette grande crevarde quand vient la nuit et qu'il faut trouver la place d'y dormir.

Malik était en train de foutre en fusion le métal d'une des cages du podium à force de se frotter dessus quand il nous a rejoints faire une pause.

Il a commandé à boire pendant que Pauline, bien plus mûre que moi, foutait sa main sur mon paquet. À peine fini le verre j'étais déjà embarqué pour refoutre les narines dans sa très bonne coke directement sortie du cul d'une mule colombienne.

Là on a passé au moins une heure à taper dans les chiottes, à se dire nos vies, ce qu'on avait raté de l'autre avant de ressortir le cerveau battu en neige, complètement collé au plafond du crâne.

C'était parti pour la première de ces longues nuits à danser avec le diable, et à attendre jusqu'à l'épuisement que la chanson soit finie pour ensuite célébrer la nouvelle course du soleil ressortant des abysses.

Tous les week-ends on reprenait la prière de l'astre, on était comme des prêtres égyptiens mais sans les rituels chiants. On baisait Apopis en dansant toute la nuit, à suer des grosses gouttes pour que la barque du Dieu-soleil y glisse et trouve le bout du tunnel pour rejoindre à nouveau le ciel. Moi j'ai trouvé mon tunnel dans la bouche de Pauline, pendant que pour s'assurer que ma pine reste dure malgré tout ce avec quoi je m'étais tabassé la gueule, son index trouvait le sien dans mon cul.

J'ai couché avec Pauline quelquefois. Elle était drôle, intelligente et carrément bien foutue mais ça m'a pas plu, même si j'aimais beaucoup me faire sucer avec un doigt dans l'œil du cyclope.

Je l'ai compris après, la première fois que j'ai senti ta bouche me donner à boire Lale.

Quand j'ai bu les eaux sacrées de ton corps, que j'ai croqué ton cul et touché tes petits poils au fond de ton short pas grand du tout. J'ai compris que c'était là que je voulais mettre ma tête pour le reste de la nuit.

Le moment où tu m'as vu, où tu m'as choisi c'était environ trois mois après, le temps que Malik et moi on redevienne collés comme des tapins associés.

Je sais que tu as fait peur à l'autre fille qui était là avec moi et que j'ai pas bougé. T'étais la plus forte alors quand tu m'as eu, et que l'autre navrée par mon manque de réaction a décidé de s'énerver, t'as attendu le bon moment pour lui retourner son balayage brésilien dans la pissotière des chiottes mixtes du bar où on était. J'en ai mouillé mon jean.

Ensuite tu m'as emmené dans ta chambre pour faire du cheval à bascule sur ma bite tout le reste de la nuit jusqu'au jour. T'as étouffé le serpent et j'ai recraché toute l'eau. Encore une nuit où la barque du soleil a traversé le monde souterrain en flottant sur la flaque extraite de mes couilles, encore une nuit où t'as sauvé le monde en me jouissant dans la bouche. Le lendemain j'avais mal à la mâchoire et un gros aphte sous la langue, là où le frein frotte sur les dents du bas à force de l'avoir trop tirée pour te faire plaisir.

Tu m'as dis je crois que ça serait bien qu'on se revoie, que tu restes un peu par ici, même si tu sais pas quoi faire. Et j'ai pas bougé. À part quelques jours l'autre fois, le temps de redescendre après m'être défoncé avec la moitié des lettres de l'alphabet, de me faire virer de l'armée et de revenir t'attendre ici.

On compte nos sous, on compte aussi sur Malik pour nous éviter d'avoir à dépenser plus que ce qu'on a. Il t'a dit de passer chez lui pour le before, c'est comme ça qu'on appelle l'apéro qui dépasse minuit où on fait pas que boire, parce que l'alcool seul reste quand même assez chiant au regard de tous les autres trucs qu'on peut maintenant s'envoyer par le nez ou la bouche.

Après les quelques verres d'Havana Club avalés ici c'est déjà tard alors on bouge. On marche les mains sur

les culs jusqu'au métro direction Paris Nord et quand
on arrive au bas de son immeuble, on doit passer l'un
après l'autre près du mur pour pas marcher sur les gens
qui dorment sur le pas de la porte.

Sixième, pas d'ascenseur non plus mais au moins la
vue est belle, on arrive déjà pétés et soufflants. La porte
s'ouvre sur l'appartement qui fait le double du nôtre,
c'est-à-dire qu'en plus d'une petite cuisine, d'une
petite salle de bains et d'une petite chambre, il y a un
petit salon et une autre toute petite pièce qui sert aussi
de chambre. C'est presque grand, il dort rarement tout
seul chez lui.

Malik me frotte la tête comme si j'étais son neveu
préféré, avant de se mêler à l'îlot de jeunesse qui
s'envoie des gouttes de GBL en les mélangeant à tout
ce qui a un goût moins dégueulasse, du moment que
c'est sans alcool. J'en prends pas, j'ai déjà beaucoup
trop picolé et commencer ma première soirée depuis
tout ce temps par un coma, putain non merci.

Il y a beaucoup de garçons, la plupart en noir, des
darkeuses aux sourcils décolorés, la nébuleuse Malik,
une galaxie complète autour du plus fort des cœurs. Des
tout jeunes aussi, qui se retrouvent là parce que ça craint
moins que chez eux, parce qu'au moins on s'y marre.
Malik s'en bat les couilles, il fonctionne à la gentillesse,
à peu près tout le monde est le bienvenu et si quelqu'un
l'emmerde, il prend sa voix de Zeus à faire friser les
morts et il dégage tout ça rapidement. Si besoin, il met
des tartes, et si vraiment besoin, il sort la batte.

Le son tape dans l'appartement, je te cherche parce
que j'ai envie de poser les mains sur toi en te roulant
des pelles au moins une minute. C'est comme ça après

la première trace de chaque soirée, à l'attaque la bite en avant, le ridicule viendra après.

Je te trouve dans la cuisine, t'as pas bougé, t'es avec Ava en grande discussion. Quand tu t'es barrée de chez ton oncle elle t'a fait une place dans son lit qui est aussi sous les toits, et t'as pu dormir au chaud avec personne pour t'emmerder, avant de me rencontrer et de venir grelotter contre moi. Elle continue la fac même si pour vivre elle doit aussi voler à peu près tout.

Je fais demi-tour, j'ai pas envie de venir vous faire chier en plein live de radio bonne meuf.

Malik m'attrape quand je repasse au salon, il me présente Nico, Alec et Tom, trois mecs, un avec une jupe noire et rouge, un slim et des docs et un sweat noir taille XXL sur un corps très fin. Dans son dos il y a marqué Amour en violet, un truc qu'il a fait lui-même à l'acrylique. C'est moche mais pourquoi pas, je suis personne pour juger alors que la nuit nous prend tous.

Je refuse une clé de kétamine d'un de ses potes, lui non. J'aime pas beaucoup cette merde qui me propulse debout sur une putain de barque dans une mer qui bouge trop.

Pour Malik c'est différent, il est stable, et puis après un mois de diète au bled il est gourmand. Il attrape le téléphone branché aux enceintes et le repose à plat après lui avoir essuyé l'écran sur mon épaule. Il mélange un peu de coke et de kétamine avec sa carte de sécu et me sourit en disant Calvin Klein! Paille, sniff, un coup de tête en arrière et la lumière verte et rose danse doucement dans l'air autour de nous. Malik danse aussi, et tout le monde commence à secouer sévère, à foutre un peu le bordel. Nico et Bishop, qu'on appelle comme ça parce qu'il était au séminaire à Boston avant de tout plaquer et venir ici, ils sont allés se changer et débarquent maintenant les bras mouvants, un peu moins humains, un peu plus créatures. Une robe faite d'un tapis de gym rose et d'une corde à sauter, du tulle et du rouge à lèvres, des bottes de sept lieues et une perruque de sorcière, bref de sacrés looks.

Je suis dragon de feu et toi dragon de glace et on danse, on fait circuler l'air entre nous, on lui fait chanter des trucs doux et des trucs de cul. Un petit clavier monte du fond du paradis jusque dans les enceintes et me fait bouger la nuque, quand quelqu'un revient de la cuisine avec un saladier de cocktail à base de gin et de violette. J'en prends et je me dis que même si j'ai envie de bédave, il vaut mieux attendre d'être un peu moins bourré parce que si je fume maintenant, ma tête va tourner dans deux sens à la fois.

Il y a du monde, des copains tous partisans de la fête, juste des gens qui volent quelques heures sous des lumières moins blanches que celles que nous sert le jour. On s'en fout un peu tant qu'il y a à boire, que la musique est bonne et que le soleil reste caché.

Je fais rouler mon shit à ce petit couple de mecs qui ont pas l'air de manger à leur faim, sans doute parce qu'à dix-sept ans c'est pas manger qui les intéresse le plus. Ils découvrent cette petite félicité de l'entre-deux-mondes, après l'école obligatoire et avant les cascades de merde qui tapent dans le dos et donnent de l'élan une fois qu'on est lancés dans la vie. C'est la liberté, c'est beau et ça dure pas mille ans.

Quand c'est l'heure de la messe noire, on rejoint en bande les abysses du club et je te vois électrique et

brutale alors je t'entraîne danser. Collés, je retrouve
chaque bout de ta peau que je vois mieux quand les
lumières sont rouges. Tu brûles, et moi aussi mais la
seule eau que je bois c'est celle de ta bouche. Je touche
tes doigts sur tes hanches et jamais je voudrais que ça
s'arrête.

J'ai le cœur gonflé de toi. J'ai du désir plein les oreilles
et me tape des montées d'ecstasy en fermant les yeux,
la tête bourrée de toi et du reste. On prend de la place
avec les autres, je fais des figures hasardeuses qui font
se plier Malik en deux sous le coup du rire et des astres
qu'il a plein la tête.

Je chute comme mon verre qui me glisse des mains
pour la troisième fois, et appuyé au mur je savoure une
pause dans cette petite pièce où tout le monde fume.

Même si on est raides pour encore des heures, j'ai
pas l'énergie de laisser le gris du ciel me crever les yeux,
alors sur les coups de six heures j'anticipe pour qu'on
puisse s'allonger chez nous avant la casse et fermer
les volets.

Dans le métro ta tête sur mon épaule, tu fermes les
yeux en attendant la fin de la ligne. Moi j'essaye de
lire les affiches mais j'y arrive pas parce que les vitres
avancent trop vite. C'est le premier métro, un de ceux
où c'est pas trop un problème de s'affaler quand on
a pas dormi. Je t'embrasse quand on arrive, puis on fuit
la toux d'hiver de la rame et les couloirs aux odeurs
de pisse froide.

Une fois à l'air libre il nous reste plus qu'à marcher,
accrochés l'un à l'autre sur le trottoir rapiécé dont on
évite les trous. On dépasse les dépôts d'ordures, les
arbres pas très propres et les épaves de camionnettes

sans moteurs où dorment des gens qui ont pas mieux
où dormir.

Il y a des pigeons en haut qui volent et des rats en bas
qui galopent, des vieux qui sortent méthodiquement
les sacs plastique des poubelles, puis les éventrent pour
voir s'il y a rien à prendre dedans. Ça fait des trottoirs
sales mais c'est pas moi que ça dérange.

Ce qui m'emmerde c'est d'avoir la gueule collée à ce
qui nous attend si on a pas mieux qui tombe. Et puis
j'oublie, parce que tu me dis que tu m'aimes et avec
ça, misère ou pas, je te suis à l'arrière de toutes les
camionnettes déglinguées du monde.

Une fois montés chez nous, le four allumé et ton
corps nu sous les couvertures, je roule un dernier joint
au son des voisins du dessous qui s'engueulent à trois,
lui, elle et le bébé qui hurle. Ma tête me chuchote que
dans la vie, bordel, on est pas obligé de faire des gosses.

Je sens ta bouche sur mon corps, je me laisse tomber
pendant que la fumée monte et que toi tu descends, je
te retourne sur le dos pour couvrir l'engueulade d'en
dessous, puisqu'on préfère nos cris aux leurs.

5

AU MOMENT où le téléphone sonne je suis encore sous
les draps, mais je me sors tout de suite la tête de ta
douceur quand je vois qu'il affiche un numéro que
j'irais pas jouer au loto.

Toi tu dors encore, toute à poil avec des cheveux qui
te cachent la tête, t'es comme un lion qu'on emmerde
pendant la sieste, tu grognes à cause du bruit. Je suis

à poil aussi mais j'ouvre la fenêtre brièvement pour cracher ce qui remonte quand je m'éclaircis la gorge, la mélodie matinale des fumées. Puis, je ferme vite parce que t'as froid et tu me donnes des coups de pied pour le faire savoir. Je décroche.

– Paradis ? C'est le patron. J'ai besoin de toi à 5 h 30 à la centrale demain, ça te pose un problème ?

– Hm pas de problème, je vais me débrouiller pour venir. Mais peut-être que ça va être compliqué d'arriver pour cette heure-là, avec les transports.

– Si c'est compliqué tu te démerdes, tu fais du stop ou tu prends l'avion, mais t'es là à l'heure.

– OK OK je serai là, pas de problème.

– Tant mieux, à demain Paradis. D'ailleurs, Paradis je me demandais, c'est un vrai nom ?

– Oui monsieur c'est mon vrai nom.

– Ah c'est marrant, à lire comme ça je trouvais ça normal mais à dire ça sonne un peu débile.

– Si vous voulez monsieur.

– Allez bon dimanche Paradis, et oublie pas de redescendre pour venir bosser.

– Pas de souci je serai là.

Mais quel gros con. 5 h 30 ça fait chier. Je m'allume un bout de pétard posé là et je compte les heures qu'il me reste avant de devoir sortir, puis je me rendors.

Quans je sors c'est au milieu du rien, dans le noir qui poisse, dans le jaune des lumières qui chialent toute la fatigue de la rue. Ça colle partout, je disparais dans le fond des murs qui m'attrapent.

Rien n'est chaud, souple, rien n'est comme ton corps qui s'enroule encore un peu dans le bout du monde que je quitte.

Je marche vite parce que j'ai besoin de pognon et que je veux pas me faire engueuler.

Je marche vite parce que pas de métro à cette heure et qu'il faut que j'arrive à la gare au bon moment pour pas être baisé par la mauvaise coordination des forces de la nuit et du début du jour.

Je flippe un peu mais je suis à l'heure, mon téléphone est à l'heure, le reste est à l'heure et c'est 5 h 30, mais personne. Y a que moi, le froid, les briques et les lampadaires qui se pissent leurs lueurs sur les pieds.

J'attends. J'attends longtemps devant la porte de service et puis je fais le tour du hangar.

Il y a juste personne. J'attends une heure. Je veux pas appeler parce que si c'est moi qui me suis trompé je vais passer pour un gros con, et me faire virer pour avoir appelé le boss à des heures où ça se fait pas.

Et si je me suis pas trompé, si c'est lui qui m'a fait bouger trop tôt parce qu'il est trop con je vais aussi fermer ma gueule, parce que c'est le seul truc à faire. Donc je dis rien, j'attends.

Arrivent bientôt les premiers, les cuistots qui ouvrent des cartons et cuisent des trucs tout prêts. Je demande au chef de l'équipe s'il a une idée de pourquoi je suis là si tôt. Il me dit qu'il sait pas mais ça le fait marrer, et qu'en attendant mon responsable j'ai qu'à nettoyer les chiottes et le vestiaire, parce que si je suis là c'est pas pour glander.

Le reste de mon équipe arrive deux heures après moi, sur les coups de 7 h 25. Je me dis que j'ai dû rien comprendre parce que je dormais et comme je me suis rallumé le cul de joint juste après le réveil, les infos ont pas dû passer dans l'ordre.

Je suis tout niqué d'avoir attendu dans le froid sans finir la nuit comme je voulais, et après avoir reniflé de la javel et des serpillères dans les chiottes en guise de petit déjeuner, je suis l'équipe au vestiaire.

Luc arrive et fait l'appel. Je me demande si sur sa fiche c'est noté que moi je suis là depuis déjà deux heures, forcément que oui, sauf si vraiment j'ai phasé et que mon cerveau a inventé des phrases que personne n'a dites.

Pas de boss à l'horizon, on se change et je marche vers le camion les orteils serrés vers le bas parce que c'est comme ça que c'est le moins chiant de marcher. On passe la journée à servir pour le départ en retraite d'un cadre d'une boîte d'informatique, un truc qui vend des logiciels de gestion pour les établissements scolaires. Les gens sont pas très beaux, bien avachis, les vêtements plus chers que l'option marché de l'équipe du Coccimarket mais hideux quand même. Quand on a de l'argent mais pas de goût, il vaut mieux aller se faire foutre que faire du shopping. Les femmes ont les culs et les seins qui pendent et les mecs du bide par-dessus la ceinture, pourtant ils sont pas si vieux. Quand on me demande de remplir une assiette avec ça ou ça, je sens une fois sur deux au moins cette odeur atroce de café soluble mélangée à celle de la cigarette. Devant ce défilé d'haleines crevées, je me retiens de pas rempiler par-dessus avec le flacon de bile qui voudrait se renverser par ma bouche.

Il y a aussi deux ou trois jeunes dans la boîte, des jeunes un peu moins jeunes que moi. On se ressemble pas. Ils ont pas l'air en forme non plus. Trop de cul posé, de docilité intégrée depuis la première école. Sur les rails de la vie ils roulent le chemin tracé, et laissent poliment les flaques de paternalisme des bides en surplomb leur mouiller les oreilles de ce qu'il faudrait savoir du monde. Et tout ça tombe de bouches pleines du lard rance des années passées à attendre d'être assez vieux pour justifier leur dégaine de gros sac et se dire que ça y est, à leur âge on va la fermer en face d'eux et les écouter parler, parce que c'est comme ça qu'ici tout fonctionne. Trente ans de carrière pour parader devant un résidu de jeunesse, des puits de science creusés dans l'eau, rien sous la couche, juste le vent qui fait siffler les bords du trou et clapoter mes oreilles.

Un des vieux se penche un peu trop sur une jeune quand il parle, et je me dis que je connais bien ça, ces types assis dans l'âge et la graisse qui penchent leur corps imposant pour foutre leurs bouches dans les yeux et y déverser tout ce qu'ils contiennent, convaincus que tout ça fait envie. Je regarde la fille faire ce que de tout temps jeunesse a fait, attendre que ça passe en veillant à ne pas alimenter le parasite.

Ici pue une autre misère. C'est pas celle des poches, mais celle des têtes et des culs.

Enfin l'émotion débordant moins du cœur que la quiche lorraine de la bouche, le supérieur dit un mot au sujet du vieux qui s'en va avec ses petites boules blanches sous les yeux. L'autre enchaîne, le plaisir du travail et la fierté d'avoir été du projet. La blague à la con et tout ça c'est plié, merci pour ta vie. De toute façon t'avais pas l'air d'avoir mieux à faire.

On range tout, on prend les sous, je compte les miens et je vois que les deux heures d'avance sont pas comptées, j'ai vraiment dû déconner, mieux vaut oublier tout ça que rajouter du pétrole dans le foie de morue de l'histoire.

Une fois arrivé tu m'expliques que toi aussi t'as trouvé quelque chose, en attendant.

En attendant quoi on sait pas trop. En attendant de trouver la combine qui fait que dans la vie on a pas à se faire chier avec des trucs comme ça.

Tu vas garder des gosses, une famille dans Paris, vers Saint-Paul. C'est à toi que les gamines ont trouvé l'air le plus sympa sur les photos que t'as envoyées avec la fiche de présentation demandée dans l'annonce.

Tu le sais pas encore à ce moment-là, mais les parents sont tellement radins qu'ils souffrent réellement à l'idée de payer pour le service.

J'aime pas les radins. Ni les gamines. Des petites connasses sorties de la chatte crasseuse du palais des conneries. L'enfer de l'argent, la lèpre de la pétasserie rongeant le cœur de ces enfants tombés dans une famille qui gagne beaucoup et qui compte trop.

Mais de tout ça pour l'instant on ne sait rien, rien du cul de sept ans qui hurle deux étages au-dessus pour qu'on vienne lui torcher tout ce qu'il n'a pas transformé en cellulite juvénile, et qui lui sort du trou dans cette pâte dégueulasse et collante que tu devras nettoyer avec tes jolies mains. Rien de la peur panique que tu liras dans ses yeux quand tu lui proposeras de donner une de ses vieilles paires de chaussures à sa copine de classe qui a les siennes toutes niquées.

Rien non plus du regard adorateur des parents sur leur reproduction. Comme s'il y avait quoi que ce soit de précieux à multiplier son sang dans de méchantes petites choses, à les nourrir pour qu'elles grossissent assez et viennent s'ajouter aux êtres qui gloutonneront la terre, le ciel et les astres.

Mais pour l'instant c'est une bonne nouvelle, tu seras payée huit euros de l'heure, à la fin de chaque semaine. Tu travailleras les lundi, mardi, jeudi et vendredi depuis après l'école jusqu'à l'arrivée des parents. Quatre heures à chaque fois, cent trente euros la semaine environ.

Pendant que tu me parles de ça et que moi je flotte dans le ciel de Kaboul avec les cerfs-volants parce que j'ai pas vraiment dormi, je reçois un texto du boss. Demain 7 h 30.

C'est moi qui ai dû déconner. Deux heures d'avance au travail, quel con j'arrive pas à y croire que moi j'ai fait ça.

Le lendemain même chose, arrivé changé, pas parler, pas pisser et tout le reste, on prendrait presque l'habitude, on s'y ferait presque si au fond de l'estomac ça tapait pas aussi fort pour percer la cage, tracer vers la porte et se casser d'ici.

On arrive sur le terrain du jour, un colloque de gens du ciment qui parlent technique pour béton et coût de transport. Au bout d'une heure et pas grand-chose, le boss qui est là aujourd'hui me dit en me tendant dix balles qu'il a plus besoin de moi, qu'il y a moins de monde que prévu à l'événement, que j'ai qu'à y aller et puis déjà il est parti me laissant dans la main de quoi racheter du PQ, du dentifrice et pas tellement plus.

Ça m'emmerde un peu mais comme il fait presque beau dehors, que bientôt on va se coller la langue sur le cœur de l'hiver et que tout ce qui reste de cette lumière ne va pas durer, je sors. Je me balade, je regarde l'eau couler sous les ponts mais comme les

chaussures me niquent les pieds, je prends le métro
puis le train, jusqu'à la centrale où je prends mes
affaires et je rentre.

Je passe au magasin acheter ce qu'il faut, et je me
rends compte qu'à cause du métro et du bus j'ai plus
assez pour le dentifrice. Pas grave, je prends le tube, je
regarde droite gauche et je le vole. Le train je le paye
jamais, trop cher et pas souvent les nazis habillés vert
de merde.

Ça recommence le lendemain, je viens à l'heure qu'il
faut, je fais ce qu'il faut et là le mec me sort au bout
d'à peine un peu plus de deux heures que je peux rentrer chez moi, il me dit pour demain tu regardes la
météo, s'il fait beau tu viens, sinon tu viens pas.

Je fais remarquer qu'il est pas obligé de m'appeler
si c'est pour me dire de rentrer à peine arrivé. Il se
rapproche de moi et avec la plus grande de toutes ses
têtes de con il me dit que si je suis pas content j'ai
qu'à pas venir du tout, et rester le cul sur mon canapé
à compter les heures.

J'ai fini par comprendre qu'il s'amusait juste à me
casser les couilles. À cause de Mathilda. Mathilda que
j'ai plus revue, tout est devenu clair une fois revenu
à la centrale pour me changer. Comme on était tout
seuls avec le type chargé du nettoyage après le départ
des équipes, et que ça faisait deux fois qu'il me voyait
revenir peu de temps après être parti, il m'a expliqué
l'histoire. Mathilda a appelé le patron pour se faire
payer ses heures, au moins essayer. Elle a dû dire mon
nom, lui a dû lui dire d'aller se faire foutre avant de raccrocher et d'imaginer comment me faire chier. Et pas
besoin d'être très éveillé pour imaginer comment

emmerder les autres quand on est le boss, n'importe quelle pine est capable de ça.

— Ben merde, et je fais quoi alors?

— Tu rentres chez toi et tu reviens plus. De toute façon il va pas s'arrêter, il va te faire ça jusqu'à ce que tu craques, c'est sa méthode.

— Mais il peut pas juste plus m'appeler? Il est obligé d'être encore plus pute que sa mère là?

— Ça l'arrange, ça lui coûte rien et ça garde les autres au calme, un jour t'es là, le lendemain t'es plus là. C'est pas lui qui t'a viré, c'est toi qui es parti. T'as fait comme tu voulais et lui il se fatigue pas à gueuler, les autres en savent rien et tout est réglé.

— Putain de connard. Il a que ça à foutre putain c'est pas possible et moi je me suis laissé baiser mais quel con. T'as pas une clope pour moi?

— Tiens, attends on va se mettre à la porte pour fumer. On peut pas toujours se douter de jusqu'où vont les gens, t'en fais pas tu trouveras autre chose. Peut-être même que ça sera mieux qu'ici et puis t'es jeune, tu peux encore faire ce que tu veux donc débrouille-toi et passe à la suite. Oublie tout ça, il faut avancer dans la vie.

Je finis ma clope, je dis salut, j'avance dans la vie et je me casse. J'achète dix balles de crédit pour maintenir en vie la puce de mon téléphone. Je rentre avec les dix euros qui me restent en poche, j'ai fraudé tous les transports parce que c'est pas tout de suite que les billets vont pleuvoir, les billets j'en ai qu'un et il a que deux chiffres, un 1 et un putain de 0.

6

— ALLÔ papa? C'est Nino, écoute je sais pas où t'es en
ce moment, j'imagine qu'à cette heure-là t'es rentré.
C'est mon numéro si tu veux m'appeler. Ici ça va, on
galère un peu mais Lale habite avec moi, on est tous
les deux, j'aimerais bien que tu la voies. Sinon ça roule,
on se débrouille. Dis-moi quand t'as mon message, on
viendra te voir si on peut.

Le lit dévasté par le souffle et les corps éteints dans
les draps humides. J'ai rêvé que ta peau avait le goût
d'un fruit d'ailleurs. Je vois ton fantôme dans une
lumière blanche. Cette lumière je la connais, je l'ai
déjà vue, c'est celle du matin.

Mes yeux s'ouvrent sur le mur en face. Pour
aujourd'hui je voudrais de l'or, une forteresse, la compagnie des fauves et un grand miroir. Quitter enfin le
losange des Bermudes.

Je me lève et enfile mon jean sans caleçon parce que
j'ai pas envie, puis je vais dans la cuisine chercher le
paquet de Pépito que je mange en regardant par la
fenêtre avant d'ouvrir mon téléphone.

Un message de Malik qui veut me voir aujourd'hui et
un message pour acheter le vélo que j'ai trouvé dans la
rue la veille. Je donne rendez-vous pour le soir. La fin
du mois pour moi, ça veut pas dire qu'il faut que je
tienne jusqu'à ce que l'argent tombe, mais que j'ai plus
beaucoup de temps pour réunir ce qu'il faut pour le
mettre dans la boîte à gros con.

J'appelle Malik en début d'après-midi pendant que
tu te prépares pour rejoindre les deux têtes de larves
chez elles. C'est mercredi mais papa et maman vont

aller voir une vieille qu'ils laissent traîner dans une maison de vieux, quelque part à trois heures de Paris.

On se quitte au métro, je t'embrasse deux fois et je flute vers chez lui.

Après avoir enjambé la famille trottoir en bas de l'immeuble j'arrive flingué par les marches chez Malik, qui ouvre ses deux grands bras dans lesquels je tombe. Musique à fond qu'il baisse quand on va s'asseoir dans son salon où le ciel clément se répand sur le sol. Une fois étendu bière en main, il me regarde avec son sourire aux mille étoiles en attendant que je parle.

– Raconte-moi Nino, je veux tout savoir.

– Tu veux que je commence par où ?

– Par le début, c'est quoi cette histoire de fou, Lale m'a dit l'autre fois que t'as failli changer d'identité et disparaître, je te laisse trois semaines et tu vrilles complètement, il s'est passé quoi, t'as trop chargé ?

– Attends je t'explique. Au début de l'année, avant que tu partes j'ai trouvé ce cours là, qui était gratuit pour moi, avec du théâtre et tout. Bref j'y suis allé quelquefois, c'était bizarre mais ça allait, je tenais le truc comme il faut. Enfin je pensais. Et puis comme les gens se connaissaient pas vraiment, on s'est dit qu'on irait faire la fête ensemble tu vois, sortir pour danser, se mettre une décharge et vider des bouteilles. Moi je suis pas trop dans le groupe, je galère un peu, ils parlent de choses que je connais pas, je suis totalement en biais mais je lâche pas l'affaire. Comme il y a une grosse soirée organisée dans l'ancienne gare à l'est je leur propose, ils connaissent pas trop ces ambiances et ça les tente bien, alors je me dis que là j'ai ma carte à jouer parce que sur le reste ça commence à me snober.

En même temps, les discussions où les gens passent leur temps à citer des noms connus mais pas trop pour se rajouter des centimètres et mieux se branler en groupe c'est pas ma came.

— Ha, c'est pas comme si t'en avais besoin en tout cas.

— Merci de ton soutien, t'es un marrant toi. Bref le week-end arrive et on passe d'abord se chauffer chez Élodie, alors je ramène les autres pour essayer de mixer un peu les bandes. Au final on est un peu plus de la moitié de la classe à se retrouver là, avec Ava et le reste des copains, plus d'autres potes à je sais pas qui, sauf Lale qui est restée fumer des pétards au calme.

— C'est moi ou maintenant à chaque fois qu'elle est pas là quand tu sors, il y a toujours un moment où ça part en couille?

— C'est pas faux. Ça fait du monde et ça tape de partout, ils ont des sous les artistes et tout le monde a des grammes, moi je suis flingué, je discute avec je sais pas qui, je suis tout enflammé comme à chaque fois. Plus l'heure avance et plus les gens sont cuits, et y a un mec qui est là, je sais pas d'où il sort mais il casse les couilles tu vois, il est du genre vraiment lourd, je le vois qui se fait jeter parce qu'il va trop loin, qu'il se colle trop près et qu'il veut pas entendre ce qu'on lui dit, il s'en bat juste les couilles, un vrai trou de balle. Déjà c'était tendu au début parce qu'il m'a pas lâché pour avoir un joint qui tournait gentiment. Le mec me voit fumer et il me dit t'as du shit donne ton shit. Il a des cheveux longs mais propres et une barbe toute taillée, alors forcément je suis obligé de l'ouvrir. Je lui dis tu redescends, ici on est tous copains et on fait la fête ensemble donc on reste poli. Et puis d'abord t'es qui. En fait c'était le cousin d'un des types bizarres de la classe, un pas à l'aise avec moi, avec un rire de faux cul et des phrases à la con. J'aime pas les mecs comme ça, qui la jouent propres sur eux alors qu'ils se torchent pas avant de prendre une douche, tu vois le genre ?

– Je vois très bien oui.

– Le mec est pas cool, mauvais délire, mais il se calme et tout le monde fait ses trucs en se gelant le cerveau, puis à un moment on décolle pour y aller parce que c'est déjà tard. Mais Élodie est pas bien, fatiguée, trop bu, bref toute claquée elle s'est foutue dans sa chambre, elle nous dit c'est fini cassez-vous moi je reste ici, je suis trop bourrée, alors on trace pour la laisser dormir.

J'étais en train de pisser donc je pars en dernier, y a plus personne, je rejoins les autres en bas et là merde, j'ai oublié la vodka. Je remonte vite fait, je tangue parce que je suis déchiré, je pousse la porte que j'ai mal claquée en sortant, je trace vers la cuisine et je prends ma teille. Et puis j'entends un truc du côté de la chambre, un bruit bizarre, je me dis si ça se trouve elle est pas bien, on sait jamais faudrait pas qu'elle s'étouffe ou je sais pas quoi, alors je vais voir. Je pousse la porte de sa chambre et là mec c'était presque trop tard. Le fils de pute de tout à l'heure avec sa tronche de brosse à chiotte coiffée à l'huile de coco, il était en train de la déshabiller. Ce connard était pas sorti, il l'a guettée toute la soirée parce qu'elle était dans les vapes et il s'est dit qu'il pourrait se la taper quand tout le monde serait dehors. Élo complètement à l'ouest, a juste vaguement bougé les bras pour qu'il se casse, plus

capable de rien, et moi je saute sur le gars. Il était pas
net non plus, alors il s'est cassé la gueule et je l'ai traîné
par la veste en lui foutant des coups dans la tête, puis
une fois sur le palier je l'ai balancé dans les escaliers,
mais tu vois comment c'est chez elle, elle est au premier
donc de pas très haut. Je suis descendu aussi, je l'ai
tiré dans la rue, je lui ai frappé la gueule et puis je l'ai
cogné contre le sol en l'attrapant par ses boucles. Et les
autres à côté qui gueulaient mais t'es malade Nino
mais qu'est-ce qui t'arrive arrête blablabla. Et puis je
me relève, et là je vois leurs têtes à tous complètement
horrifiées et moi aussi je suis pas bien, raide de coke et
puis le trip avalé avant en prévision du trajet qui monte
d'un coup. Je comprends que je suis le seul à être au
courant, que tout ça c'est juste gratuit pour eux alors
j'ai complètement flippé. J'ai cru qu'il était mort parce
qu'il avait son pote qui arrêtait pas de dire ça et puis
je suis parti en courant. Arrivé chez moi, j'ai flippé je
sais pas combien d'heures, j'ai préparé mon sac, j'ai
pris ce qu'il fallait et j'ai bouclé l'appart. J'ai rien dit
à personne sauf à Lale même si je lui ai menti, j'ai fumé
ce que j'avais sur moi et j'ai tracé à la Légion où mec,
je me suis tapé la descente la plus rustique du monde,
un délire. Y avait même pas de PQ dans les chiottes,
j'ai dû piquer des serviettes à la cantine pour pouvoir
me torcher. Voilà en gros comment ça s'est passé quoi.

— Putain Nino t'es un vrai malade, bravo mon cham-
pion. T'as eu des nouvelles d'Élodie depuis?

— Non, je t'avoue je la connais pas super bien et ça
me met un peu mal à l'aise tout ça. Lale en a eu, je sais
juste qu'elle est pas allée chez les flics c'est tout.

— Normal, et le job que t'as trouvé ça va comment?

– Fini depuis hier, un autre genre de connard. De toute façon c'est mort, j'essaye encore un ou deux trucs et puis si c'est comme le reste, nique le travail, je travaillerai pas, je ferai autre chose.

– Autre chose comme quoi?

– Je sais pas, un truc bien, concret, genre faire pousser, construire des trucs.

– Tu veux planter de la weed Nino?

– Mais non je dis ça comme ça, je pensais à un jardin. Ça serait bien tu vois, avoir une maison avec un jardin, du soleil et faire pousser des framboises. Sortir le matin à poil, marcher pieds nus dans l'herbe jusqu'aux framboises et les manger comme ça.

– Ça va Nino? T'as pas l'air en forme quand tu parles de jardiner.

– Je galère Malik, je sais pas comment je vais faire, dès que j'essaye un truc ça déconne.

– Pourtant t'es mignon, rien qu'avec ta gueule tu pourrais t'en sortir.

– Et je fais quoi, je me tape des vieilles? J'en connais pas des daronnes et puis je sais pas faire ça moi, si j'essaye ça va encore déconner.

– Et t'as pensé au Farfadet? Je l'ai croisé il y a quelques jours, il est en forme en ce moment, ça marche bien pour lui. Peut-être qu'il aura quelque chose pour toi.

– Putain non j'y ai pas pensé. Tu sais comment le joindre?

– Sûr, il sort de chez lui que pour aller voir ses clients et acheter des clopes, tout le reste il le fait livrer, ramène-lui un petit cadeau quand t'iras le voir.

– Il est toujours à Ménil?

— Oui toujours dans la grotte. Note son numéro et écris-lui, il va sûrement t'aider.

— Il va pas m'aider, il va trouver un moyen de se rendre service en me rendant service, c'est un putain de renard.

— T'exagères, c'est un sacré marchand de tapis mais au bon cœur. S'il peut faire un truc pour toi il le fera. Et puis qu'est-ce que t'en as à faire, il vaut mieux s'arranger avec lui qu'avec le genre de type pour qui tu te retrouves à bosser d'habitude. Il est cool le Farfadet, il t'a toujours eu à la bonne, ça lui fera plaisir de te voir tu verras.

— Si tu le dis. Malik?

— Ouais mon loup, qu'est-ce qu'il y a?

— T'as pas un peu de thune à me prêter s'il te plaît, on galère méchant là.

— Bouge pas.

Il sort du salon et passe dans sa chambre puis revient avec deux cents euros en billets de cinquante. Il me les tend en souriant. J'aime trop ce mec, je dis même pas merci parce qu'il est suffisamment fort pour m'entendre le penser. Je lui tends le joint que je garde à la main depuis le début de la discussion.

Il me regarde avec ses yeux de malice, le rallume et me frotte la tête maintenant qu'il connaît l'envers de la crise.

Il me parle de lui, de son travail, des vieux qui viennent boire au bar la nuit pour pas être tout seuls et voir un peu de jeunesse sourire, leur parler de comment c'était avant le sida. Je lui parle de toi, de comment je t'aime, de comment c'est depuis que t'es venue vivre avec moi, des galères qui s'enchaînent fort à l'amour.

Il a changé ses cheveux, rasés de très près sur tout le tour et colorés rouge en haut. Ça pète, le rouge avec le blanc des yeux.

Je suis toujours assis et lui s'est levé face à moi, il reste debout comme ça, à tirer sur le joint la tête sur le côté tournée vers la fenêtre.

Il est encore plus grand vu depuis ce canapé pourri et son regard est étrange, comme plus vieux que son corps. Je me dis qu'il a des secrets que je connais pas, alors que de moi il sait tout. J'essaye de pas le regarder mais j'y arrive pas, il a des morceaux du ciel de décembre qui lui tombent sur les joues et la lumière tremble contre le noir de sa peau.

— Et Lale, comment elle va ?

— Ça va, elle a eu ses parents il y a quelques jours, je crois que ça va.

— Elle leur en veut toujours ?

— Oui, mais elle comprend aussi que c'était pas gérable pour elle de rester en Turquie. Elle est trop tendue. Et puis avec ce qu'elle bédave, elle aurait pris soixante ans de prison avant sa majorité. Mais je sais que ça lui manque, même si elle en parle jamais. Elle en veut surtout à sa mère je crois.

— Pourquoi à sa mère ?

— C'est elle qui a décidé de l'envoyer ici chez son oncle, un jour ce con lui a collé une beigne et elle s'est tout de suite barrée chez Ava. Elle est comme ça Lale, elle fait ce qu'elle veut. En même temps c'est un sac à merde le tonton. Son père il l'appelle belette depuis qu'elle est petite, et son oncle, qui peut pas saquer son père, parce qu'il peut pas saquer l'idée que sa sœur se soit casée avec un Turc, il l'appelle beurette.

T'imagines le délire, déjà pour lui Turcs, Arabes c'est tous Bougnoules ou Bamboulas. Tu connais Lale ça a pas duré longtemps, elle a commencé à le faire chier et puis elle s'est cassée quand elle en a eu marre de voir sa gueule le matin. Elle préfère galérer et voir la mienne.

— Et ton père, t'as des nouvelles ?

— Non. Je lui ai laissé un message mais je crois qu'il a du mal à faire marcher son répondeur.

— Et tu sais où il est ?

— Il avait un bateau à remonter du sud de l'Espagne, il devrait être rentré d'ici pas longtemps. Je sais pas, j'essayerai de le rappeler plus tard.

— Il faudrait qu'il s'occupe un peu plus de toi, c'est pas normal de te laisser comme ça dans la nature.

— Il bosse tu sais, il passe son temps sur la flotte, c'est comme ça. Et puis c'était clair dès le départ, il m'a laissé choisir.

— Mais Nino c'est pas normal qu'il y ait personne avec vous, vous êtes des pioupious toi et Lale, je voudrais pas qu'il vous arrive une couille.

— Il y peut rien mon daron, il sait même pas tout ça, il croit que ça roule, que je m'éclate dans une école et que je pourrai faire un truc qui me plaît vraiment.

— Pourquoi tu lui dis pas, il pourrait t'aider non ?

— Parce que je veux pas qu'il sache, il s'est cassé le cul pour moi et je veux pas qu'il pense que ça mène à rien, qu'il voie comment je me démerde pour tout ruiner.

— Tu sais tu t'en sors bien. T'as une fille géniale avec toi, et même si tu fais tout à ta manière, et que c'est pas souvent le plus simple, tu t'en sors quand même non ? Et puis surtout ce qui compte Nino, c'est que t'es pas un petit connard, t'es un mec gentil, et avec ça tu vas gagner. Même si parfois t'es très con. Écris au Farfadet, je suis sûr qu'il aura un truc pour toi. Faut que je me prépare, je me suis fait faire un corset et j'ai besoin de toi pour m'aider à le fermer, ensuite je sors et on se retrouve pour faire la fête ensemble à la fin de la semaine.

Alors on passe dans la chambre et Malik enfile sa tenue d'actrice des nuits aux néons. Impossible de savoir comment ça marche, comment autant de corps entre dans si peu de vêtement, comment tout ça crée sur lui et partout autour ce qui vient nous poudrer les joues. J'ai l'impression qu'il s'arrêtera jamais de pousser, qu'il sera toujours plus grand et plus fort avec les mains nouées à des flots d'énergies qu'on ne voit pas mais qui sortent ici partout en crevant la Terre.

Je traverse à nouveau la ville sans la voir, coincé dans les tubes qui nous trimballent et cahotent au-dessus du ring des souris. Elles sont là entre les rails quand j'attends le changement depuis le bord du quai. Au début, je vois juste le petit gars avec sa moustache d'enfant qui regarde la bouche ouverte dans le noir des pierres, c'est la rue sous la rue. Et dans le noir des pierres je vois les tout petits poings gris des souris grises qui se mettent des mandales. Tous les deux penchés sur l'abîme où on foutra jamais les pieds on laisse la guerre se faire entre les habitants du pays des rails, avant que les wagons n'arrivent à quai et soufflent fort sur tout ça.

Je récupère le vélo et retourne avec jusqu'au métro pour gagner les quarante euros pour lesquels je le cède, puis je reviens chez nous. Arrivé en bas je me dis qu'en haut y a plus rien à fumer, que ça sert à rien de remonter sans ça alors je prends la direction du bâtiment derrière la supérette.

J'arrive dans le parc qui borde les tours et les types sont là comme d'habitude, les pieds et les mains dans le béton. Je fais même pas de signe, ni de la tête ni du reste, je fixe rapidement Adam avant de m'avancer vers le bâtiment du fond.

Je me retourne pas, je sais qu'il est pas loin derrière. Arrivé dans le hall et calé dans le petit couloir de la sortie de secours, j'occupe les trente secondes qui me séparent du geste en étudiant le sol. Y a pas grand-chose, des souris de cigarettes la queue blanche dressée en l'air et quelques culs de pétards.

Adam arrive, il me dit bien et je lui réponds pareil. Il me faut vingt euros, alors je lui échange la moitié de mon vélo contre un peu plus de quatre grammes d'un shit qui colle aux doigts et tire une balle en pleine tempe quand on l'allume. C'est ce que je cherche, quelque chose qui me claque le sang une fois que ça bulle au bout de la braise.

Un demi-vélo gratuit, c'est pas si cher payé pour un moyen de rendre invisible pendant quelques heures l'ensemble des choses qui dans la vie me cassent les couilles. Pas cher payé pour voir quand tu rentreras ton sourire soulagé de celle à qui on propose un plaisir de la vie après une journée pas terrible.

Un jour on aura une baignoire. On prendra des bains. En attendant je retrace le parc et je traverse la rue où le feu est toujours pas remis en état. Ça va finir par faire du dégât. Ça ou les tuiles de l'auvent pourri du bar au rez-de-chaussée. J'imagine le scandale, un bébé mort dans une poussette à cause d'une tuile tombée d'un toit. Un bébé mort parce que la ville lui est tombée dessus. Ça la fout mal. Je traîne pas et m'enfile les étages pendant que la nuit enfile le ciel, et dans tout ça je me dis quand est-ce que tu rentres? Te voir me manque Lale.

Heureusement j'attends pas longtemps, et comme un chiot je te saute au cou le joint aux lèvres manquant de foutre le feu à tes cheveux. Tu le retires de suite pour le coller aux tiennes, et respirer un peu d'air frais.

– Ça s'est passé comment?

– Pas mal, elles sont plutôt sages. Elles m'aiment bien. Par contre, j'ai dû torcher le cul de la plus grande alors qu'elle a presque huit ans. J'ai jamais vu ça.

– Wouah c'est carrément dégueulasse ouais.

– Oui c'est assez gênant, je vais lui expliquer qu'à son âge on se débrouille. Elle fait comment à l'école, c'est quand même pas la maîtresse qui s'occupe de ça.

– Trop bizarres les bourges! À quoi ça sert qu'elle fasse de la danse classique si elle sait toujours pas s'essuyer à son âge. Ils font quoi comme métier les parents?

– Le père est chercheur sur l'eau, il en étudie la qualité ou quelque chose comme ça, et la mère est directrice commerciale d'une compagnie d'assurances. J'ai vu une fiche de paye sur la table, elle gagne à peu près dix mille euros.

– Putain! Y a de quoi lui payer un cours particulier à la gamine pour qu'elle se torche toute seule.

– T'as vu Malik?

– Ouais, il s'est fait faire une nouvelle tenue, un truc complètement dingue. Je lui ai tout raconté depuis son départ, il m'a filé de la thune aussi. Il m'a dit que je devrais appeler le Farfadet, c'est un type qui était dans le coin avec nous quand on était plus jeunes. On s'est recroisés de temps en temps, Malik plus souvent parce qu'il aime les bijoux.

— Le Farfadet? Pourquoi vous l'appelez comme ça?

— Parce qu'il est comme un lutin, pas très grand, avec toujours une capuche à la place du chapeau et un pétard de weed à la place de la pipe. En plus il habite depuis des années dans un demi sous-sol un peu bizarre, c'était à sa mère mais elle s'est cassée en Bourgogne après y avoir acheté une petite maison pour sa retraite. Lui il a jamais bougé. On l'appelle la grotte l'appartement. Le Farfadet il a un truc depuis toujours, il aime tout ce qui brille. Gamin il avait toujours des choses étranges dans les poches. Il aimait vachement les bagues et tout ça. Maintenant il fabrique des bijoux, les grandes boucles d'oreilles de Malik c'est lui. Il sort pas de chez lui ni de sa capuche, il roule des cônes, il tape sur de l'or et il coince des pierres qui brillent dedans. Il fait que ça, mais vraiment que ça.

— Et lui il pourrait t'aider comment?

— Apparemment ça roule pour lui en ce moment, il aurait peut-être un truc à me confier, ça fait long-temps qu'on s'est pas vus. Il m'aime bien le Farfadet, on était bien potes avant qu'il entre complètement dans son délire et qu'il commence à vriller doucement. Maintenant y a que ça qui l'intéresse, faire des bijoux et faire de l'oseille avec.

— Et tu vas le voir quand?

— Malik m'a donné son numéro, il faut que je l'appelle. Malik t'embrasse aussi.

— Et toi, tu m'embrasses?

Alors je colle ma bouche à la tienne où je fais rouler ma langue. On s'allume doucement les mèches et je vois ton corps qui frissonne, parce qu'il va falloir encore attendre pas mal de mois avant d'avoir vraiment chaud ici sans tissu. Je sais que toi c'est ce qui te fait le mieux apprécier la vie, être à poil au soleil.

D'ici là, tenir avec nos lueurs à frotter l'une sur l'autre et se faire baiser les lucioles qui nous habitent les sexes. Je veux tout t'offrir, même s'il faut tout voler.

Après l'amour, j'écris un message au Farfadet. Malik l'a prévenu. Je peux passer quand je veux, demain ou après, il m'accueillera avec son sourire en coin, et dans le coin du sourire le pétard vissé à sa bouche. Je m'endors la tête sur ton ventre, le nœud de la petite détresse pas loin du cou, le cou pas loin du sol où en dessous gueulent encore ceux chez qui rien ne semble aller en ce moment. J'ai pas besoin de prier le ciel pour savoir que nous ça ira, j'ai besoin de prier pour tout le reste. Alors quand mes paupières se ferment plusieurs fois sous ta main, j'adresse aux astres une lettre qui dicte l'alignement souhaité pour tous les jours qui viennent. Monnaie, monnaie, monnaie. Avant de sombrer dans un monde où tout est possible, et qui demain encore fera le réveil triste.

7

J'AI PAS choisi le moment idéal pour rejoindre le seul morceau de destin que la vie me tend à mâcher, mais c'est parce que j'ai les crocs qui réclament à se faire dessus que depuis le bas de l'immeuble je calcule vite l'itinéraire d'ici jusqu'à la grotte.

J'ai pas de pièces pour les tickets, alors j'évite les escalators remplis qu'on peut pas descendre en courant si une brigade de la Stasi cueille les malheureux en haut. J'aurais trop les morts d'être un malheureux aujourd'hui, donc je fais attention partout où je passe, je me tape tous les escaliers et reste debout pas loin des portes de la rame. Mais personne aujourd'hui pour me suriner l'âme à coups de contraventions, et je finis par accueillir l'air du dehors aux relents de fast-food comme un signe du grand manitou m'annonçant la fin du territoire hostile.

Il pleut les morts que j'avais tout à l'heure et des grosses gouttes s'écrasent partout sur le paysage, sur la rue qui escalade la colline. Je monte les mètres entre moi et la grotte qui m'attend tout en haut dans une petite rue sur la droite. Je passe les rades, les boucheries, les boutiques de téléphone et les Grecs où la viande qui tourne donne un aperçu de ce que peut être la bouffe en enfer.

Je suis mouillé comme un chien qu'on lâche après une conne de volaille dans un marais. Je cours après ma volaille. Le maître monde m'a sifflé pour que je fouille le nez au sol et trouve un peu de quoi justifier ma présence en lui, alors je cavale les baskets trempées dans les crasseries des moteurs.

Malgré la pluie, du monde fume cigarettes et cigarillos sous les toiles des cafés d'où dégouttent parfois sur les braises des verres de flotte tombés tout droit des nues. J'arrive enfin au bout de cette ligne droite qui monte vers ailleurs que le paradis, vers peut-être un peu de chance, un coup de veine qui va permettre au sang de rouler tranquille pour j'espère un peu de temps.

Je passe à droite de l'alimentation générale qui fait l'angle et qui vend pas beaucoup d'aliments. Le vin dégueulasse, la bière et les cigarettes à l'unité c'est pas l'idéal mais ça marche aussi. C'est comme de l'éther dans un moteur, une dernière pointe et le pot d'échappement qui chauffe fort comme une forge avant que tout crame. Ça mène pas bien loin mais on y va très vite, c'est le chemin court vers la sortie du théâtre.

Arrivé au niveau de la planque du Farfadet je fais comme à l'époque, je tape doucement du pied dans le carreau qui dépasse à peine du sol sur le trottoir. Si un chien faisait sa crotte devant, ça lui boucherait la moitié de l'horizon qu'il voit par ce morceau de verre en bas du mur. J'entends la porte à côté vibrer, je la pousse et me retrouve dans le hall de l'immeuble que je peux pas dépasser parce qu'il faut une clef pour la deuxième.

C'est pas le Farfadet qui m'ouvre mais un type sans âge avec une peau d'ailleurs, et impossible pour moi d'y lire le temps dessus. Je le suis dans l'escalier et une fois passé le couloir d'entrée de l'appartement, j'arrive en plein film de contrebandiers.

Ils sont quatre en plus de celui qui m'a fait descendre, tous occupés sur des petites tables éclairées par des petites lampes à fabriquer des petites choses avec des petits outils.

La pièce est complètement enfumée et tout le monde participe. Un instrument à cordes qui vient de l'autre côté des mers joue depuis une enceinte sans fil, si bien qu'en fermant les yeux et en se bouchant le nez on se croirait presque dans une salle d'attente de dentiste.

J'avance et on me salue sans bruit, enfin au milieu des volutes je distingue affalée dans le canapé la capuche que je suis venu trouver et qui me tourne le dos. D'en dessous s'échappent des colonnes d'une fumée presque bleue. Insoupçonnable la vie des caves à Paris, et c'est bien pour ça qu'il s'est installé ici. Mon guide signifie ma présence au maître des lieux, qui sans se retourner lève la main droite et m'indique la place à sa gauche, en passant le bras par-dessus sa tête.

Je m'installe à côté du plus étrange des lutins, il est pas si petit que ça mais complètement courbé, le corps plié sur un morceau de trésor posé entre ses doigts, la paume tournée vers la lampe.

— Un saphir étoilé Nino, c'est un saphir étoilé. C'est beau non ?

— C'est comme une étoile à peu de branches.

— Et le bleu, tu le trouves comment ?

— C'est beau aussi, on dirait la couleur d'un œil, je connais quelqu'un qui a les yeux bleus comme ça. Comment ça va Farfadet, depuis quand t'as ouvert une usine ici ?

— Quand maman est partie, j'ai commencé à avoir trop de travail, alors j'ai formé les deux potes que tu vois là-bas. Les autres avec Ahmad qui t'a ouvert, c'est une équipe de Pakistanais, ils sont très forts mais ils sont tous clandés, et pas de papiers pas de travail. J'ai d'abord rencontré Ahmad sur une foire de pierres, puis il a ramené son équipe et voilà où on en est. Je te rassure, tout le monde est payé comme il faut sauf l'État.

— Tiens, c'est pour toi. Des fruits confits, je sais que t'aimes bien ça.

— Merci Nino, j'apprécie c'est gentil.

J'analyse le terrain autour et je me dis que vu ce que ça crame comme herbe ici, il y en a forcément un qui une fois a dû se fumer un diamant comme ça, pour essayer. Personne fait vraiment gaffe à moi, ils ont tous la tête penchée sur le petit monde précieux qui les occupe, les yeux rougis par le travail minutieux mais pas que. Le Farfadet déballe des petits papiers pliés qui remplissent la boîte devant lui, en sort un caillou rouge comme le feu d'une grenade incendiaire et me le colle sous le nez.

— Et ça Nino, t'en penses quoi, c'est beau aussi non ?

— Ouais ça pète, j'ai jamais vu un truc pareil.

— Tu comprends pourquoi depuis que j'ai des pierres les billets ça m'intéresse plus tellement ?

— Je te suis pas jusque-là mais au moins à la moitié. Et t'as un dragon pour garder tout ça ?

— Non pas de dragon Nino, j'ai une machette dans chaque pièce et je reste discret. Et j'ai pas non plus des millions planqués ici. Tout ça circule vite, c'est la matière avec laquelle on travaille, c'est tout. Malik m'a dit que t'avais une petite forme en ce moment.

— On peut dire ça, j'ai enchaîné les galères en quelques mois, une vraie catastrophe, tout a déconné. Maintenant je suis hors circuit, et chaque fois que j'essaye de raccrocher un wagon je me fais éclater par le train qui arrive en face, tu vois le délire, je suis dans le seum.

— Et tu cherches un moyen de te faire un peu de pognon sans avoir besoin pour ça de vendre tes organes ?

— Je cherche un moyen de tenir jusqu'au printemps. Après il fera beau, ça ira sans doute mieux.

– Je peux te confier quelques petites choses pour passer l'hiver, mais tu sais que là-dedans il y a toujours un risque.

Il me tend le lance-roquettes sur lequel il pompe sa fumée en de longues inspirations qui lui ressortent par le nez en deux colonnes distinctes. En attrapant ce qui va m'atomiser pour le reste de la journée, je me dis qu'il est là le dragon, que si quelqu'un essaye un jour de lui baiser le moindre petit caillou, ça va cracher des flammes jusqu'au KFC sur la place tout en bas.

J'attrape sa chose qui tient plus du travail d'un druide que de celui d'un fumeur journalier en mesurant bien le privilège qu'il m'accorde d'inhaler un peu de ce qui fait son repas de midi.

– J'en ai rien à foutre du risque, du moment que ça me coupe l'envie de me tirer une balle à chaque fois que j'arrive ou que je repars de chez moi. Je veux juste pas me mettre dans la merde, je suis plus tout seul maintenant.

– T'inquiète, pas de traquenard avec moi. Mais si tu perds ce que je te confie, là tu seras dans la merde Nino.

– Dans la merde comment?

– Vraiment dans la merde.

– OK pas de souci, je ferai gaffe.

Ce qu'il a à me proposer n'a rien de bien compliqué, trimballer des pierres de chez lui jusqu'ailleurs. Ne pas les perdre, me les faire braquer, ou permettre à la police de mettre la main dessus et avoir à répondre à la question d'où ça vient.

C'est vrai qu'à première vue j'ai pas la dégaine du diamantaire aguerri, mais le Farfadet sait que se faufiler vite dans la grande ville, ça je sais faire sans encombre.

Alors je prends le petit paquet qui vient se caler derrière mes couilles, le papier avec l'adresse dessus que j'entre dans le téléphone tant que j'ai du wifi, et une fois l'itinéraire détaillé au stylo sur ma main, je retourne m'enfoncer dans le vertige des gens qu'on a trop concentrés ici.

Je stresse pas trop, juste une présence sourde qui s'installe, une tension dans le creux des côtes au-dessus du nombril. J'ai pas osé lui dire que j'ai pas deux balles en poche pour un ticket, et au moment où j'entre sous terre je me dis que la prochaine fois j'hésiterai pas, tout pourvu que les vautours en kaki viennent fouiller les tripes d'un autre et pas les miennes.

Un morceau de chance m'attend posé sur le rebord du tourniquet que j'escalade, un ticket posé là, valide pour encore presque une heure. Un peu de la bonté anonyme, un geste envers ceux qui en auraient peut-être besoin, qui coûte rien et qui me permet de trimballer ce que je trimballe pour nourrir la boîte qui avale tous les mois un tas de billets que j'ai du mal à réunir.

Je passe par gare de Lyon pour changer de ligne, et face au portique j'ai le réflexe de coller un type pour passer derrière lui. Un spécimen en pantalon saumon et mocassins fatigués qui repère le jeune à trente mille, le genre à appeler la police avant de demander de baisser le son. Et ça rate pas, il se retourne et me dis NON, NON ! avant de s'enfuir de l'autre côté des petites portes qui me niquent tous les jours la vie. Je marque une pause pour mentalement lui porter l'œil avant de penser au ticket, et de continuer ma route comme une personne normale malgré le grattement qui m'use le pli de l'aine.

J'ai des bijoux contre les bijoux, des morceaux d'or dans le chaud de l'amour et du secret. C'est un début de cabane, un pas vers les framboises au fond d'un jardin auquel je crois pas vraiment.

Je remonte à la surface et en face de la bouche du métro qui me crache lentement, je vois l'immeuble et la boutique que je cherche enfoncée dans son rez-de-chaussée. Une façade un peu pourrie sur un boulevard trop grand, quelques montres et des médaillons avec autant de boîtes vides autour. J'entre et j'entends comme un bruit de charentaises qui traînent sur le lino de l'arrière-salle. Un rabougri arrive et me regarde pas bien, jusqu'à ce que je lui dise que j'ai quelque chose pour lui. Alors tranquillement il me contourne pour fermer la porte et m'invite à tout déposer sur le morceau de tapis rapiécé qu'il a dégagé du bordel sur le comptoir.

Un peu gêné qu'il me lâche pas des yeux, je mets la main au paquet pour en sortir la livraison et je sens au geste son mépris qui double. Je m'en bats les couilles c'est comme une poche en plus sûr, et je préfère faire attention à moi que me faire apprécier.

Je déballe le tout qu'il pèse pièce par pièce sur une petite balance qui ressemble à celles qu'on utilise pour la verte et la blanche. Il repart derrière et me ramène une enveloppe que je dois porter au Farfadet. Il m'a pas dit un mot mais je suis pas venu pour ça, et je retrace la ville par là où ça galère dans les marches avec les poussettes. Ici ça fait rêver le monde mais un type en fauteuil peut même pas sortir au Louvre, la Joconde aux valides et les Invalides aussi.

Une fois de retour, posé sur le canapé où à côté de moi le joint magique n'a pas diminué depuis tout à l'heure, je regarde cet enfoiré de leprechaun examiner le contenu de l'enveloppe. Il sort six billets de vingt et me les tend avec son sourire de petit malin.

Je sais qu'il aurait pu me donner moins, et tout ça c'est une manière de me rappeler que je suis pas quelqu'un qui prend des risques en trimballant des choses dont il ne sait rien, mais quelqu'un à qui on rend service. On me dépanne parce que je suis dans la merde, c'est tout.

Je repars billets en poche après m'être payé deux samossas parce qu'il est plus de seize heures, et que mes jambes commencent à swinguer toutes seules de gauche à droite. Une fois que j'ai fini, je pense à arrêter d'oublier de manger et je ravale pour la quatrième fois la volée de marches de la station de métro.

J'arrive quand t'es pas là et pour t'attendre je range un peu, je plie tes affaires, des fripes sophistiquées qu'on déniche ensemble avec beaucoup de méthode partout où les vêtements coûtent pas plus de trois euros et là où c'est facile de voler. Chacun de tes sous-vêtements que je vois ne tient encore que grâce au soin que tu accordes à tout ce que tu touches. Et je pense que si un jour je croise de quoi me mettre un peu de lingerie dans les poches, il faudra que j'en profite.

Pas facile de s'habiller dans une ville où la barre est si haute, où du premier coup d'œil on sait de quel monde tu viens.

Ça te demande beaucoup de travail de ressembler à une fille de ton âge sans problèmes, et pourtant t'es si belle. Mais pas facile de cacher les cernes, de montrer un attirail de parure qui prouve au monde un peu de ta force. Comment tu fais, pour dresser si bien le subterfuge et maquiller la détresse.

Sous la fine peau qui t'habille je sais que le sang court trop vite, je sais que là où une fille sans entrave ne met qu'un battement du cœur, toi tu dois en payer deux.

Je sais qu'une faiblesse nous guette, je sens parfois que ça tourne dans ma tête et toi pour te lever le matin tu dois faire un effort qui n'existait pas il y a quelques mois. Seulement vingt ans ? Vivement la mort.

Tes pas chantent depuis l'escalier, j'ouvre la porte sur tes yeux presque pas fatigués, aussi bleus que le saphir. Cette pierre que j'ai vue tout à l'heure, un jour Lale ça sera la tienne.

8

ENFIN on sait que c'est fini, plus rien ne nous sépare de ce qu'on va se mettre ce soir, du temps qu'on va passer à danser comme des singes.

Après avoir fouillé beaucoup d'annonces, je me suis inscrit pour dimanche à l'inventaire d'une grande surface du coin, une nuit à biper des conneries pour environ soixante-dix euros net que je toucherai le mois d'après. Toujours ça de pris, et je te l'annonce mais t'as pas envie de parler de ça, t'as l'esprit ailleurs, en route pour l'humidité tropicale dans laquelle on va se vautrer pour suer et faire sortir le mal.

Tout est prévu, et une fois toi changée en fusil d'assaut monté sur plate-forme, et moi fier dans un gros blouson pour pas d'emmerdes à ton bras, on trace la rue où ton cul fait comme toujours l'effet d'un gyrophare.

Le Havana Club coule tout seul avec un peu de Coca, si bien qu'à la moitié du trajet je surfe déjà entre les banquettes.

Toi aussi tu t'enchaînes et j'aime bien te voir boire, puis sentir un peu de l'alcool qui touchait tes lèvres me descendre dans le cou, là où tu m'embrasses souvent, avant que la rancœur ne vienne couler de ta bouche.

— Je t'ai pas dit Nino, la mère elle me devait cent vingt-neuf euros pour la semaine à torcher et moucher ses filles. Alors tout à l'heure elle m'a tendu cent trente et m'a dit, Lale, tu as un euro ? Ça m'a crispée, je lui ai dit non, j'ai pas un euro. Elle a retourné tout l'appartement à la recherche de monnaie mais comme elle trouvait rien, elle a souri et m'a dit c'est pas grave, on le retiendra sur la semaine prochaine. Elle a dit ça l'air de dire ça va, on est entre nous, je te fais confiance. Confiance mon cul oui. Un euro, t'imagines toi, payer quelqu'un qui travaille chez toi, qui s'occupe de tes enfants, de ce que t'as de plus précieux au monde et faire tout un cirque pour un euro ?

— Putain ! Si un jour on est riches et qu'on paye des gens pour ce genre de trucs, le ménage, c'est trente balles de l'heure minimum ! Pour moins, j'aurais trop honte de laisser quelqu'un nettoyer ma merde.

— Si tout le monde pensait comme toi, on pourrait mettre de l'argent de côté et partir en week-end.

— Donne-moi la bouteille.

— J'ai même pas vu passer Noël.

— On s'en bat les couilles de Noël.

Et j'attrape sourire aux lèvres un peu d'eau de feu qui fait qu'en moi se noient les ancêtres, les esprits et tout ce qui dresse des ponts entre soi et le monde.

– Et puis, les gosses font des trucs bizarres. Au début, elles savaient pas trop qui j'étais. Elles sont encore petites, et on peut pas dire qu'elles soient très éveillées : elles passent leur temps devant des dessins animés roses avec des princesses roses dans des robes roses. Elles ont des jouets roses, des culottes roses, des bols roses, même leurs putains de brosses à dents sont roses. Le truc le plus décalé qu'elles ont vu, c'est *La Reine des neiges* ! Elles pensaient que j'étais juste une gentille copine plus grande, que je venais pour jouer à la dînette avec elles, mais quand l'autre m'a payée la semaine dernière, elles se sont rendues compte qu'il y avait de l'argent en jeu, surtout la grande, t'aurais vu sa tête quand la mère m'a donné les billets. Forcément, cent euros à huit ans, c'est la fortune. J'ai cru qu'elles étaient juste surprises. Tu parles, elles ont vite compris.

– Compris quoi ?

– Que j'étais leur boniche. Ça a commencé lundi à l'école, elles m'ont tout de suite collé leurs sacs dans les bras. Ensuite la petite était fatiguée, alors j'ai dû la porter. Arrivées chez leur père, je galère pour ouvrir la porte de l'immeuble, et là, la grande me regarde avec des yeux de petite fourbe, elle balance son manteau aux pieds des marches et elle monte en rigolant comme un gremlin. Évidemment, la petite me saute des bras et fait pareil, et moi je ramasse tout. Après on a joué à des jeux super chiants, je devais faire la femme enceinte qui accouche dans la douleur, ce genre de trucs.

– Ça craint.

– Ils ont même pas Internet chez eux, je vais pas tenir longtemps, je préfère arrêter avant d'en baffer une.

– Ils sont contre ?

— Non, ils trouvent que c'est trop cher, le père utilise le wifi de la voisine du dessous et il s'assoit dans les escaliers de l'immeuble pour envoyer ses mails. Il est obligé de se lever toutes les deux minutes pour allumer la lumière, c'est ridicule. Donne-moi la bouteille.

On arrive aux portes du paradis et la famille qui squatte les deux marches devant se tasse sur la gauche comme à chaque fois que quelqu'un entre ou sort.

Enfin on monte la tour infernale pour arriver droit au sixième ciel.

On est pas si nombreux, simple petite sauterie entre intimes avant de cavaler la nuit jusqu'au temple de la transe.

Malik est dans son fauteuil et je le regarde se lever pour te baiser la main. Violette est là, sa super pote avec qui il bosse. Elle m'aime pas trop, me trouve franchement con mais je la soupçonne d'en rajouter pour avoir toutes les bonnes raisons d'essayer de te mettre dans son lit. Malik ça le fait hurler de rire de la voir me remballer à chaque fois que je l'ouvre, putain à vingt-quatre ans elle est déjà chiante comme la mort. Pourtant elle a presque l'air sincère dans son ça fait plaisir au moment où je colle ma joue à la sienne.

C'est pas qu'elle m'aime pas, c'est juste que pour elle toi et moi c'est du gâchis, et le côté qui gâche il s'appelle Nino. Mais on connaît tous la musique qui débride les cœurs et les précipite vers la baise dès que le soir enveloppe la ville.

Et là où on ira ensuite pour danser, je prendrai moi aussi mon lot de mains au cul dans la queue des toilettes. J'y fais même plus trop gaffe. Ça fait partie du jeu de nos nuits, prêter un peu de son corps à la foule qui piétine pour faire sauter la trappe où on veut tous tomber.

Malik m'écrase contre lui avant d'attraper derrière moi l'assiette bleue sur laquelle il y a autant de traces que de personnes. Quelques gars sont là aussi, Bishop avec son kilt, bien pratique pour passer à l'assaut en peu de secondes, pour engager la conversation dans le vif du sujet, à savoir si ce qui se cache dessous est emballé ou non d'un sous-vêtement. Là-dessus il est très tradi, toujours respecter scrupuleusement la règle et laisser ses couilles à portée de main du plus téméraire.

Arrivent bientôt d'autres garçons qui ont laissé la morale aux portes. Tout ça s'enchaîne, c'est que le prélude à l'heure des loups dont on guette le signal de départ qui nous rendra tous fauves. Ça tourne, les bouteilles tournent, l'assiette tourne, les clopes tournent et même la musique tourne sur un sample que j'identifie pas parce que j'y connais rien.

Je croise Charlie en allant aux toilettes, et comme il vient d'arriver, la main qu'il plaque dans mon cou pour m'embrasser est froide comme le béton sous le cul de la famille qui garde la porte en bas. Il a son casque à peine défait et il s'essuie le front en soufflant parce qu'il a monté son vélo qui prend maintenant toute la place dans l'entrée.

Charlie est trop mignon, alors impossible de les lui refuser, les embrassades qui fusent par la brèche du verrou social qu'on pète à coups de n'importe quoi.

Pourtant d'habitude j'aime pas trop ça qu'on me touche quand c'est pas toi, mais c'est Charlie. Il est tellement triste qu'il rigole tout le temps. Petit corps

d'adolescent pour contenir toute la peine d'un mas-
sacré. Et seulement nous pour tenir le corps quand la
peine étouffe. Ici pas de famille, on dit frère ou chéri.
Ici, c'est autre chose, une prière commune qui nous
tient. Un désaxage qu'on à tous en nous et qu'on veut
pas corriger. Content pas content rien à foutre, y a
qu'à se permettre, c'est tout.

Je finis mon verre et je cherche tes yeux qui me
cherchent pas du tout. Des fois je pense que je t'aime
trop et ça me fait peur. Je voudrais pas que tu m'oublies.
Il suffit parfois que tu parles à quelqu'un d'autre pour
que tu me manques.

Le départ est lancé, et le temps du trajet on retourne
la rame, on est pas les seuls, une bande de filles aux
talons et créoles démesurées jactent par-dessus le gré-
sillement d'un petit baffle.

C'est pas la politesse qui nous unit, et autour je
regarde les gens trop vieux pour venir boire avec nous
perdre patience et ronger doucement les bords de la
paix civile. La plaie tombe sur une jeune fille sage qui
tente de lire dans le vacarme. Des boucles blondes
sous un béret, on dirait une pub de Paris pour touristes
asiatiques.

La chef du gang des talons à créoles la martèle de
questions sur la chose qu'elle tient, et en moi je lui
conseille de ranger sa timidité face à la parade qu'on lui
fait, parce que même moi ça m'énerve, de voir qu'elle
s'affole qu'on lui parle d'une voix plus forte que ce
que la bouse de gare qu'elle dévore susurre à son cœur
d'artichaut.

Le refrain tombe et c'est tout le carré des poufiasses
qui hurle et raidit encore d'un cran l'ambiance où un

de ceux qui ont trop travaillé aujourd'hui va finir par leur dire de la fermer.

Nous ça nous va bien que pour une fois les enfoirés de la rame ça en soit d'autres, et Bishop et moi on peut tant qu'on veut s'accrocher par les pieds aux poignées du plafond. Comme il est en kilt, il a la décence de tourner son cul vers nous et le reste vers la fenêtre en coinçant comme il peut le tissu entre ses cuisses.

Ça s'excite, et je sens que sous la queue de cheval, la grande gueule s'impatiente et va finir par faire bouffer son livre à l'autre qui bégaye quand elle devrait simplement lui répondre en souriant, ou lui dire d'aller faire chier quelqu'un d'autre. Elle le lui prend avec ce qu'il faut de brutalité. Ça commence à râler sec et les premières réflexions montent doucement des cous sous les barbichettes et les petites chaînes en or. Déçue de voir que son manège emmerde, la capitaine se lève en rendant son livre à l'autre avant de parler fort.

– OH LES GARS, C'EST LE WEEK-END OU QUOI ? ON EST CHARLIE OU ON EST PAS CHARLIE ?!

Et Charlie, suspendu aux yeux d'un touriste qui préférerait être la cible d'un raid israélien plutôt que la sienne déboule, tout content d'avoir entendu son nom et de pouvoir prendre un peu de lumière.

– On m'appelle ?

– Eh Charlie ferme-la un peu tu veux, on va finir par être fatigués avant d'être arrivés si ça continue.

Alors Charlie suit la directive de Violette et retourne travailler sa cible de l'œil, pendant que le reste du wagon passe de la colère au rire devant tant d'absurde.

J'entends la nerveuse demander son numéro à l'autre au cas où elle saurait pas quoi faire dans la soirée, que ça serait bien de se croiser, parler bouquin, en disant bouquin d'une manière qui veut dire baiser, et il commence à faire chaud sous la flanelle du corps sage qui donne son numéro et passe de l'émotion des pages à celle de la vie réelle à un rythme choisi pour elle par la miss métro de la soirée.

Dehors Malik en tête de colonne et moi dans le cul d'une bouteille, on avance vers l'ancien tri postal laissé en gérance pour six mois à des artistes avant destruction, parce que des esprits torturés et leurs potes qui font les folles torse nu, ça reste mieux que des sans-papiers avec leurs gosses qui font la cuisine. Tant mieux pour nous, tant pis pour les gosses.

On s'approche de la grosse masse en brique et la queue pour entrer est déjà tellement longue que ça me saoule. Heureusement Malik, roi Léonidas en plus bonne, n'y prête aucune attention. Il nous entraîne vers la double porte qu'on passe après qu'il a à peine posé ses lèvres sur celles qui s'occupent de soutirer l'argent au flux de viande ivre qui attend d'entrer.

Après avoir fait le compte de ce qui nous traîne dans les poches, je te laisse courir la nuit souhaitée en espérant que bien vite mon cœur manque au tien. Le son est tellement lourd qu'en moi les organes tombent et Charlie me regarde avec tout ce qu'il peut d'allumé pour me dire fort à travers l'air qui tremble :

— ON VA DANSER NINO ? ON VA DANSER ? ON VA SUR LE SON ?

— On passe pas aux chiottes s'en faire une d'abord ?

— NOOON NON C'EST TROP LONG IL Y A TROP DE MONDE AUX CHIOTTES, JE VEUX DANSER MOI NINO ALLEZ VIENS S'IL TE PLAÎT JE VEUX DANSER !

– Oh OK tranquille, on y va.

– OUAIS NINO ! T'ES TROP MON POTE, TU VEUX DE
LA KETA ?

– Non, pas pour l'instant, et toi t'es déjà complètement rabat mon petit Charlie, autant y aller tout de
suite.

– OK COMME TU VEUX ! CE SOIR C'EST ZIZI NIGHT !
NINO VIENS AVEC MOI, ON VA DANSER !

Et Charlie m'entraîne, son visage est tellement dans
le jus qu'on dirait qu'il marche déjà sur les dents alors
qu'on vient juste d'arriver. Une fois enfoncés dans les
corps au milieu de la fosse, on commence à dessiner
dans l'air les symboles du grand n'importe quoi.

J'ai super chaud et je sais que le mec sur ma droite
arrête pas de me mater, j'en profite pour boire dans sa
bière avec un sourire de ta gueule et laisse moi picoler
ton truc amigo, et amigo me demande si je voudrais
une pointe de coke. Tu penses que oui amigo et pendant que la clef de son studio pourri caché quelque
part dans Paris Nord s'approche de mon nez avec ma
friandise dessus, je voyage dans le temps et fais un
court bilan de ma vie, le temps de me dire que certaines choses mutent mais ne changent pas vraiment.

Déjà gamin j'étais tellement mignon que la boulangère du quartier me filait des bonbons quand j'allais
chercher le pain. Maintenant ça revient, quand je vais
chercher la nuit, partout où j'entre on m'offre des produits qui me niquent la gueule. Peut-être que ce qui
a changé c'est que la boulangère voulait pas m'enfiler
ni que je l'enfile, alors qu'amigo voudrait bien qu'on
aille faire un tour tous les deux dans la matière noire
du cosmos des culs.

Je le plante là avec une tape sur l'épaule un peu franche qui lui donne sans finesse à voir qu'à part son verre et sa drogue je lui trouve pas d'intérêt, et lui me rend tacitement la pareille puisqu'à part des morceaux de corps j'ai pas grand-chose qui l'intéresse non plus. Y a qu'à voir ses yeux pour comprendre qu'il est pas venu ici chercher l'amour en grand.

J'ai perdu tout le monde, alors après avoir fait le tour de l'espèce de cave où déjà la condensation des corps nous retombe dessus dans une pluie grasse et salée, je trace vers le coin canapé où ça fume en cinq minutes de quoi faire crever un biotope solide.

Je vous retrouve assis dans un coin, et profitant de la finesse de ton corps je viens me glisser entre toi et le mur. Charlie est encore plus frisé des neurones que tout à l'heure, et ça discute philosophie du sexe avec Malik, que tout le monde aime et qui aime tout le monde. Forcément, j'arrive au moment où, pour changer, ça parle de bite.

– Non Charlie, je suis pas d'accord, il y a des bites qui sont très belles, c'est comme pour les filles, des fois c'est joli et des fois c'est pas joli. En plus on a tous quelque chose que quelqu'un peut trouver beau, donc que ça le soit vraiment ou pas, on peut tous baiser si on en a envie. Je vois pas en quoi tu trouves ça si horrible d'en avoir une dans la bouche. En plus ça reste gentil à côté de certains de tes plans, c'est comme si t'étais OK pour manger un foie de poulain cru mais que tu faisais la gueule devant trois bigorneaux là.

– Moi je trouve ça louche. C'est gros, ça pue et il y a un liquide bizarre qui sort avant le sperme. Pourquoi je sucerais une bite alors qu'il y a des millions de

kebabs et d'autres choses mille fois meilleures
à manger?

Forcément tout le monde se marre, et Charlie qui
trouve sa réflexion pleine de sens reste un peu ahuri
devant nous. Moi non plus je la trouve pas si bête
sa réflexion, du moment qu'on la laisse attachée au
contexte d'une petite bande qui grince des dents dans
le violet des lumières d'un club.

– C'est fou avec vous on peut pas rêver, dans ma tête
je suis une princesse mais dès que je vous parle, je me
rends compte que pour vous en fait je suis une gitane,
les gens me voient pas comme je suis vraiment.

Et encore une grosse vague de rire nous trempe et
emporte tout le monde sur le passage de Charlie, qui se
lève et nous emmène danser les yeux au ciel, puisqu'au
moins là il se fera pas piéger par les ressorts étranges
que prennent parfois les mots dans sa bouche.

Plus tard ma tête brille de mille éclats trempés par
les gouttes qui perlent de mon corps et se font mettre
profond par les rayons des lasers. La lumière me cloue
le cœur au son et me presse le sang dans l'étau de la
foule.

Tous lâchés comme on lâche la bête, on joue la par-
tition censée fissurer le sol, faire pousser le volcan,
s'ouvrir le cénote où les crocos nagent en attendant
qu'on saute, poussés par personne et joyeusement
sacrifiés.

Je suis raide bourré et j'ai des doutes sur la dernière
heure, j'ai l'impression d'avoir vécu des trucs mais je
sais pas si c'est vrai. Je fouille mes poches et j'y trouve
un bout de pilule, je sais pas d'où ça vient mais je m'en
balance, alors je l'avale. Je fais du rodéo sur le béton,

je parle à plein d'inconnus, on me propose des trucs et j'aime pas dire non alors je dis oui. Je repasse au bar où je saoule le serveur pendant une plombe pour qu'il rajoute une dose de vodka dans mon verre, jusqu'à la troisième fois où il m'envoie chier pour toujours.

Je fais le tour du fumoir pour gratter des clopes en titubant et quand j'en ai quatre je fais un tour dans l'autre sens pour trouver une feuille et un peu d'herbe. Je roule et j'allume, on vient m'en taxer, et en grand prince je dis oui. C'était pas perdu, la fille et son pote me proposent une autre demi-croquette à la couleur fluo. Ça commence à faire beaucoup de moitiés de machins et je sens que j'ai du mal à pas poser deux fois la même question parce que tout de suite j'oublie les réponses.

Je veux rouler un autre joint mais je trouve des champignons dans un coin. J'ai perdu mon shit, alors je prends ce que je trouve et j'effrite ça dans ma paume, ça fait du shit de champignon. C'est dégueulasse mais c'est rigolo, et je retourne danser même si tout bouge et que les couleurs autour font une drôle de gueule.

Je croise Charlie qui tire un type par la ceinture pour l'emmener avec lui. Je me dis c'est marrant, on dirait qu'il tire une chèvre mais je sais même pas pourquoi je pense ça.

Je me colle à la foule et puis je te vois de dos, alors je me rapproche et te colle par les hanches mais tu te retournes et me pousses avec un air qui dit un non catégorique et moi je comprends lentement qu'en fait c'est pas toi.

Alors t'es qui, et j'ai à peine le temps de comprendre que je t'ai confondue avec une autre à qui je passe une main sur le visage en guise d'excuse pour encore mieux me faire dégager que déjà c'est le brouillard. Je crois que je tombe et qu'on me rattrape, je voudrais prendre l'air mais je sais plus où c'est.

J'ai le cœur sac plastique qui tremble aussi trop fort et la lumière ne rentre plus que des fois par à-coups quand le voile se soulève. J'ai la tête, les yeux et la bouche qui crament, j'ai avalé des braises qui me font des trous partout. Des trous dans le sol quand j'avance, des trous dans les phrases que je veux dire à des gens qui ont des trous dans le visage quand je les regarde. C'est le monde du papier, ça prend vite feu et tout crame quoi que je fasse, tout crame, et j'ai trop chaud. La tête bouilloire qui siffle et du ciment plein les plaies, je coule au fond d'une misère bien chienne, et moi je parle plus, juste je bave.

Je suis tellement loin de moi que je sais pas si ce qui touche mon corps est humain ou si c'est juste le sol qui me ramasse quand je tombe puisque tout bouge.

J'ai dépassé la ligne, tout dépasser le rouge des limites et manger encore les cailloux.

Tout est pris, tout crame et je veux retrouver le monde d'avant, sentir qu'il fait froid dedans, que dehors c'est l'hiver.

Non, pas crever, plus jamais ça, la main qui tremble et peut-être je crie. J'ai les yeux pleins de fumée qui pleurent, ou c'est juste que peut-être j'ai honte de ce dans quoi j'ai trempé mon âme qui ressort noire et puante du charbon froid des braises qui s'éteignent parce j'ai compris, ma tête est dans un lavabo qui coule. C'est lisse et frais, j'ai vu un peu du blanc et puis la peur partout. La peur partout quand au-dessus

de moi s'est vissé le bouchon et que tout mon corps est
parti dans le noir des tuyaux.

                              9

— NINO mais putain qu'est-ce qui t'a pris? T'es devenu
fou? Tu veux crever ou quoi? Et Lale, t'as pensé à elle?
Tu peux me dire ce que tu foutais aux chiottes avec
cette fille? Tu l'as vue au moins, tu sais qui c'est? Non
t'en sais rien, t'es qu'un putain de merdeux! Tu crois
quoi Nino, que je serai toujours là pour rattraper tes
merdes? Tu te souviens au moins de ce qui s'est passé?
Est-ce que t'as une idée?

J'ai ouvert les yeux et c'est pas le mur que j'ai en face,
mais la fenêtre de la chambre de Malik qui me crache
dessus un ciel pas sorti du printemps. Je suis crispé de
partout, les mains moites de sueurs froides et les dents
trop serrées, ma tête se calme et je comprends vite que
si je suis là, c'est que j'ai vraiment fait le con. Je me
rassemble en moi et ça me coûte, mais je me dis que si
je m'affale maintenant je vais décevoir pour longtemps
celui qui m'a sorti de je sais pas encore quoi.

— Malik je sais pas, attends putain j'ai mal partout, de
quoi tu parles bordel? J'étais là, je dansais et, merde,
d'un coup j'ai pris feu putain, j'ai jamais eu aussi
chaud. J'ai quoi à la main, c'est quoi, c'est du sang?

— Tu t'es cassé la gueule, tu t'es ouvert. T'as failli
crever, t'étais raide bourré et t'as pris je sais pas quoi
puis tu t'es fait serrer par une connasse qui pensait
que t'étais en forme et t'as sombré dans les chiottes.
Heureusement je t'ai trouvé là avec l'autre en panique

à côté. T'es vraiment un petit con Nino, t'as vraiment merdé.

– Et Lale, Charlie et tout, ils étaient où ? Moi je croyais que j'étais avec eux, enfin avec vous, je me souviens que j'étais avec vous et puis après je… Après je sais plus merde.

– Ils ont tracé avant nous, t'étais super chaud tu voulais rester danser un peu, moi aussi et puis t'as disparu d'un coup, je t'ai cherché partout pour partir. T'as pris quoi Nino ? Putain tu peux pas tout sniffer tout gober tout boire et tout fumer ce qui passe sans faire gaffe à rien, tu vas juste claquer si tu continues comme ça.

– Mais Lale, elle est où ?

– Elle doit être chez vous, je lui ai dit que t'étais trop mort pour faire le trajet et que tu restais chez moi le temps que tu dormes un peu, que tu la rejoindrais après.

– Merde Malik je me suis jamais senti aussi mal, je fais quoi maintenant, on est quand là ?

– On est samedi soir, il va bientôt faire nuit, et il va aussi bientôt falloir que tu te bouges le cul et que tu rentres chez toi, je dois aller bosser. À cause de toi j'ai pas dormi, je suis resté à côté le temps que t'émerges pour voir si tout allait bien.

– Ouais, désolé.

– Y a intérêt désolé, ça va être l'heure pour toi d'aller dire ça à quelqu'un d'autre. Donc tu mets ta tête au clair, tu sors de mon lit et tu files voir Lale, elle t'attend. T'as plus rien sur toi là, heureusement que tu lui as filé les clefs avant. T'avais quoi avec toi ?

– Mon téléphone, peut-être dix euros, du shit, des clopes et c'est tout je crois.

– Putain t'es incroyable Nino, tu m'as mis les nerfs là.

Je m'assois sur le bord du lit, je me lève et je vais m'asperger la gueule. Hier je cramais à la drogue, aujourd'hui je sale les blessures à la honte. Putain j'aurais préféré faire la guerre, au moins j'aurais pu dire c'est pas moi, c'est les ordres et me planquer comme un connard de ss. T'as plus qu'à faire avec, Nino, et laisser le temps couler pour mettre de la distance entre toi et ce dont t'es pas fier.

Pourquoi je fais ça ? C'est quoi le but ? C'est parti pour le grand jeu des questions à la con, mais à toutes la même réponse, j'ai juste fait de la merde c'est tout, et maintenant ça continue. Il faut que je fasse attention et putain ma tête c'est pas possible d'avoir une gueule pareille. On dirait une sale expérience, je ressemble à l'ours polaire placé à l'entrée d'un supermarché en Chine, dans le mal profond.

J'ai tellement serré des mâchoires que je peux pas ouvrir la bouche sans avoir mal. Je tremble comme un putain de camé et tout en moi me dit plus jamais ça mais je sais déjà que c'est pas vrai, qu'un jour ou l'autre je vais me jeter sur le délicieux croche-patte qui me fera retomber au pays des gogoles. Je me lave les mains, j'ouvre le tiroir à pharmacie pour m'enfiler un Doliprane que je vais essayer de pas vomir, puis je porte ce qui me reste de couilles pour me regarder en face, m'arranger et revenir avec une tête qui ressemble à peu près à la mienne.

On dirait que j'ai laissé ma bouche dans un aspirateur pendant deux jours, et ça c'est quoi, dans mon cou et derrière l'oreille. C'est du putain de rouge à lèvres, marqué au sceau des couillons, c'est ma trace de pas joli et bravo ducon.

Brûlé au fer des lèvres d'une de qui j'ai plus rien sauf ça, un mauvais sortilège d'une sorcière du bois des briques.

Et personne à haïr sauf moi dans l'histoire, je rage et frotte du PQ avec de l'alcool, de l'angoisse et des miettes de fierté et j'enlève tout ça en pensant que ça me nettoiera aussi un peu dedans, mais dedans tout est crade et à part le digérer lentement, plus rien à faire pour me sauver de mes conneries.

Je retourne dans la chambre prendre mes affaires, Malik me regarde avec des yeux qui castreraient le mâle dominant d'une tribu de tigres à dents de sabre. Il est comme jamais je l'ai vu, fatigué, déçu, amer et moi je voudrais pleurer d'avoir gâché tout ça mais si je pleure, c'est sûr il va m'en coller une, et moi aussi je m'en collerais bien une mais bon, on peut pas se niquer deux fois de suite. Toujours avancer, avancer perdu mais avancer quand même car derrière ça coule et plus jamais on y revient.

— Malik, je suis vraiment désolé, je vais rattraper tout ça, je vais arrêter un peu les conneries.

— Tes mots tu les gardes, c'est du blabla tout ça.

— OK, c'est comme tu veux. Merci quand même de m'avoir couvert.

— J'ai dit tes mots tu les gardes. Maintenant c'est le moment où tu me laisses.

— OK OK, je file.

Et je prends le blouson plus usé qu'avant avec du sang qui tache, séché en croûte au bas de la manche droite. Je l'enfile et déjà je voudrais le quitter pour me rouler dans une couette infinie, propre et moi propre dedans qui termine la vie avalé dans le coton. Quand je pousse le bouton de la porte Malik me rattrape.

– Nino il va falloir que tu changes des choses sinon
ça va mal finir. Tu peux pas avoir de la chance à chaque
fois. Si j'étais toi j'arrêterais tout, tu sais pas gérer et
c'est drôle pour personne, calme-toi un peu et réfléchis, merde !

Je réponds pas, juste un œil en biais, celui d'un chien
de battue trop vieux qui attend qu'on lui casse le dos,
un regard où la dignité a croupi depuis longtemps dans
les eaux crades de mon corps. Et puis je claque la porte
et descends les escaliers jusqu'au trottoir. Arrivé en bas
je renifle le ciel pour voir qu'en lui comme en moi, la
lumière est partie.

Les loups ont mangé les chiens et ne reste bientôt
que la nuit, et moi ça me va puisqu'encore un peu je
voudrais rester dans le noir. Je trace l'avenue d'avant
chez nous et les rats défilent ici en bande que ça en
deviendrait presque inquiétant.

Si j'étais tombé là ils m'auraient bouffé sans doute
ce qui dépasse, bouffé la tronche, la queue, les mains
et mes lèvres trop gonflées d'avoir été mordues par
mes dents.

Mais peut-être pas. Allongé le dos contre le dos
des rats, porté dans la nuit les paupières fermées, ils
m'auraient peut-être emmené loin entre le béton et la
terre. Et j'aurais vu au fond de la ville battre le cœur de
fer des oubliés, des nantis, des acharnés au sol, des flics
et des voitures. Ils m'auraient montré la plus profonde
des caves où restent perdus les trésors mécaniques qui
font qu'ici bouge tout ce qui bouge. Qui font courir le
long des fils que suivent les rats le courant qui allume
les lampes et éteint le ciel, puisqu'ici tout brille trop
fort pour qu'apparaisse ce qui tombe des étoiles.

Des couinements dans l'oreille m'auraient chuchoté quoi faire si le gros cœur de métal se fend, s'arrête, se casse.

Les fées penchées sur ma peau, leurs moustaches en l'air, elles auraient chanté mon arrivée loin sous les hommes. J'aurais gardé pour moi cette étrange force venue du pétrole et du béton, les flammes violettes, la fission qui en dessous s'opère. Et près de la machine immense, les petits corps auraient posé le mien dans la chaleur, et laissé là j'aurais pu disparaître à jamais sans mourir.

Je monte les marches dans le noir et frappe à la porte, tu l'ouvres et tu devines le merdier. Mais pour aujourd'hui plus de supplément d'âme à offrir, juste fumer le quart d'un cône et replonger dans le duvet des rêves en espérant qu'eux me laissent tranquille, puisque demain le roulis du reste me reprendra partout dedans, et j'aurai les erreurs à sortir.

10

— LE TRAVAIL est pas compliqué. On vous a remis à chacun un terminal pour passer les articles, après le briefing on va faire les groupes et vous suivrez chacun vos supérieurs dans le secteur concerné. Mais avant, quelques petites choses à savoir. Si on vous a recrutés si facilement, sans demande de CV ni rien, c'est qu'on considère qu'ici tout le monde a sa chance. Ça veut aussi dire qu'on peut vous dégager aussi vite qu'on vous a acceptés. Vous êtes là pour bosser et soyez sûrs qu'on voit vite la différence entre ceux qui se laissent aller et ceux qui s'y collent vraiment. Ceux qui ne feront pas l'affaire, ça va être dehors illico. Les consignes sont simples, vous aurez une pause de trente minutes au milieu de la nuit à deux heures, pour aller aux toilettes ou boire, les fumeurs on vous ouvrira une porte pour ça. D'ici là je ne veux entendre personne, vous ne parlez pas à vos voisins, vous ne sortez pas vos téléphones et vous ne quittez pas la zone qu'on vous a assignée. La seule chose que vous êtes autorisés à faire, c'est ce pour quoi on vous paye, scanner dans votre secteur et vous signaler à votre référent quand vous avez fini le rayon pour qu'il vous en attribue un autre. C'est pareil pour les toilettes, je ne veux pas en entendre parler avant la pause. Si quelqu'un, et particulièrement vous mesdames, avez un problème à régler qui se passe aux toilettes, vous attendez la pause ou vous irez le régler dehors. Je vous préviens, avec moi il y en a toujours au moins un dixième qui saute, on n'est pas là pour assister le rang du fond. Des questions?

— Oui monsieur, moi s'il vous plaît.

— Allez-y madame, après on traîne pas, on est pas ici pour faire la causette.

— C'est juste pour savoir si je pourrais être mise sur un secteur avec des choses pas trop lourdes. Il y a trois jours sur une autre mission on m'a mise sur les liquides, et comme je suis pas très grande je me suis blessé le dos en levant les packs de bouteilles, le docteur m'a dit de pas forcer dessus, alors ça m'arrangerait de pouvoir être sur des choses plus légères cette fois si c'est possible.

— OK, alors que ça soit clair pour tout le monde, on n'est pas là pour vous arranger mais pour vérifier que le boulot est fait. D'ailleurs sachez que même si aucun chef d'équipe n'est dans les parages vous êtes tout le temps surveillés, ici il y a des caméras partout, alors vous vous tenez aux consignes sinon c'est dehors. Madame on va vous mettre là où on va vous mettre, et si ça vous va pas vous rentrez chez vous, moi je suis pas Mère Teresa pour arranger vos petites histoires compris ? Vous c'est le dos, un autre le pied, moi le petit doigt, on est pas là pour faire du cas par cas mais pour baliser un magasin.

– Oui monsieur.

– Bon alors c'est parti, Lionel tu me fais une équipe surgelés et une textile, Agnès tu t'occupes des conserves, je prends les liquides et le rayon apéritif, dans deux heures vous me retrouvez là, on fait un check pour voir comment ça avance et on balaye le reste du magasin.

On m'envoie faire les surgelés sous la coupe du maréchal des chieurs, trente-cinq ans et du gel plein les tifs, l'air aussi coléreux qu'enrhumé, il arrête pas de renifler.

Tu m'as pas trop fait la gueule, juste voulu savoir comment j'ai fini la nuit, et moi bien sûr j'ai menti. Le sous-officier du rayon crème glacée nous file des gants en latex, déjà que ces machins-là sentent la poubelle d'hôpital ils auraient au moins pu en fournir des qui protègent un peu du froid. J'enchaîne les glaçons, les légumes verts, les frites et des formes étranges à base de patates. Je bipe tout ça en appuyant fort sur la gâchette, et peu à peu, j'ai des envies de coups de couteau. Je me disais que c'était le bon plan mais en fait pas tant que ça.

Ça pue même la merde, le tarif de nuit se compte à partir d'une heure du matin, et pour le reste on est

payés comme les cons qui travaillent le jour, sauf que
nous on le fait la nuit, des doubles cons c'est donc ça
qu'on est.

Les surgelés défilent vite, et une fois que j'ai fini
les deux rangées de congélateurs qu'on m'a confiées
aussi précieusement que si c'étaient des reliquaires, je
retourne vers mon carpaccio de cheveux pour qu'il
m'assigne une nouvelle tâche. J'ai à peine le temps de
faire trois pas que le Jean-merde qui nous a mis le
coup de pression au début me hurle dessus parce que
je marche dans un rayon et que je suis pas en train de
biper. Je lui explique que j'ai fini ce qu'on m'a confié, je
l'ai même fait avant les autres et que là je rejoins mon
kapo gomina pour qu'il m'envoie sur la suite.

Avec sa chemise blanche et son badge, y a pas à dire,
c'est vraiment le fond de veau de la race des ratés.
Je sais qu'au-dessus il se fait démonter aussi, qu'il
rampe la langue collée au cul de ceux qu'on fait pas se
déplacer la nuit pour encadrer les gens qui bipent pour
bouffer. Juste la gâchette pour appuyer et transmettre
la pression au paquet de biscottes, à la soupe en brique
ou à la Dakatine. Et partout ça use du laser rouge en
flippant qu'on les sorte, alors chacun file et bipe en
glissant près du sol.

Je reste plutôt tranquille, après tout y a pas tant
d'enjeux que ça pour moi dans cette nuit sous néon.
Je dirais même que j'attends ça, qu'on me sorte et que
ça déraille un peu.

L'autre grogne je sais pas quoi et m'accompagne
jusqu'à brandade de morve à qui il dit de me garder
à l'œil. Hou j'ai peur. Ça lui ouvre les cavités quand
il essaye sa gueule de méchant. Alors il replonge dans

son mouchoir siglé par l'enseigne qu'il doit fièrement payer dix pour cent de moins et m'envoie commencer le textile.

Je fais les bas nylon, au moins y a des photos de jambes dessus. C'est plus agréable à regarder que des tranches de colin d'Alaska et ça me gèle pas les mains, alors je continue presque avec entrain. Je bipe toute cette merde en fibre plastique, mal cousue, mal coupée, mal conçue mais on en a rien à foutre puisque plus vite c'est jeté quand ça sort, et mieux ça vaut pour ma nouvelle bande de potes en chemise et tous ceux au-dessus d'eux.

Si on m'avait dit à dix ans qu'au double de mon âge je serais la nuit à compter des strings moches au service de tout ce que je déteste, j'aurais peut-être revu mes plans et songé à autre chose qu'à jouer l'artiste.

Maintenant je pense à faire des coups, un gros coup et basta, quoi je sais pas mais pourquoi je sais. J'en suis là quand je commence les grandes tailles en même temps que la catastrophe. Les produits arrivent en magasin prêts à se faire embarquer par qui passe par là et craque dessus, si des fois ça existe. Seulement les cintres sont vus à l'économie, c'est les mêmes que pour les tailles enfants, fins et très souples, moulés dans un plastique transparent. Dès que je touche le premier article pour scanner son code-barres derrière, les trois suivants se décrochent. Et me voilà qui panique parce que je l'aurais quand même mauvaise de me faire sortir à cause de la chute d'une grosse culotte premier prix.

Je remonte comme je peux le tout sur les supports. Ça vire au drame, à peine je touche et tout se barre au sol. Je finis à l'arrache, un sur deux, un sur trois

Le roi des glands nous a dit tout à l'heure qu'au bout de trois erreurs on serait viré, mais comme il a fait un peu de zèle sur la première heure et déjà sorti du monde parce que ça buvait de l'eau ou que ça demandait comment relancer la machine qui des fois s'arrête, il faut qu'il calme le jeu, sinon demain matin quand le chef du gang des dealers de lessive va passer voir si le job est fait, c'est lui qui va morfler. De toute façon je le crois pas, c'est des conneries. Ils sont aussi bien organisés que l'armée régulière afghane ici, alors pour les culottes je fais en sorte que ça tienne sur les portants sans tomber, à la sudiste, comme si ça séchait aux fenêtres, et puis ça ira comme ça. Ces types-là sont pas capables de rentrer un carré dans un autre carré alors je doute qu'ils viennent faire chier là-dessus.

Je passe donner mon score à ma tignasse pétrifiée qui m'envoie sur les tee-shirts en me disant de ralentir si je veux pas mettre tout le monde dans la merde. On est là pour un nombre d'heures et faudrait pas qu'on ait fini avant, qu'on soit payés à rien foutre, que la hiérarchie comprenne qu'un peu d'économies aurait pu être fait sur l'opération.

Ça le fait flipper, ce pauvre taré qui joue sa vie pour un plan carrière dans la vente de choses estampillées aux couleurs de son badge. Le pire c'est qu'on dirait que ça compte vraiment pour lui, il roule pour l'enseigne comme si on lui avait enfoncé une barre de jetons de caddie dans le cul, un exalté de la marchandise.

En même temps s'il se force pas à y croire un peu à l'esprit boîte, il lui reste plus qu'à crever. Entre la mort et sa vie, j'hésiterais pas à sa place et j'embrasserais la belle.

Je me fais son film pour passer le temps au milieu de chinoiseries qu'il vaut mieux pas porter sur soi en cas d'incendie. Sans doute marier Marie-Merde de la compta et lui faire des gosses pour s'aimer en eux. Et après quoi, les chiards vont grandir et comprendront qu'ils existent pour de bon, tout seuls sans lui, ils arrêteront de s'émerveiller sur ce qui sort de sa bouche. Ils le feront certainement chier parce qu'il les a plantés là sans permission, parce que c'est dégueulasse de faire des gosses juste pour s'occuper. Et ils auront raison alors qu'il aille se niquer, moi je vote pour ses gosses.

Au moins il roule sous l'estampille, il boit logo, il mange logo et avec tout ça il se fait son futur cancer à la sauce Panzanivéa. Pour les plus lumineux une passion à la con, la marche à pied, le squash ou l'église et puis boum, le voilà papy pomme qui fait des mouillettes sur la nappe jetable du centre en pension complète, et déjà se branler il peut même plus le faire tout seul.

Je me surprends à ruminer la litanie du petit blanc rebelle qui mutile son sac à dos au marqueur pour faire payer au monde un peu de sa rage.

J'entends des bips même quand je bipe pas, c'est qu'ici ça bipe de partout. Je finis de scanner environ deux cents tee-shirts bleu marine et je vois mes mains prendre la couleur du tissu. J'aurais dû garder les gants, ça puait mais au moins c'était propre.

Je sais pas ce qui est le pire pour moi, la teinture chimique ou le latex bleu pas non plus conseillé pour alimenter la faune marine. Il faut que je fasse autre chose de ma vie, tout mais autre chose, comme les adultes qui se déplacent en trottinette. Je continue longtemps comme ça et plus je cogite, plus j'ai l'impression de devenir con comme mes couilles.

La pause arrive. Je fume pas, j'ai pas de clopes et de toute façon depuis vendredi soir je fais attention. Je veux pas me niquer, pas tout pourrir le corps d'un coup tout de suite. Toi t'es là. Je me dis qu'à nous deux ils nous faudrait pas grand-chose, un peu de place, du soleil, un ou deux rechanges et un peu moins d'emmerdes. Je demande pas plus, juste de voir la lune couler dans le matin avec toi cachée sous mon pull.

Je finis la nuit sans encombre, juste quelques brusqueries pour rappeler qu'ici c'est pas pour rigoler. C'est vrai que niveau ambiance on a vu plus sympa, et moi je trouve pas ça très malin, sans doute que tout le monde y arriverait mieux à faire des gestes d'abrutis si au moins on pouvait s'en placer une.

Une fois la mission pliée, je trace le chemin qui m'amène à toi et je prends conscience soudainement que je vais pouvoir bientôt utiliser ma carte bancaire pour autre chose qu'écraser des médocs. J'espère qu'elle marche encore. Soixante-dix euros. C'est au moins la poignée de la porte d'entrée de la villa de mes rêves.

Les premiers bus circulent et j'attrape celui qui, sur la route de Paris, me lâchera pas très loin de chez nous.

À côté de moi ça va serpiller, enfilmer, transpaletter, déballer, étudier et sans doute se faire chier jusqu'au soir. Personne ne parle sauf deux jeunes trentenaires au niveau médian de la déprime hivernale, bien emballés dans des trois-quarts aux cols avachis, et comme j'ai rien d'autre à faire je les écoute. Ils ont fait la même fac d'économie et je comprends rapidement que ça leur a pas servi à grand-chose de suer pendant cinq ans,

puisqu'ils roulent vers une formation de gestion des
énergies avec laquelle ils ont l'air d'espérer trouver un
travail qui corresponde un peu à ce pour quoi ils ont
effrité leur jeunesse. Ils ont même pas l'air d'y croire
vraiment.

Je lis dans leur barbe de trois jours toute la bonne
volonté d'anciens gosses pas turbulents qui ont fait ce
qu'on leur a dit, qui ont filé droit et se sont casés dans
les petites places de la vie prévues pour ça. Mais on
dirait que ça coince, c'est même pas un sentiment de
révolte, simplement c'est pas juste. Et puis le plus trapu
des deux regarde l'autre chez qui tout ça remonte, et
qui voudrait un peu s'énerver mais qui sait pas trop
comment faire.

— De toute façon c'est simple, moi à Tours mes deux
amis d'enfance qui s'en sont le mieux sortis c'est ceux
qui ont arrêté l'école le plus tôt. Il y en a un il est
carreleur, il a déjà sa maison et l'autre est carrossier, il
est spécialisé moto et maintenant il bosse pour l'écurie
de je sais plus quelle marque, sur des compétitions.
Il fait ce qu'il aime et il gagne plein de thunes. Moi
j'ai toujours galéré à payer un loyer avec des boulots
précaires alors que j'ai deux diplômes du supérieur.

— Ça m'étonne pas.

— Et sinon t'as reçu le questionnaire à remplir sur
l'accueil des clients là?

— Oui, tu veux jeter un œil dessus?

— Tant qu'à faire, ça m'évitera de penser à tout ça.

Et je descends au moment où se dégainent pochette
en carton et stylo Bic, je croise une queue rose sous une
poubelle et je fais des courbes entre les nids de poule
qui jalonnent le trottoir pour arriver au feu où déjà ça

s'engueule pour savoir qui passe, parce qu'il marche toujours pas.

En haut tu dors, et je me colle à la fenêtre pour fumer le sabre roulé avec les restes trouvés sur la planche à joint, juste de quoi me décapiter doucement avant de chuter dans ton nid. Après ça plus rien, je pense à passer voir Adam, lui reprendre un peu de carburant pour la semaine qui démarre en bas.

Il va falloir aussi que je me trouve un téléphone, mais j'oublie vite tout ça quand je viens glisser ma peau entre toi et le jour. Et dans ma tête la lumière tombe pendant que dehors elle tire ses grandes nappes grises sur les toits des immeubles qui puent le café chargé au dégueulis des radios.

11

JE CHERCHE le bout du départ pour nous dérouler la grande vie, te tailler des tangas dans le tapis rouge et plus jamais suer à courir après ce qu'il faut pour passer d'un jour à l'autre. Je sais pas comment faire, alors je sors guetter, brancher la vigilance dans la rue pour voir si des fois de l'or sortirait pas de ses trous.

Je me roule une clope de miettes après le joint de la misère, puis je descends dans le fond de soleil pour faire lentement le tour de la ville.

Ça brasse du Slave et du Guinéen, les premiers debout le long des murs à fumer de la clope de contrebande et les autres à éviter le stationnement. On a l'air moins louche quand on marche, et marcher y a que ça à foutre quand on a les pieds pris dans le drap tordu de l'exil.

J'apprécie l'absence de police, et sur la place la chaise en plastique où le guetteur guette a pas bougé. Il indique où aller à ceux qui veulent donner un billet froissé contre un morceau de résine. Islamo-turfiste et islamo-gaushit, c'est ça le monde de ma ville qui fait tant friser les vieilles des campagnes. Pas plus d'embrouilles, pas plus de trucs à faire, pas plus de meufs emmerdées. Juste un peu plus de kebabs aux noms pas très fleuris et à la viande aussi fraîche que les fleurs de leurs noms.

Je file vers le Lavomatic où j'entre vite fait des fois qu'une pièce traînerait dans le bac à monnaie du distributeur de lessive. Le fou tient les murs, comme à peu près toutes les semaines, il est là dans son caleçon avec ses rangers pourries aux pieds, à attendre au chaud près des sèche-linges que sa lessive se termine.

Pas de pièce, je m'en doutais un peu mais faut bien s'occuper quand on a rien à foutre et la tête trop loin dans le cul du temps pour se concentrer et réfléchir.

Et sans tout ça, la concentration, la réflexion, j'avance en dérivant dans le centre-ville où pas mal de gosses à qui un tour à l'école ferait pas trop de mal, au moins une fois pour essayer, jouent et tapent la pièce contre le mur du service des finances.

Je vois un de ceux que je connais se faire allumer par les autres. Le teint hâlé par le soleil et les ancêtres, je l'ai repéré depuis un moment parce qu'il sait déboîter les Vélib mais trop petit pour monter dessus tout seul, il demande aux passants de l'aider.

C'est pas son jour, il vient de se faire souffler sa grosse de cinquante centimes sur un rebond mal calculé. Le voilà qui hurle dans sa langue comme un petit vieux quand le bus se traîne trop ou que quelqu'un le double dans la file de la caisse.

J'arrive juste devant le bureau de poste quand le type tout gris de trop de tiges de tabac brun qu'il a toujours clouées aux lèvres ouvre la boîte aux lettres pour lever le courrier.

C'est exceptionnellement fermé quelques heures comme au moins trois jours par semaine. Le rideau doit se lever à quatre heures trente et déjà la file s'allonge, pleine de celles et de ceux qui viennent chercher un peu de ce qu'ils ont ou envoyer un peu du reste, avant de partir en brusquant les portes automatiques qui heureusement pour elles n'ont pas d'âme.

Moi aussi c'est la poste. Mais à part pour écraser les petits cailloux de coke qu'on me propose d'aligner, parce que c'est jamais la mienne, ma carte me sert pas vraiment.

Je me pose les pieds sur un banc et le cul sur le dossier, droit face au soleil qui a l'air d'être de dos tellement il chauffe pas. Je pense au Sud, j'ai le mal des portes et des fenêtres ouvertes sur la colline au-dessus du port. De l'odeur des seiches, des bagarres d'enfants et de la chaleur brûlant fort les plaies. De la beauté des pierres et des peaux marquées par le sel.

Des gens bourrés qui tous les ans au moins un ou deux, se noient dans les canaux en voulant y pisser ou en essayant de monter sur le pont d'un bateau. J'ai le mal de mes jambes sans poils dans un short de bain six mois par an, de la sueur de mes pieds sur les tongs en plastique du marché, d'avoir chaque année les orteils qui puent la bâche de piscine à cause de ça. Des grands trop appliqués dans le rire et l'embrouille, les grosses balafres cuites et les ordres de va chercher ci, ou casse-toi de là avant que je t'arrache la tête.

Je voudrais entendre Hakim hurler après la moitié de sa bouteille J'AI TOUT NIQUÉÉÉÉ ! dans les rues à s'en taper la tête sur les poteaux, et ailleurs une autre voix répondre HAKIM TA GUEULE NOUS DEMAIN ON BOSSE et encore le chant du plus abîmé des loups de l'Atlas répondre à la lune J'AI TOUT NIQUÉÉÉÉ ! avant que s'effondre sur lui et ressorte par sa bouche le rire des étoiles. Et moi fenêtre ouverte qui aime Hakim, la mer, la voix qui lui dit de la fermer et qui aimera demain l'odeur des mains de mon père revenu les filets pas très pleins, mais avec un gros muge à dévorer à deux, et de quoi cuisiner aussi pour un pauvre à qui en bas j'apporterai l'assiette et qui la laissera au bar où j'irai la chercher ensuite.

Mais tout ça c'est passé, là-bas sans doute j'aurais fini la main broyée par un winch ou un treuil, à essayer de faire un travail pour lequel je suis moins que calibré. Ou bien planté comme beaucoup en scooter ou en bagnole droit dans la falaise avant le virage qui tourne autour du rocher. Peut-être encore à trafiquer de la merde, à rentrer dans ces rivalités qui font que jusque chez soi on doit faire gaffe à tout et souvent mal finir.

Je m'arrête plus avec mon vélo donner des bouteilles d'eau aux putes le long de la nationale quand il fait chaud. J'aimais bien mater leurs seins quand elles se penchaient sur moi. Petit j'aimais déjà le Sud et les nichons. Et puis adieu les démarches de chaloupe et les oursins sous les bras.

Tout ça reste en bas, et entre nous se dresse toute la terre du milieu, les montagnes et les marais. Un jour,

on ira voir les gros chevaliers blancs brisant le plat de
l'onde après le coup de lance du vainqueur.

Tout est parti si vite, comme le soleil qui non content
de nous montrer son cul pour mieux rire sur le Sud
s'est maintenant tiré, déjà englouti dans la brume qui
tartine le ciel trop haut sans qu'on puisse rien y faire.
Je quitte le banc en laissant mon passé dessus et je
pars faire le tour du grand Carrefour. J'hésite à entrer
dans le parking souterrain des fois qu'une voiture serait
restée ouverte. Pas longtemps, parce que c'est pas une
très bonne idée de piquer des trucs dans un cul-de-sac
sous surveillance. Je gagne l'arrière du bâtiment, et le
haut portail hérissé de piques s'ouvre devant moi pour
laisser passer un camion. Je vois un des gilets rouges
jeter tout un tas de trucs dans une grande poubelle.
Même un gros pack de bières que je devine à la forme
et au poids contre lequel le type lutte.

Je me dis qu'en voilà une de solution, si dedans le
jour on peut pas tout voler, on peut dehors le soir
voir ce qui s'est fait sortir. C'est ma bonne idée de
la journée, je me sens pas en forme pour faire mieux.

T'arrives la tête pliée dans l'écharpe et les yeux qui
coulent de fatigue, sans un mot je comprends qu'un
peu de fumée pour réchauffer ton corps qui sort des
souterrains, ça te ferait du bien.

Je file ensuite au bâtiment et Adam posé avec quelques
types occupés à grelotter dans les jeux pour enfants me
voit arriver. Sans un signe, il prend la direction du hall
où je me rends à sa suite comme si c'était chez moi.

– Ça va Nino ?

– Ouais. Tu peux me faire un chrome ? Je repasse
dans quelques jours tu me connais.

– Pas de souci on fait comme ça, il te faut quoi ?

– Un dix.

Je regarde Adam qui farfouille dans son jogging et en sort un gros cube d'une matière qui est ni de la grise, ni ce qu'il y a de mieux pour elle et m'en coupe un bout plus qu'honnête pour un billet rouge à lui donner plus tard quand je l'aurai.

C'est pas en vendant du shit qu'il va devenir millionnaire. Adam, dealer solidaire de nos vies fragiles, et moi qui repars croquette de frappe en poche sur son éternelle parole douce, fais attention à toi.

Une fois revenu avec la chose concentrée sous le soleil de l'Afrique, tu t'affaires dessus pour combattre le mal de crâne et dépoisser la journée douloureuse.

12

J'OUVRE les yeux quatre minutes avant la sonnerie que je déprogramme pour éviter de te réveiller. C'est 23 h 30 et la nuit brille.

Je roule hors du lit et j'enfile ce que je peux pour pas avoir froid, avant de prendre un sac et de rejoindre le terrain des ratons. Ça couine dans la rue, ça cavale sous les poubelles, un vrai jour de foire. J'arrive au niveau du portail que j'entreprends d'escalader. Un pied sur la serrure, les mains sur les piques en haut, je peux pas enjamber sinon je vais me faire empaler. Il faut que je monte la jambe, que je tire sur les bras et que je saute de l'autre côté d'un seul coup. C'est dangereux mais pas compliqué, alors je le fais et j'atterris sur mes pieds dans un bruit qui résonne mais que personne n'entend.

J'avance vers le fond de la zone, là où le gilet rouge a jeté les trucs tout à l'heure.

J'ouvre le couvercle de la première des trois grosses bennes et bingo, les bières sont là. Effectivement, une de cassée, pack invendable, direct poubelle.

Je fais le tour des trois, c'est carrément dégueulasse, ils ont vidé des kilos de morceaux rouges du rayon boucherie, qui avec la température à faire tomber les bites ne sentent pas encore autre chose que le vieux steak. Tant mieux.

En y allant prudemment je ramène à la surface tout un tas de choses qui deux heures avant étaient encore à vendre.

Je remplis mon sac à dos d'une pizza prête à cuire, de crèmes au caramel, d'œufs parce qu'il y en a un qui est cassé, de farine parce qu'il y a un petit trou dans le paquet et puis des bières.

Je prends une cagette qui traîne, je continue le marché avec le filet d'oranges où il y en a une de pourrie, les trois pasta box, la bûche de chèvre et les yaourts à la grecque et putain de merde c'était quoi ce bruit.

Je me glisse derrière les poubelles, silencieux comme Garrett avant de remonter tendre un œil voir ce qui se passe. Il y a deux types qui s'amènent.

J'ai le cœur qui s'étrangle un peu, mais je comprends vite qu'ils sont aussi là pour bouffer, alors je me redresse et continue de faire mes courses parce qu'on va pas s'égorger pour une part de tarte sous plastique.

Ils avancent jusqu'aux poubelles en marmonnant des trucs ésotériques sortis des caniveaux de Goa sans rien griller de ma présence. Je sais pas trop quoi faire,

alors je tends le reste des bières que j'ai mis dans ma
cagette.

– J'en ai d'autres dans le sac, on peut les partager si
vous en voulez.

– Ah cool man, c'est cool ça des bières, ça va man?

– Euh ouais ouais ça va. Et vous?

– Ah ouais super, t'as pas besoin de plaques électriques? J'ai une plaque à vendre.

– Euh non c'est cool merci.

– T'es sûr? C'est des super plaques t'as qu'a passer
les voir si tu veux, on squatte la maison qui est murée
pas loin des rails là.

Et l'autre qui me fixe en appuyant.

– Avec des briques rouges.

– Ouais la maison avec des briques rouges.

– Rouges.

– Euh je vois mais c'est cool les mecs j'ai déjà des
plaques qui marchent bien.

– Ah OK.

– OK. Mais si tu veux voir c'est la maison pas loin
des rails derrière le grillage, avec des briques rouges.
Y a un trou dans le grillage. Pour passer. On a fait un
trou. OK?

– Pour passer.

– Ouais OK, bonne soirée les mecs.

Et je laisse là les deux allumés se tortiller dans les
tranches d'animaux et les légumes mous. Sans âge mais
pas très vieux, un peu verdâtres sous les capuches kaki
les protégeant des lumières électriques, mais surtout
complètement perchés les deux oiseaux.

– Mec t'as pas trouvé du PQ? On est en galère de PQ
dans la maison.

– Euh non désolé, j'ai pas trouvé de PQ.

Et le type se pince le haut du nez en plissant fort les yeux, puis tout à coup explose.

– AH MERDE MERDE J'EN AI MARRE DE CHIER DANS DES SACS PLASTIQUE !

– MERDE VIENS ON TAPE ! ALLEZ GAUCHE !

Et le plus grand des deux se ramasse sur lui-même, se met en garde et commence mollement à frapper dans les paumes ouvertes de l'autre, comme une espèce de poulpe qui mettrait des mandales avec ses tentacules. Et l'autre en face ALLEZ, ALLEZ ENCORE et lui ARHFLR à souffler, la capuche laissant voler dans l'air des petits paquets de cheveux gras. Moi bouche ouverte, je regarde l'affaire comme si un alien me montrait son cul en rigolant.

Et l'autre encore ALLEZ COGNE ! COGNE ! ENCORE ! Et déjà le visage en face dégouline et mugit HUUUUUU HUUUUUU GNHUUU et frappe dans la sueur des mains de l'autre, les bras et le poing aussi durs que du linge mouillé, quand derrière moi BALOU PUTAIN MAIS VOUS FOUTEZ QUOI, JE ME FAIS CHIER, J'AI FROID, BOUGEZ-VOUS UN PEU LE CUL !

Je me retourne et vois de l'autre côté du portail une fille avec des collants troués, enroulée dans une immense écharpe de laine. Elle non plus me calcule pas depuis ses hauteurs carrément à l'ouest. Comme je tiens pas non plus tant que ça aux relations de quartier, que j'apprécie l'anonymat de la ville, je fais passer rapidement mon butin entre les barreaux avant d'escalader la ferraille dans l'autre sens, et de rentrer.

La semaine s'écoule sur un nouveau rythme, j'ai vendu des tabourets de bar trouvés dans la rue pour quarante euros, et aussi un extincteur trouvé dans une cage d'escalier.

Quand je passe par Paris, je fais un crochet par les bâtiments de la fac et je visite les toilettes pour ramasser les rouleaux. Je préfère voler mon PQ que travailler à Carrefour pour ensuite leur redonner mon pognon pour acheter de quoi rester le cul propre. Personne me calcule, je me fonds dans la masse.

Je retourne tous les soirs chasser dans les poubelles, et tous les soirs les Kennedy sont là sur le coup. À chaque fois ils me parlent comme si c'était la première fois qu'ils me voyaient, me redemandent les mêmes trucs à la con mais c'est pas grave, je préfère les croiser eux que n'importe quel connard qui dans ma vie m'a pris pour un pigeon. Sans arrêt un truc à me vendre, du genre porte de frigo ou lampe à pile carrée, même si trois jours après j'en veux toujours pas.

Je trouve par hasard un grand carton rempli de livres en bon état, du neuf. Sans regarder dedans, je le trimbale en suant jusqu'à Saint-Michel, où je refourgue le tout pour cinquante balles et quelques ronds. Je laisse les rares refusés à ceux qui restent devant pour ça. Je sais pas ce qu'ils feront avec, je m'en fous j'ai cinquante balles.

Rentré en ville, je me paye un coiffeur qui fait tout à la tondeuse en m'appelant frérot, puis qui au moment de régler prend une tête d'expert pour deviner par transparence si mon billet orange est un vrai ou un faux. C'est vrai que j'ai pas vraiment une gueule de billet orange, et qu'avec un vert j'ai une gueule d'imposture.

Je sors de là frais et content. Avec le reste je vais faire quelques courses, mais avant d'entrer dans la grande surface je prends une pierre qui traîne au sol, parce que j'ai encore eu une idée. Je chourave des choses pas trop pourries, pour toi des masques de soins à la grenade et je sais pas quoi. Je prends de l'huile pour les cheveux, de la crème pour les mains et un machin pour courber les cils, comme dans les magazines que j'ai trouvés sur la table basse de la salle d'attente du centre de radiologie où je suis passé une fois.

J'ai toujours le caillou dans la poche de ma veste et passe tranquillement vers le rayon liquide. Je repère la pile de gros packs d'Heineken qui m'arrive jusqu'aux cuisses et en passant à côté, boum, un coup de caillou bien sec vers le cul des bouteilles, et tout de suite ça dégouline pendant que je fais demi-tour en appelant à moi toute mon innocence. Le soir je vais cueillir le pack blessé mais les Kennedy sont déjà dessus, et je me dis qu'après tout j'aime pas tant que ça la bière, que c'était un coup pour le sport, à la santé des trois tarés du bord du rail.

Mais je croise pas qu'eux aux poubelles, parfois des hommes seuls et pas copains, qui fouillent en silence les deux mains dans la haine d'être là. Parfois la vieille qui reste de l'autre côté des grilles, avec son voile et son chien et qui me demande ce qu'il y a au menu ce soir. Pour elle pas moyen de sauter par-dessus, alors je lui passe les trucs qu'elle veut entre les barreaux.

Mais pas d'autres comme moi, je flotte seul à la surface de la misère des autres.

J'ai encore le corps jeune qui s'amuse de passer le ventre près des piques, et je suis content de voir que l'opération pour une bouteille cassée un pack offert reste valable toute l'année dans la limite de ma discrétion.

Je passe enfin rendre ce que je dois à Adam et je me
retire près de la fenêtre où j'allume la mèche jusqu'à ce
que le pétard m'explose doucement les yeux. T'es
déjà là, belle, les cheveux tirés en arrière et la peau
lisse comme un aquarium. T'es revenue de la gargote
insipide dans laquelle tu travailles maintenant et ton
corps me saute aux lèvres, toi dans mes bras je sens
comme t'as maigri. Je dis rien.

– Malik m'a appelée, il nous propose de passer la
soirée chez lui avec les autres.

– Euh… ouais, on peut faire ça oui.

– T'as pas l'air emballé, c'est ton meilleur pote
quand même, qu'est-ce qu'il y a ?

– Rien c'est cool, on y va.

– Vous vous êtes embrouillés ? D'habitude tu sautes
en l'air à l'idée de le retrouver. Si tu veux rester là on
est pas obligés d'y aller. Moi ça me dit bien, même si
je suis morte à cause du service. Faut que je me vide
la tête.

– Moi aussi t'inquiète.

– OK je me prépare alors.

– Lale ?

– Quoi ?

– Je t'aime tu sais.

– Qu'est-ce qui te prend ?

Non mais je t'aime vraiment tu sais. Je sais pas si
maintenant je pourrais sans toi.

– Pourquoi t'as l'air triste ? On s'en sort plutôt pas
mal non ? Tu sais bien que pour moi c'est la même
chose, alors arrête de faire cette tête et roule un joint.

Lale petit soleil de cendres, je voudrais arriver à te
dire les mêmes mots que quand je te parle dans ma tête.

On flute vers les rails quand le ciel se baigne déjà dans l'électricité et le pétrole. Collés l'un à l'autre je cale mon rythme sur le tien, j'appuie le bruit que tu fais pour lui donner de la force, parce que tes pas sont si fins que la ville ne t'entend pas venir, et moi j'ai peur qu'elle t'écrase.

On passe devant le campement où une fumée de famille unie s'échappe des caravanes, et à l'entrée cette femme qui essore sa serpillière un mégot pincé dans la bouche qui te quitte pas des yeux. Je lis dans son regard quelque chose de grave, alors j'avance la main dans la tienne que je lâcherai qu'au moment où sans mot dire tu m'ôtes le joint des lèvres.

Malik ouvre et t'embrasse, ses yeux me touchent sans d'autres traces que celle de l'amitié qu'il me porte. Un mec à lui qu'on connaît pas est posé là, on discute bière ouverte en mangeant des alokos.

Je parle avec Boris pendant que tu refais ta semaine avec Malik qui te glisse sans arrêt des compliments, admiratif de toi, de ton goût sûr pour les vêtements et de chaque chose que tu fais. Chez lui pas de doute, il y a de la place pour deux reines.

Boris m'explique qu'il est conseiller dans une boîte de communication, ça m'intéresse pas plus que ça, mais comme il est cool je discute quand même.

– J'ai des missions où je conseille d'autres entreprises dans leurs stratégies de communication, pour qu'ils s'adaptent aux nouveaux marchés. Je leur explique par exemple comment ils peuvent mettre en place une relation digitale avec la clientèle via les réseaux, utiliser des nouveaux outils marketing pour fédérer autour de leur marque.

– Et c'est si terrible que ça ?

– C'est un job d'enculé.

– C'est toi l'enculé.

– Merci Malik c'est ce que je disais. Je travaille pour et avec des gens horribles. Dans le conseil c'est pas compliqué, soit t'es un mec, soit t'es bonne, et là c'est compliqué.

– Pourquoi?

– Ton cul devient un argument de vente. Si on sait qu'un client est du genre vicelard, la direction lui envoie une mignonne pour laquelle il va dépenser un fric fou en conseil en espérant se la taper. L'enjeu, c'est de résister à la pression, et que l'autre enchaîne autant de chèques que de propositions déplacées.

– Et ça vaut le coup au moins?

– Oui on gagne bien, j'ai pas trente ans et je touche entre trois et quatre mille suivant les mois. Par contre, pour pas trop penser au reste je me calme à la morphine. J'ai des cachets via un pote qui est médecin.

– C'est si déprimant que ça?

– Tu vois les soirées écoles de commerce où tout le monde se vomit dessus en hurlant les lacs du Connemara?

– Ouais je vois le délire.

– C'est ça mais avec des types entre trente et soixante ans.

– Ah merde, la poisse les bureaux d'alcooliques.

– Ça boit surtout le midi, à fond. Mais le pire c'est les week-ends d'entreprise. Le boss est du genre à privatiser trois jours un Club Med en Tunisie, juste pour créer un terrain propice où il va pouvoir se défoncer et essayer de choper tout ce qu'il peut en attendant de retrouver sa femme le lundi.

– Et c'est obligé de faire ce genre de trucs ?

– Oui, ça s'appelle la cohésion.

Là-dessus Violette arrive, elle a pas l'air d'avoir changé d'opinion, ni sur toi ni sur moi, et je la regarde te toucher la hanche en même temps qu'elle plonge ses yeux dans les tiens avant de t'embrasser sur les deux joues en souriant trop grand. Je me dis le moteur du ventre qui secoue de droite à gauche que c'est des salutations dignes d'un film de cul où moi j'ai le rôle de l'assistant Sopalin, quand Malik me signale qu'il a un truc pour moi, alors je le suis dans sa chambre.

– Tiens, c'est Omar du club, il a retrouvé ton téléphone après la soirée. T'as de la chance, il me l'a donné parce qu'il a vu mon nom sur les appels manqués avant qu'il s'éteigne. Ça va comment ?

– Ça va, à part que Lale est pas super en forme depuis quelque temps.

– Elle a maigri ça se voit tout de suite, qu'est-ce qu'elle a ?

– Je sais pas trop, elle est juste pas au top je pense, c'est l'hiver quoi.

– Ça va, vous mangez quand même ?

– On se débrouille. Là je fais les poubelles du Carrefour à côté de chez nous. Genre si je veux des œufs je vais faire un tour au magasin, je pète un œuf dans une boîte et le soir ils la jettent à la poubelle, alors ensuite je vais la chercher, c'est pratique.

– Tu devrais créer une guilde des voleurs et vendre tes méthodes, j'ai jamais entendu un truc pareil, t'es complètement jeté.

– La flemme Malik, j'ai la flemme. Toi, ça va comment ?

— Ça va, je dois juste expliquer à Boris que je tiens pas à le voir plus souvent que de temps en temps. Je pars bientôt à Berlin quelques jours, changer d'air, avec Violette.

— Ça serait cool si tu la laissais là-bas. Tu lui trouves quoi à celle-là ?

— Arrête Nino fais pas le mec, ici t'es en terrain neutre OK ?

— Je fais pas le mec, je l'aime pas c'est tout.

— Elle non plus elle est pas fan de toi mais elle me fait pas chier avec ça, alors je sais que c'est pas ton truc, mais pour une fois tu vas faire comme elle.

— OK, si tu veux.

— Merci. Si tu veux brancher ton téléphone j'ai le câble qu'il faut qui traîne sur le bureau.

Et d'un coup la porte vole et dévoile cette crevette du Styx, le plus vrillé des diablotins qui balance son cube dans un coin et nous embrasse. Il porte son manches longues rayé noir et blanc, son casque décroché sur la tête, avec aux jambes un pantalon taille haute qui lui remonterait presque sous les bras si on le secouait par les hanches. Pas très pratique pour livrer à vélo, mais très élégant.

— Alors les copines, qui touche qui ?

— Salut Charlie, moi je me demande qui t'a fait toucher si fort un mur dans ta petite enfance.

— Mais quel accueil Nino, t'as l'air en forme.

— L'écoute pas Charlie, il a les boules le petit.

— Si j'étais toi je ferais pas le malin et je retournerais voir ma copine avant que l'autre lui propose d'aller faire du rodéo. Elle est incroyable Lale, elle grille rien de l'affaire ou elle fait exprès ?

— Franchement ? Elle grille pas.

— Et à chaque fois qu'on la drague c'est pareil ?

— Si ça touche pas c'est comme ça, mais le dernier qui lui a foutu une main au cul il s'est fait casser le nez à coups de chevalière, tu vois la grosse qu'elle met à chaque fois qu'on sort ?

— Elle ? Elle lui a cassé le nez ?

— Ouais, le mec passait du son dans le bar où on était, ivre mort le type. Ça l'a réveillé d'un coup et il a couru se mettre derrière le vigile en lui disant sors-la ! Sors-la c'est elle ! Le mec l'a pris au sérieux jusqu'à ce qu'il voit Lale, petite fleur du printemps le nombril à l'air prête à tuer et il a pas résisté, il a explosé de rire et dit au mec d'aller faire un tour en restant loin d'elle. Il l'a même félicitée, et Lale qui hurlait REVIENS ICI ESPÈCE DE SAC À MERDE ! C'était l'enfer mais en plus drôle.

— Arrête d'inventer des histoires Nino, tu charries là.

— Malik t'étais là, tu confirmes ?

— C'est exactement comme ça que ça s'est passé.

— Voilà tu vois que je raconte pas que des conneries, je vais voir s'il reste un peu de banane, j'adore ce truc et puis c'est pas cool pour les autres si on reste là.

— Perso je crois que Violette en a rien à foutre si tu restes ici.

— Charge pas Charlie, et compte pas sur moi pour te gratter la tête la prochaine fois que t'es défoncé.

— Vas-y Nino t'as raison, si j'étais toi je traînerais pas trop, elle a carrément le feu au cul, je vais faire ce que je peux pour l'aérer à Berlin.

— Ça chauffe en ce moment, on est sortis avant-hier, je drague un petit Portugais au comptoir et elle arrive raide bourrée la bouche tartinée de rouge, c'était pas le sien, elle a retourné le cerveau de la moitié des filles du bar. En sortant c'était limite si elle voulait pas qu'on passe aux putes, un vrai volcan.

— Charlie de quoi tu parles, on sait tous ici que c'est toi la plus grande traînée, lâche-moi un peu et pars pas sans ton playboy là.

— Je te l'ai dit Charlie, il faut pas le chercher ce soir, il est grognon.

— Ça lui va bien ce beau regard sombre.

— Mais niquez-vous les gars, je retourne à côté.

C'est pas vrai que je suis énervé mais quand l'autre me voit arriver, elle tourne sa tête de poisson mort vers moi, le visage aussi fermé qu'un cul de nonne qui veut pas chier avant de revenir vers toi toutes dents dehors dans son plus beau sourire.

Je peux pas m'énerver parce que t'y es pour rien et ce serait faire le connard, alors je la joue monsieur mystère et fume une cigarette à la fenêtre, le regard dur comme je peux perdu sur les toits.

Au fond de moi ça grogne quand même, parce que si ça me dérange pas que t'aimes aussi les filles, ça me fait quand même chier de voir que celle-là fout à chaque fois tout son poids pour faire pencher la balance. Dans ma tête je lui dis que de l'autre côté, c'est le cœur de Nino, alors tu peux peser tout ce que tu veux moi je bougerai pas.

Je rallume mon téléphone et l'opération prend bien cinq minutes tellement le processeur de la machine est raide, un vrai Solex. Une fois branché au wifi, il lui faut encore quelques minutes le temps d'avaler toutes les notifications, les messages et les pubs.

Après avoir fait le tour du superflu, je relis le message du Farfadet. Nino, passe me voir à l'occasion, si tu veux bouger un peu j'ai quelque chose pour toi.

13

— T'AS TOUJOURS ton caillou bleu de l'autre fois ?

— Le saphir ? Oui, pourquoi il t'intéresse ?

— Si t'es pas pressé de le vendre ou d'en faire quelque chose garde-le-moi de côté, quand j'aurai de quoi je te le prendrai.

— OK Nino, tout est cool. Mais si quelqu'un a l'argent pour et qu'il le veut aussi, tu sais comment ça marche.

Du fond de sa capuche il recrache une fumée opaque aux odeurs d'épices. Ça doit encore être un truc de mage, une sauge étrange ou quelque chose d'ailleurs, je le sens rien qu'à tanguer au bord du nuage. Il reste comme une tortue, les gestes lents et les pieds mal ficelés dans ses Converse déglinguées, alors qu'il pourrait s'acheter un Foot Locker avec quelques-unes des pierres brillantes qu'il garde au fond de sa boîte à chaussures.

— Pour le trajet tu sais comment tu vas faire ?

— Je vais sans doute partir en stop et revenir avec ce que je trouverai de moins cher, peut-être le bus.

— Non Nino, le bus c'est mort. Depuis les attentats ça a changé, plus t'utilises un moyen de transport de pauvre et plus t'as de chances de te faire attraper. Le bus c'est systématique les fouilles maintenant, ils ouvrent toutes les valises. Le plus sûr c'est le Thalys.

— Le Thalys ? Passer par gare du Nord c'est pas un peu risqué ça ? Y a plus de flics là-bas que n'importe où.

– C'est toi qui vois, mais t'as pas une gueule de sans-papiers. T'as déjà vu un blanc s'y faire contrôler? À part les punks à chiens et ceux qui ont vraiment la mauvaise dégaine.

– C'est vrai. Moi ça dépend d'une chose, si j'ai une casquette ou pas. Avec j'en rate pas un, et sans on m'a jamais fait chier. Sauf si on est plusieurs et qu'on a pas tous des gueules de Polonais.

– Alors tu mets pas de casquette et t'invites pas tes potes, tu t'habilles comme un type normal qui fait des trucs normaux et tu devrais pouvoir passer sans problème.

– OK, je vais y réfléchir. Ton type il s'appelle comment?

– Valentin, c'est un mec du quartier ici, tu verras il est gentil. Sa mère dirige un cabinet d'architectes, son père est marchand de biens. Il peint beaucoup, du graffiti, il a trouvé tout ça en se baladant sur les toits. Les gens comprennent pas que quand t'es au dernier étage, c'est comme au rez-de-chaussée, il vaut mieux éviter de laisser les fenêtres ouvertes. Il en a pour un bon paquet.

– Et il peut pas venir lui?

– Non, tu sais il fait pas semblant, il a vraiment tout dégommé un peu partout et là il peut pas se pointer ici avant un moment. T'as pas vu l'énorme bite sur l'arche de la Défense il y a quelques mois?

– Le truc gigantesque là?

– Ça c'est lui et son équipe, quarante-deux mètres de long, rien que le bout en fait sept, à la peinture phosphorescente. T'as intérêt à avoir des bons volets si t'habites à côté parce que la nuit ça crache comme un soleil. Depuis il a les RG au cul, il cumule un peu les histoires comme ça, alors il est parti se planquer quelque temps en Belgique. C'est le genre de mec que tu croises plus souvent dans les égouts ou sur les toits que dans la rue.

– C'est quoi, un putain de ninja?

– Mais non Nino. Toi, ton problème c'est l'argent. Mais c'est un problème qui se règle, moi je l'ai réglé. Pour l'instant, Valentin il fait partie de ceux qui n'ont jamais eu ce problème. Et dans ces cas-là il faut s'occuper, trouver le chemin. La plupart font ce qu'on attend d'eux, mais il y en a d'autres pour qui c'est différent. Et quand t'as tout ton temps pour faire ce que t'as envie et que t'as envie de te balader sur les toits, ben c'est comme le ski, t'arrives assez vite à être à l'aise sur les pistes noires.

– OK j'ai capté, c'est un fils de bourges mais avec une vie de cramé.

– T'as tout dit Nino. Je vais me faire un bicarbonate, t'en veux un?

– Euh non merci ça ira.

Et le revoilà qui pompe et crache un rond épais comme un pneu, la tête calée sous son bras à savourer le mystère, la malice et son pétard. Caché sous la ligne de flottaison de Paris, il nage doucement dans son petit royaume chuchoté que personne ne devine.

Je lui présente ma main ouverte sur laquelle il fait claquer deux fois la sienne en guise de salut, et quand je file la nuit a déjà tout pris dans sa bouche.

Une fois chez nous je te trouve cachée dans le noir, la tête loin dans les limbes et le regard éteint, pas besoin de question pour comprendre que partout autour de toi vole la tristesse des jours trop courts.

– Je vais devoir partir un peu, j'ai un plan qui peut nous rapporter pas mal.

– Combien de temps ?

– Trois jours, quatre maximum.

– Tu vas faire quoi ?

– Chercher un paquet en Belgique, à Bruxelles. Pour le Farfadet.

– Ça vaut vraiment le coup ?

– Il me donne mille cinq cents pour l'aller-retour.

– C'est dangereux ?

– Non.

– À ce prix-là ça doit l'être un peu. J'aurais pu venir avec toi mais si je vais pas au travail un samedi ça sert à rien que j'y retourne ensuite.

– Je sais. Mais t'inquiète pas, ça va aller, c'est l'affaire de quelques jours c'est tout.

– En plus avec la tête que j'ai en ce moment moins je sors et mieux c'est.

– T'es aussi belle que d'habitude.

– C'est mignon mais c'est pas vrai.

– Je le pense tu sais.

Ta bouche fait clignoter mes yeux en y posant ses papillons et après un long moment à laisser frémir mon visage contre le tien, je me lève et vais chercher le sac de sport resté fermé depuis mon séjour chez les mecs en treillis. J'enlève juste les claquettes de douche, j'en aurai pas besoin.

J'embarque chargeur et téléphone, m'habille chaud et passe voir Adam pour prendre de quoi faire diminuer le feu qui t'habite.

Je lui dis d'aller vite en lui expliquant pourquoi et son regard s'allume.

– Il te reste un peu de place dans tes bagages?

– Vite fait, pourquoi?

– Tu pourrais emmener un colis pour moi là-haut? Nous on passe plus par la Belgique, depuis les attentats la frontière est grillée, mais toi t'as pas ce genre de soucis non?

– Il vaut mieux pas pour moi en tout cas.

– J'ai un collègue qui veut deux cents grammes d'une cuvée spéciale qu'on vend pas d'habitude, du shit première classe, introuvable. On en a que de temps en temps et on garde ça pour la famille.

– C'est bon?

– Une arme de guerre. Tu peux faire ça pour moi?

– Ouais je peux, je dois te ramener quelque chose?

– Mille six cents euros.

– Pour deux cents grammes? C'est du shit au safran?

– Je t'ai dit, du première classe, un vrai caviar. Au détail le tarot double. Tu gardes trois cents pour la course si ça te va comme ça. Je t'en mets dix grammes en plus pour que tu puisses apprécier la chose.

– Donne-moi aussi la même merde que d'habitude.

Adam file dans les étages et moi j'attends dans le hall, le sac de sport posé au sol, le cul collé contre le béton froid à regarder les mamans abandonner les poussettes les unes derrière les autres en bas des escaliers, puisque aujourd'hui pas d'ascenseur en marche.

Il revient comme il est parti, son manteau mis seulement par la capuche qui vole derrière lui comme une cape du ghetto. Il me tend un sac plastique et me regarde quand je l'attrape. De lui coulent les mêmes mots que d'habitude, mais pleins de la gravité qui colle au monde aujourd'hui.

– C'est de la grosse frappe, fais belek à toi Nino.

– Toi aussi.

Après t'avoir posé de quoi voir venir, je file vers le nord en me disant que bientôt je te ferai sentir l'odeur du sel.

Dehors je vois juste un soleil blanc dans l'air froid des jours de neige. L'incinérateur au loin ne s'éteint jamais, et dans les nuages impossible de distinguer le vrai du faux. Je peux presque voir ce que je respire. J'allume une cigarette que je prends le temps de fumer un peu avant d'enfiler la rue qui va jusqu'au métro.

Je dépasse le Lidl, les bars d'ouvriers où les anciens enquillent leur retraite toute la journée devant des écrans où les chevaux courent vite, et je longe le portail du camp où comme d'habitude quelqu'un fait cuire des cagettes.

J'avale ensuite la longueur du premier foyer de travailleurs avant de passer sous le périph où je jette mon mégot dans le trou noir des égouts.

J'ai une dent qui me fait mal et je fais souvent des rêves où elles tombent toutes, où elles s'écrasent les unes contre les autres quand je serre les mâchoires. Mes nuits sont pleines de dents molles et de manoirs abandonnés.

J'arrive à la bouche du métro et comme d'habitude il y a les alcooliques qui tournent à l'Atlas en écoutant la radio, fumant des cigarettes ou jouant aux échecs avec des lycéens qui trouvent ça super de traîner dans le métro avec des types qui zonent.

À Châtelet, je monte le petit escalier où il y a toujours trop de monde et je tourne à gauche dans le très grand couloir qui pue. J'avance dans le courant d'air puissant.

Châtelet c'est la quatrième dimension, le vrai sous-sol. Je fais glisser mon regard sur les gens qui font la manche, ça pue et tout le monde trace sauf les paumés et les gens bizarres. Je trace aussi, pas envie de crever à Châtelet si jamais une sombre merde décidait de se faire sauter là.

Je file entre les poteaux de béton, sourire en coin en voyant galérer ceux qui suivent les flèches pour choper leur ligne. M'atteignent alors les odeurs de produits nettoyants, des égouts, du fast-food et des parfumeries du centre commercial dans un fumet à faire se lever un mort. Le col remonté jusqu'au nez, je me déporte sur la droite et monte la deuxième volée d'escaliers.

Je finis par arriver sur la douze après ce qu'il faut de changements, quand une dame de la RATP fait une annonce via les haut-parleurs. La ligne est bloquée, quelqu'un est parti à pied par le tunnel parce qu'il en avait marre d'attendre la rame, pourquoi pas.

Je sors à l'air libre et me repère au radar vers la porte de la Chapelle.

J'ai tout chargé dans mon sac, sauf mes dix grammes pour la route que j'ai calés là où personne n'ira les prendre, en espérant que rien ne glisse parce que même si le pantalon est serré, j'ai comme d'habitude pas mis de sous-vêtement. Je plonge la main pour arranger tout ça et garde mentalement un œil sur mes couilles pour être bien sûr qu'en dessous tout reste en place.

Étant donné le climat, je préfère pas tendre le pouce mais plutôt me mettre à la sortie de la station-service pour alpaguer ceux qui font peut-être route vers le nord. Des voitures pleines s'excusent, des types qui grisonnent sans lâcher un regard, des femmes seules

qui prennent pas le risque et des mecs qui se feront
contrôler avant d'avoir pris leur ticket pour l'autoroute.

Au bout d'une vingtaine de minutes je me fais charger
par un couple d'à peu près mon âge, pas super propres
mais simplement étudiants. Je dis merci et cale mon
sac au fond du coffre, caché sous une toile de tente et
un petit extincteur.

Ils vont à Bruxelles aussi, formidable. Il doivent juste
faire un crochet pour embarquer deux amis à hauteur
de l'aéroport. Y a plus qu'à espérer que tout roule.

Je m'invente une vie proche de la leur et pose des
questions pour faire semblant que ça m'intéresse, alors
que j'ai l'âme qui joue à saute-mouton avec le mar-
quage de l'autre côté de la vitre.

À mesure que la distance augmente, je sens s'étioler
les fils qui font battre mon sang sur le tien.

Ça va plutôt bien pour eux, des études qui leur
prennent pas trop de temps, une bourse et un petit
travail à côté pour compléter parce que Paris c'est cher.
J'aurais pu faire ça moi aussi, j'aurais sans doute pas
tenu longtemps, mais j'aurais pu. Passer mon permis
et fumer des roulées, être loin de tout ce qui tache.
Garder fraîcheur et perles de naïveté à enfiler à chaque
phrase. Ne pas toucher la nuit, ne pas l'embrasser, ne
pas glisser en elle.

Je compte les gouttes qui s'étalent écrasées entre la
vitesse et la vitre.

Je combats la tension sourde qui s'installe autour du
nombril avec ces prières d'autoroute.

On atteint l'aéroport sans encombre après avoir
aperçu un bus Eurolines vidé sous la pluie, avant
le péage, les valises mises aux pieds de ceux qui

les emmènent en attendant d'être ouvertes par la douane. Le Farfadet avait raison, le bus c'était pas une bonne idée.

À peine je vois les deux amis du petit couple sur l'aire d'arrêt que je prie le ciel et le reste pour que ce ne soit pas eux.

Embarqués à l'arrière de la 106, voilà Pierrot et Gabriel, leur guitare gardée dans l'habitacle, avec à eux deux trente mètres de dreadlocks blondes et rousses. J'ai les tripes en déconfiture. Si je me fais pas choper avec ces deux sacs à dos tout droit revenus du Pérou qui se mettent à nous montrer des flûtes de Pan et des petits tambours en terre cuite, c'est que quelque part dans le monde, une force puissante me veut du bien.

Heureusement pas de conversation à faire car les retrouvailles prennent toute la place, et pendant qu'on roule aussi vite que la carriole le peut, je réfléchis à toute vitesse pour trouver la meilleure manière de me faire larguer en route. Il faut que je sorte de cette caisse avant la frontière, c'est trop risqué. Être coincé pendant trois heures entre ces types directement débarqués d'un vol long courrier, ça va me coller leur odeur poisseuse, et de la poisse j'en ai déjà trop.

Je prends le mal en patience et je subis les accords machinalement plaqués par le blond sur sa guitare comme autant de petits coups de couteaux dans mon cœur déjà tant meurtri. Je voudrais lui en retourner une grosse dans la gueule, lui coincer les cheveux dans la jante de la voiture et brandir son scalp par la fenêtre, mais je peux pas.

J'évalue les risques. Ils sont pas énormes tant qu'on roule et que la fille n'accroche personne, ce qui pourrait quand même arriver vu qu'à chaque fois qu'elle nous parle elle tourne complètement la tête vers l'arrière.

Je me concentre sur les kilomètres, les champs, les putains de champs partout, les tracteurs et les éoliennes et toutes ces petites grappes construites autour de clochers dégueulasses. Je croise l'Indalo sur les camions qu'on double et qui viennent d'Espagne, je le prends à chaque fois pour moi et m'en dessine la forme sur la langue avec les dents pour m'assurer protection contre les déluges qui me guettent.

À moins de vingt kilomètres de Valenciennes, je profite de l'envie de pisser d'un des deux blancs aux cheveux de corde pour appuyer sa demande, et dans le respect des besoins naturels du corps la voiture s'engage bientôt sur la prochaine aire de repos.

Je baratine n'importe quoi parce que j'en ai rien à foutre et que je leur dois rien, je récupère mon sac et leur dis de continuer la route sans moi, je vais faire un stop ici, attraper une voiture pour Valenciennes et passer voir une connaissance.

Ils sont gentils et me proposent de sortir de l'autoroute pour me déposer mais c'est pas la peine, ça me va bien de reprendre un peu la pluie, alors restez cool et merci salut. Je fais un tour dans la boutique et prends une autre bouteille de Cristaline. J'ai pas soif, mais c'est ce qui y a de moins cher pour avoir le droit de voler ce que je veux. Vu les prix des merdes en rayon je vole des voleurs, et voler des voleurs c'est pas vraiment voler.

Je me fais sourire tout seul à penser comme ça, le dos rempli d'un paquet de barres de céréales et d'un sandwich suédois. À essayer de trouver un peu de morale dans ce que je fais alors que je trimballe avec moi de quoi rouler des torpilles pour toute une armée, en allant chercher dans un autre pays un paquet de bijoux volés par un type qui entre chez les gens par les fenêtres.

J'aurais bien vendu mon sang mais ici on peut que le donner, alors je le garde sauf quand j'ai la dalle parce qu'ils donnent à manger après.

Je fais comme les fils de bandits qui chantent maintenant la voix posée dans le grave des écouteurs que j'ai tirés avec le reste, j'accorde une danse à la rue et je retourne faire les signes qu'on fait sur la route quand on veut que quelqu'un qu'on connaît pas nous emmène.

À la sortie de l'aire de repos ça défile pas mal avant l'arrivée de la Rover. Je la sens pas du tout, lente et lourde, qui veut me voir pousser doucement dans le paysage. Elle arrive enfin et s'arrête à mon niveau, j'ouvre la porte et j'annonce ma destination en espérant que ça colle pas. On me répond monte d'une voix qui tiendrait en respect le sergent, alors l'instinct de survie en veilleuse et celui de mort bien en place, je m'assois dans l'intérieur cuir à côté d'un type que je voudrais ne jamais voir croiser ta route.

Son accent est étrange. Peut-être un flamand, et à peine assis il commence à me parler moteur.

– Elle sorlt du garlage, je vais la pousser un peu, voirl si il a bien trlavaillé dessus. Ça va, t'as pas peurl de la vitesse ?

Je regarde le sac à mes pieds, qui comme une mise sur le noir peut me faire tout perdre ou me rapporter le double, puis mes yeux glissent sur les mains du mec et c'est vite décidé, je préfère perdre la mise que la vie entre les deux rochers qui tiennent le volant.

– Non non ça va, la vitesse j'aime bien, mais peut-être il faut faire attention parce qu'on est plus très loin de la frontière là.

– Hahahaha parlce que la police ça te fait peurl?

– Non je dis ça pour vous, c'est votre voiture.

– Oui c'est ma voiturle, et c'est pas toi ni la police qui peut m'empêcher de fairle ce que je veux avec non?

– Ouais c'est clair, c'est comme vous voulez.

– EXACTEMENT.

Il appuie chaque syllabe du mot qu'il casse sans effort dans sa bouche comme s'il brisait un os, et je me retrouve d'un coup plaqué au dossier, les pieds qui sentent le moteur dévorer furieusement la route.

Le type bombarde avec un sourire carnassier, à cent quatre-vingts le voilà qui repart de son grand rire de déjanté et moi je me dis putain de merde si j'arrive à garder la bonne distance avec ce taré qui fait trois fois mon poids, je peux survivre à tout.

Et lui rigole aussi fort que le moteur, met sa main sur ma cuisse et me dit les yeux allumés de pétrole et de poudre C'EST PAS MAL NON! Et moi le cœur en rodéo je rigole aussi d'un rire à la couleur d'une maladie rare pendant que sa main me broie au-dessus du genou. Je suis prêt à me péter les dents en les serrant aussi fort que possible pour qu'il ne sente pas le tremblement.

Il me lâche pour changer sa vitesse et je crois naïvement au répit, mais sa patte de gorille revient s'abattre plus haut sur ma minceur, et presse le pouce profond sur l'extérieur de ma jambe. Le voilà qui me trouve trop sympathique, et dans ma tête je me dis pour l'instant on roule et moi je dois gagner du temps pour pas finir comme un oiseau crevé dans ces monstres de mains. La sueur de mon corps rend moite le paquet caché sous mes couilles et l'odeur se répand peu à peu dans l'habitacle.

On double et j'ai juste le temps d'apercevoir ces petits mondes de fer où la paix existe, où au pire on s'engueule, pendant qu'à côté dans la berline douteuse je sais pas si on m'enlève, ou si je suis encore les pieds nus en équilibre sur le fil de la lame avec une chance de tomber côté vie.

La frontière est proche, et lui fait toujours gronder la route à une allure que je veux même pas savoir. Il ralentit quand même quand à l'horizon se dessinent des tentes blanches, avec des hommes abrités dessous qui se penchent sur les véhicules pour les trier selon une règle aussi impénétrable pour moi qu'une boîte de nuit avec un physio devant.

La grosse face du taré se tourne vers moi, oh pas pour me dire bonjour Belgique non, mais pour me sourire avec une bouche de squale.

– Tu rlestes trlanquille, OK ?

Et moi je voudrais lui hurler mais tu veux quoi grand malade ? Me baiser le cul ou m'enfoncer ta grande pine dans la bouche ? Tu veux me buter ou être mon pote ? Tu veux juste sentir un peu de malaise ou t'attends de ma part un signal pour me découper et me filer à bouffer à ta putain de voiture ?

Mais je dis rien, la main crispée sur la portière je réfléchis vitesse guépard. Si je sors en courant et que je laisse le sac, je suis dans la merde. Si je sors en courant et que je prends le sac, les flics sont à moins de cent mètres, ils me chopent et je suis dans la merde. Si je reste je suis dans la merde, si je signale au flic que je suis dans la merde, il fouille aussi mon sac et je suis aussi dans la merde. Si le flic capte pas, le taré si, et je suis encore dans la merde.

On s'approche de plus en plus, moins de cinquante mètres maintenant. Il faut que je sorte. Je profite que le viking à ma gauche sorte sa tête par la fenêtre pour attraper mon sac et tirer sur la poignée. Je tire dans le vide, la voiture est verrouillée de l'intérieur. Là je suis vraiment dans la merde.

On arrive au niveau des douaniers et de tous ceux qu'on a foutus là depuis que ça a pété des deux côtés. À la question de ce qu'on vient faire ici, je voudrais répondre mais mon croque-mitaine se penche déjà en entier vers le type en uniforme en lui disant un truc que j'entends même pas, coincé que je suis entre la mort et le shit. C'est déjà passé puisque voilà qu'on roule de nouveau de plus en plus vite.

L'autre reprend son rire énorme en bouche et dans sa grosse main ma cuisse qu'il frotte maintenant d'une caresse qu'on ferait plutôt aux chevaux qu'aux hommes.

La grisaille arrose le monde tout autour. Je me demande ce qui détermine l'instant. Par quels enchaînements je me suis retrouvé là. Pour survivre, je me dis que c'est que quelques heures à passer.

Pour lui c'est l'éclate, et de nouvelles frénésies lui montent à la tête puisque sa main est maintenant sur ma nuque. Il sent des bouts de ma peau qu'il frotte et tire, et moi je crois bien qu'il s'excite. La tête encore libre de bouger si je ne fuis pas la prise, je regarde dehors les autres voitures.

– Je dois prlendrle l'essence à la station prlochaine OK ? Tu vas m'attendrle au chaud.

Grand connard je vais pas dire non et te supplier de me conduire plus vite vers mon mariage avec les cloportes de ta cave. Les nerfs tendus j'attends le moment, le seul que j'aurai pour baiser son plan. La voiture s'engage lentement vers les pompes, et dans la seconde où après avoir déverrouillé les portes il tire sur la sienne, je tire aussi de mon côté tout doucement. Il referme à clé et met son jus en sifflotant une chanson que j'aime pas. Pendant qu'il part payer à la caisse, j'ouvre et je baisse ce qui me couvre le cul pour chier tout ce que j'ai flippé sur le siège passager avant de m'enfuir en courant, le sac dans une main, le shit dans l'autre et des gouttes de merde plein les fesses.

Je me planque derrière la station, entre les vieilles cages remplies de bouteilles de gaz et attaquées par la rouille. De là où je suis je le vois qui revient en me cherchant des yeux, avant de me sentir couler entre les plis du cuir.

S'il pouvait cracher de la fumée ça lui sortirait de partout, et je le vois qui s'étrangle avec son souvenir de moi.

Il repart en compagnie de ce qu'il a liquéfié dans mon ventre, la Rover mordant les ornières de la route abîmée vers un endroit que j'aurai jamais à connaître. Tu voulais ma peur, t'as qu'à la manger salope.

Je reste planqué là longtemps. Je sors un caleçon du sac pour méthodiquement me torcher le cul avec, avant de le balancer dans un buisson pendant que le soir tombe. J'enchaîne les cigarettes, hésite à me matraquer le sang au caviar d'Adam et me ravise en me disant que si je recroise l'autre taré et que je suis raide, je suis foutu.

Je finis par entrer dans la station les mains aussi moites que la forêt autour, et je demande mon chemin au pompiste. Bruxelles est encore loin. Je sais pas quoi faire. Je veux pas marcher au bord de la route et me foutre dans le fossé à chaque voiture qui passe en espérant que ça soit pas lui, et c'est mort pour tendre mon pouce, au moins jusqu'à demain. Je pense enfin à t'écrire. Tout va bien je suis presque arrivé.

Je finis par trouver une voiture qui va dans ma direction et je monte à l'avant sans crainte, puisque l'arrière est occupé par deux gosses la tête dans un lecteur DVD portable d'où sortent des voix aiguës.

Le père est sympa mais je sais pas quoi lui dire pour combler le décalage entre sa journée et la mienne, alors pour passer le temps je lui demande de m'expliquer le plus simple pour aller où je veux depuis là où il va me laisser.

C'est pas compliqué, il y a un bus direct. Tant mieux, je suis chargé, fatigué et sale.

Une fois dedans, assis au fond sur la banquette arrière, je vois petit à petit la ville, les lumières colorées d'une centrale électrique puis les snacks, les bars, les épiceries et tout ce qui dans la nuit attrape l'œil au milieu de l'ombre.

Je descends près de la gare, demande mon chemin et monte dans un tram aussi sale et fatigué que moi. Deux sièges plus loin, une femme parle toute seule en agitant les mains et je comprends qu'elle est moins folle qu'elle en a l'air quand, en sortant quelques arrêts plus loin, je vois son téléphone coincé entre son voile et sa joue.

J'appelle Valentin qui vient me chercher dans les cinq minutes, le corps coincé dans une doudoune North Face piquetée de petites taches de chrome.

Une fois chez lui, j'accepte bien volontiers de fumer sur le machin qu'il me tend et je demande une douche avant d'entrer dans le vif du sujet. Je laisse longtemps couler l'eau sur ces heures épuisantes. Puis je les rejoins lui, la bouteille de Jim Beam et les esprits frappeurs qui se sont joints à la fête et ne nous lâcheront pas de sitôt.

Il sort le paquet qu'il a emballé dans du papier journal et putain ce que ça brille l'or et les pierres.

Je fourre tout ça dans mes chaussettes sales que je glisse au fond du sac, et je vois son œil attiré par le matos d'Adam.

– T'es pas venu les mains vides on dirait.

– Non, je transporte un colis au passage.

– Tu veux l'écouler ici tant que t'es là?

– C'est pas à moi, je vends rien. C'est comme pour les bijoux, je prends le truc au point A et je l'amène au point B.

– Et le point B du shit il est où?

– Dans un bar du centre.

– Tu restes un peu ici ou tu repars direct à Paris?

– Juste le temps de faire ce qu'il faut, j'ai prévu le week-end pour être large en cas de couille, donc au plus tard lundi. Ça va pour toi?

– Oui tranquille, reste ici. Je suis seul jusque dimanche soir, tu peux prendre l'autre chambre.

– Merci.

– T'as rien de prévu à part tes affaires?

– Non je suis venu pour ça, je connais personne ici.

– Et t'es fatigué ou tu veux t'en coller une?

J'en demandais pas tant, un litre d'alcool et du caviar à fumer m'auraient suffi, mais les bulles de courant arrivent de partout jusque dans mes yeux et je réponds trop rapidement à Valentin.

– Je suis super chaud.

– Parfait.

– Il faut que je mange un truc d'abord.

On sort et me laissant guider j'opte au snack d'à côté pour une horreur d'ici, bicky sauce riche avec grosse frite à l'huile d'animal.

Cette espèce de burger slovaque que j'avale a la consistance du surimi et la couleur d'un cadavre un peu vieux, mais la sauce embourbe le tout et au final c'est comme manger du gras dans un vieux pain. Puis, à deux sur son scooter aussi déglingué que les camionnettes pas loin de chez nous on file dans la pente jusqu'au centre-ville.

Valentin m'attend de l'autre côté de la rue, le temps que je capte l'ami d'Adam qui me voit venir comme le Messie. On s'installe dans la cuisine au fond du bar, j'accepte son gin tonic et je lui sors la marchandise simplement glissée entre mon jean et mon ventre pour le trajet. Il est content comme tout, ravi que j'aie pu faire la route sans encombre et lui amener la précieuse pâte vert-brun à l'odeur acide.

Tu l'as goûtée toi?

– Non, Adam m'en a filé un bout mais j'ai eu peur de subir le trajet avec ça dans la tête.

– T'as bien fait, fumer ce truc c'est un projet, il faut prévoir du temps devant soi. Je sais pas par où ils le font monter mais ici c'est introuvable, même en Hollande. Tu chnoufes toi Nino?

– Ouais, ça m'arrive.

– Attends je t'en paye une petite.

– OK mais vite fait, j'ai mon pote qui attend dehors.

– Ton pote ? Mais ramène-le si c'est ton pote.

Le temps d'appeler Valentin, Jimmy nous a préparé trois méchantes petites lignes d'un blanc presque pur qu'on s'enfile l'un après l'autre, et à peine la tête relevée il propose un whisky et revient avec trois verres remplis qu'on avale d'un coup.

Ça y est, le groupe électrogène de mon cœur est lancé, je sens que le démon en moi claque des dents et va bientôt hurler à en baiser toute la ville.

La pression du jour se mute en griserie et la brume nerveuse qui m'a grippé tout le trajet est maintenant arrosée de ce qu'il faut pour gonfler en orage. Alors je rote un éclair aux relents d'industrie et fait comprendre à Jimmy qu'on a encore des petites choses à faire. Il me sort la liasse et compte devant moi avant de me la tendre avec un clin d'œil.

Je tire trois cents dessus en billets de cinquante et tasse le reste dans chaque poche ventrale que je zippe jusqu'en haut. On salue l'artiste et on remonte sur le scooter les yeux brillants d'une lueur nouvelle, la narine pleine d'amertume.

Arrivés chez Valentin, je profite qu'il aille aux chiottes pour mettre l'argent d'Adam dans les chaussettes sales avec les bijoux. Une fois la chasse tirée on éclate un nouveau verre ensemble, et le voilà qui toutes cornes dehors me demande si je veux un gramme, parce que son type est en route.

D'abord je dis non et après je dis oui, parce que je suis bourré et que je m'en bats les couilles. Parce

qu'aujourd'hui un putain de nazi a failli enculer mon
cadavre dans les bois, parce que je sens mon cœur
frapper les coups qu'il fait quand il a pris, et à quoi ça
sert de lancer la musique si c'est pour couper le son
juste après. Alors je décide de garder le rythme, même
si vu ce qui m'a déjà traversé le corps les choix sont
biaisés. Pour dire non il aurait fallu s'y prendre plus tôt,
et maintenant c'est trop tard. Me voilà de nouveau le
Yes man que je redoute et je repense à l'assistant du
doc au fort qui disait de moi il sourit à la vie !

Je regarde Valentin qui, clope en bouche, verre et
téléphone en main, attend de voir si je vais pas encore
un peu piétiner mes certitudes avant de choisir, et je lui
sors le plus de dents possible dans un sourire qui vient
pas de chez les anges. Pas besoin de lui faire un dessin,
il envoie un message pour doubler la commande.

Il me parle de comment il a trouvé les bijoux. Passé
sur le toit d'un immeuble par un échafaudage avec
tout son bordel de peintre, il a tapé le mur toute la
nuit au rouleau, et comme il lui restait du temps avant
le lever du jour, il est parti faire un tour de toit en
toit, jusqu'à atterrir sur un balcon, à l'arrière d'un
bâtiment. La porte est pas fermée, il y a même un
chat qui dort et devant lui s'étale tellement de luxe
qu'impossible de pas y faire un tour. Juste comme ça
il me dit, ça donnait envie de visiter alors je suis entré
faire une balade. Pas bien loin, les bijoux étaient sur
la table. Il a pas cherché plus, il a foutu le tas dans sa
poche et il est reparti par les toits jusqu'à son point
d'entrée, puis repassé une couche de peinture sur le
lettrage pour qu'on fasse pas le lien entre son blaze et
les bijoux envolés, et voilà.

— Et tu fais ça souvent ce genre d'affaires ?

— Non, c'est juste que là c'était trop beau. Le mec a sa boutique au rez-de-chaussée et au premier, il vend que de l'art africain. Enfin que de l'art je sais pas, il a aussi des crânes sortis de tombes et empaquetés à la manière de là-bas quand on les met au trou. Il a même une momie en vitrine.

— Il a dû se dire que c'était elle qui avait fait le coup. À force de mettre en magasin les ancêtres des autres, il faut pas s'étonner que des choses disparaissent.

— Tu crois aux esprits Nino ?

— Je crois qu'il existe des choses qu'on voit pas et qu'on comprend pas mais qui ont une influence sur nous. En tout cas j'irais pas foutre une momie ou un putain de crâne de sorcier dans mon salon.

— Pareil. Je veux pas voir les goules débarquer chez moi parce que j'ai piqué la pièce qui sert à payer le passeur du pays des crevés.

On sonne, c'est la drogue qui fait ding-dong. Cinquante euros chacun, y a pas à dire, les prix sont plus démocratiques au royaume qu'ailleurs.

— Maintenant il faut qu'on passe dépouiller le White Night.

— Le White Night ? C'est quoi ?

— Une chaîne d'épiceries de nuit. Tu te sers un peu dans les magasins ?

— Je fais mes courses comme tout le monde, un truc à la caisse et le reste caché sous le sourire.

— C'est bon ça. Et t'aimes le champagne ?

— C'est pas pire que le reste.

— On va prendre du champagne, les alcools forts sont derrière la caisse mais les champagnes sont dans les frigos au fond de la boutique, c'est plus cher et plus facile à voler.

– J'adore ce pays.

– Frère, bienvenue en Belgique.

Une fois dehors on écrase du pied les reflets mouillés des lampadaires jusqu'au ravitaillement. Pas de plan spécial, simple comme les bonbons de la boulangerie à l'époque. Je prends deux bouteilles de Veuve Clicquot, une dans le pantalon et l'autre dans la doublure, et Valentin deux bouteilles de Mumm, une dans chaque manche de la doudoune, plus une de Piper sous la ceinture. Une bouteille de vin blanc de merde à trois euros pour la forme plus un paquet de longues Winston à la caisse pour moi. Je lâche un euro dans la boîte à tips, plus pour aider l'employé à tenir sa nuit que pour m'acheter une conscience premier prix.

Passé l'angle de la rue on sort les prises pour que les premiers bouchons sautent au ciel, et nous avec pour goûter la victoire.

On arrive bientôt et là-dedans c'est gigantesque comme dix-sept fois chez nous, une vingtaine de jeunes en beauté se draguouillent gentiment dans le salon. Avec cinq bouteilles de champagne on est bien accueillis, et plus encore quand Valentin glisse à l'oreille de Shawn, brun huilé à la peau lisse, qu'on a une bonne raison d'aller faire un tour dans sa salle de bains. Et c'est parti pour un délit en communion que Shawn paye à mon nouveau pote d'un baiser doux de rose sur la joue, ça fait sourire Valentin.

J'observe le monde autour qui part doucement en couille quand un petit mec en robe de soirée bleue vient se poser à côté de moi. Il est sympa comme un scout qui déserte, alors je lui réponds volontiers par des mensonges sans gravité sur qui je suis, puis l'écoute m'expliquer la faune locale.

Des étudiants, des gens qui bossent un peu, d'autres qui claquent un héritage et des fêtards à temps plein, tous très motivés à l'idée de passer la nuit à suer sur du son et réunis par ça.

Je lui propose de venir s'en faire une à l'écart, parce que sortir la poudre en société c'est comme brandir un steak au milieu des vautours, il vaut mieux le lâcher en partage que d'énerver tout le monde en l'agitant pour rien.

Une fois les chiottes fermées je prépare l'affaire, et quand tout est tapé je demande à Gil quel âge il a, tout content de cette belle amitié naissante gonflée à la coke.

– Je viens d'avoir dix-sept ans, la semaine dernière. T'as quel âge toi?

– Juste vingt. Je te pensais pas si jeune tu fais plus mature.

– Oh tonton la morale tu vas pas faire chier non?

– T'es grand tu fais ce que tu veux.

– Ah oui?

Et Gil m'attrape les mains puis les colle sur ses hanches en tendant sa bouche vers moi, et même si j'aime bien la sensation du tissu de sa robe, je le repousse tout doucement pendant qu'il ouvre les yeux.

– Quoi. Non merde abuse pas Nino, me dis pas que t'es un gars de la foufoune.

J'acquiesce à moitié mort de rire devant la mine boudeuse de la princesse qui s'emballe joyeusement sur ce petit contretemps.

– Jésus Marie mon cul, à chaque fois.

– À chaque fois quoi?

– À chaque fois que je trouve un mec mignon, et c'est pas pour te flatter mais c'est assez rare, c'est toujours un mec à meufs.

– Viens reste pas là, je vais rouler un joint pour me faire pardonner.

– Tu me dois bien ça oui, sors-moi vite d'ici et fais-moi fumer ta grosse pipe.

On rejoint le salon rigolards et défoncés, et je sors le caviar d'aubergine de shit de ma poche puis roule avec prudence ce qui sera le deuxième pas dans le chaos.

Effectivement ça rigole pas. Je pompe trois fois sur le barreau et le tend au petit visage lisse qui recrache la fumée par ses narines de porcelaine, avant de faire tourner la queue du diable dans l'assemblée autour.

Je finis ma bouteille et je vais chercher la suivante que je fais sauter en même temps que les deux dernières puisque Valentin les a déjà sorties. Ça coule partout et on remplit les verres qui se tendent en arrosant l'espace autour, rien à foutre on les a pas payées.

Shawn sonne bientôt le départ, chacun se rhabille, du drap noir au boule à facettes, et je souris à Valentin qui me renvoie la pareille en me voyant mater le boule en question, parfaitement épousé par le short couvert de sequins argentés.

Je me dis malgré moi que je mettrais bien ma tête au milieu des reflets, et j'ai à peine le temps d'avoir honte de ce que je pense qu'on me glisse discrètement dans la main un petit Bob l'éponge rose fluo sans bras ni jambes.

Je t'écris un message où je dis presque la vérité. Que le trajet s'est bien passé, que je t'aime et que tu me manques, que je préférerais être avec toi qu'ici.

Mais ici c'est un peu de distance trouvée entre moi et le réseau de problèmes, c'est une trêve de quelques jours puisqu'à part Valentin, personne ne sait exactement pourquoi je suis là.

On marche les rues en pente en pissant où on veut, on traverse les places où des groupes se forment autour d'une bouteille ou d'une paume ouverte mélangeant des petits tas, et les odeurs de graisse se mêlent à celles de l'urine, des gaufres et du pneu des excités qui font chauffer la route. On roule en bus pour quelques arrêts en vidant les bouteilles pendant que Gil fait le con devant la blonde au short qui brille. Ses yeux croisent les miens et je vois sur leurs bords que là aussi ça brille d'un peu de paillettes et d'arc-en-ciel, et tout ça est si beau que je voudrais pour un instant qu'on oublierait après, rien qu'un instant seulement, respirer ses cheveux.

Tout s'efface et je sens dans mes mains le courant du crépuscule qui fait monter le désir. Je vois des bottes noires et brillantes. Je vois sous une épaisse veste en cuir un débardeur de résille qui bouge à chaque pas, le bonnet blanc de Shawn qui cache la Lune.

Petit à petit notre bande en rejoint d'autres, plus en couleur, plus sombres ou plus sexy. Une suite de faunes, de chauves-souris et de filles à casquette ou en fourrure occupe maintenant les deux trottoirs de l'avenue mal éclairée qu'on remonte doucement.

Enfin on arrive et c'est le feu. La queue est longue. Les cigarettes s'allument et d'un coup j'entends SHAWN !

Il arrive, la cinquantaine, des cheveux qui foutraient la honte à un renard polaire et des lunettes complètement opaques sur un nez qui a l'air de posséder sa propre conscience et qui bouge tout seul.

D'ailleurs tout bouge un peu tout seul, et pendant qu'on répand à côté de moi pour la deuxième fois du jour la joie de se retrouver, mon corps me dit que s'il y avait un bon moment pour aller danser, ça serait celui-là.

– Nino c'est Adriaan, un ami à nous.

– Venez avec moi je vais vous faire entrer.

Alors avancent les cheveux des filles vers la lumière de la porte. Dedans c'est rouge, mauve. L'air me donne envie et j'y plonge, mais j'entends mon prénom qui m'arrache et me ramène en moi.

– Et tu fais quoi Nino, tu travailles ?

– C'est ça, je travaille.

– Tu fais quoi comme boulot ?

Question de merde. Je voudrais faire claquer ma fierté mais j'ai le cœur trop plongé dans le rose et le violet qui nous passent dessus. J'attrape Valentin par son prénom, on passe au vestiaire qui tremble au rythme de ce qu'on y perçoit de la musique, juste les basses. Pendant qu'on fait la queue, Val m'agrippe le bras en me demandant de l'abriter du regard du vigile, puis il sort sa coke et m'en fout une clé dans chaque narine avant de s'en payer autant.

J'ai tout mon corps qui va vers l'avant et Valentin est comme moi, une fois un peu attaqué il perd ses manières. Le voilà qui nage et passe entre les gens à grand renfort de moulinets pour aller s'accouder au bar, empoigner quelqu'un de l'autre côté, le faire craquer d'un sourire et se faire servir deux vodka-maté avant que j'ai eu le temps de penser que ça m'emmerdait de l'attendre.

Arrivés dans la fosse on lâche tout, les gros félins, les oies et les bêtes fantastiques, et shootés aux pilules et aux poudres on avance verre en main là où le son est de plus en plus fort.

Je me prends en pleine tête cent quatre-vingts tartes par minute et je tends les deux joues. Je hurle la langue dehors en remontant la foule, je vois rien d'autre que l'intérieur de mes paupières où je laisse exploser les ombres, et je souris comme un abruti si content d'être vraiment défoncé. Maintenant, y a plus que du rouge, de la chaleur et des corps en tout genre qui dansent la peau lovée dans l'air. Je passe le col de l'ecstasy en tapant du pied comme un dingue et comme j'ai trop chaud j'enlève mon tee-shirt pour partir tête en avant dans le délire. Je vois plus grand-chose mais au fond de la fumée apparaît Valentin sur ma gauche, collé à un cou qui soutient deux émeraudes sous des cascades de cheveux. J'envie ses hanches tout contre d'autres. Tout le monde est beau, même les moches. Valentin me voit et me saute dessus en éclatant son rire sur les ondes qui nous matraquent à l'infini. Raides, on est tous raides et ça fait du bien de sentir son bras plein d'amitié se poser sur ma nuque au milieu du désir et des nerfs.

On remonte la foule avec sa promise d'un soir pour aller s'affaler à même le sol du coin fumoir. Ici les lumières sont bleues et sombres, et des paquets de prises électriques sortent encore de la moquette. Le voilà qui fait encore six clés pour six narines pendant que je roule difficilement le saint cierge du milieu de la nuit.

Alléluia j'y arrive enfin. Quand j'allume la chose, je sens tout de suite l'énorme frisson qui réactive le reste, et ma tête vient buter sur l'épaule de Val qui passe sa main dans mes cheveux parce qu'il sait que quand ça monte ça fait du bien. C'est le trampoline, toujours plus haut, et plus je monte, plus je me dis que putain celle-là je l'ai pas volée.

Deux minutes et ça passe. Je me lève d'un coup parce que je suis super chaud, crame une clope et taxe dans la bière de celui qui me la propose en échange d'un peu du pétard qui tourne.

J'ai un démon par muscle et je cherche une compagnie avec qui cracher un peu de folie, alors je laisse les autres se mélanger les langues et je retourne vers la salle. Dans le couloir je tombe sur Gil, sa robe a perdu une bretelle et laisse à l'air un sein au-dessus duquel quelqu'un a dessiné une couronne au rouge à lèvres.

Il m'entraîne à l'écart pour qu'on finisse ensemble une transaction commencée sans moi. Un des trois qui l'accompagnent tient une boîte en fer, qu'on m'explique remplie de pilules qui coûtent le prix de la bière au bar mais sans faire la queue. Pour dix balles, j'ai en poche de quoi refuser le sommeil pour encore une trentaine d'heures et j'en reviens pas de comment je suis cloué, tellement que ma bouche se mange toute seule. Je mâcherais bien un chewing-gum. Je me dis que dans un pays normal, on m'en aurait au moins tendu une fois sur toutes celles où on m'a tendu de la came.

J'y pense encore quand Mia apparaît, puis plus du tout quand elle me regarde d'un drôle d'air avant de tourner ses yeux vers les autres en battant des cils.

Sa bouche à elle non plus tient pas en place, et une fois passé le coup de lance que tout ça me porte au cœur, je comprends qu'elle a ce que je veux, que sa bouche écrase quelque chose. Je vais vers elle pour savoir si elle a de quoi me sauver, alors elle me tend son verre et sa clope, elle coupe entre ses dents un morceau de ce qui n'a plus d'autre goût que son eau et me le met dans la bouche.

C'est trop pour moi et la tension monte, dans ma tête je grille. Un mantra du débauché se répète entre mes tempes, pas baiser, pas baiser, pendant que le reste primitif voudrait la bouffer complètement, sentir ses dents.

Sous les flashs blancs un peu de toi se dessine. Je lui rends cigarette et boisson, l'une finit dans l'autre et la main libre qu'elle me tend je sais pas quoi en faire, tout ça me rend fou.

Gil à côté me regarde d'une colère amusée, d'un air qui dit quelle salope ce Nino, deux battements de cils, quelques sequins d'argent sur un cul, la moitié d'un vieux chewing-gum sans saveur et le voilà prêt à tomber à poil dans son lit.

Et moi qui comprends ses yeux, il sait mieux que moi pourquoi tout ça me déchire le ventre et pourquoi j'aimais bien sa robe sous mes mains et moins ses hanches pourtant si douces sous sa robe.

Je croque un bout. Je bois. Je me sens plaqué sur les corps autour, plaqué sur le sien. Chacune m'attire, et les lumières aussi, j'ai le cœur qui me baise la queue. Je danse la langue sur les lèvres et les siennes me touchent.

Je m'échappe pour aller m'arroser d'eau et boire par petites gorgées au robinet des toilettes, et même si j'ai

l'impression d'être à peine arrivé, tout s'arrête d'un
coup puisque le jour a déjà repris depuis longtemps.
Toujours pareil, à peine le temps de claquer des doigts
et c'est fini, alors on se fracasse tous vers l'entrée.

La petite centaine qui reste gueule pour relancer le
son mais l'heure c'est l'heure. Valentin m'attrape, Mia
a disparu, tant mieux même si ça m'ennuie, et on file
au vestiaire récupérer ce qui est à nous avant que tous
s'y pressent.

Une fois habillés on sort dans le soleil du nord qui
dehors étincelle. Les gens n'ont plus la même tête, on
est tous moins beaux qu'à l'intérieur, un peu fades et
les gestes abrutis par la lumière.

On traverse la ville en s'amusant des regards, et ici
c'est étrange comme notre équipée passe sans esclandre
d'une rue à l'autre, fait même marrer quelques vieux.
On s'arrête sous un abribus faire trois lignes sur un
téléphone pendant que les gens autour reviennent du
marché ou peut-être même rentrent déjà du travail.

Seule la lumière agresse et arrivés au niveau d'un
H&M, Gil nous fait signe de l'attendre devant une
minute. À peine le temps d'allumer une des onze
Winston qu'il me reste, le voilà qui revient d'un pas
plutôt pressé en sortant trois paires de lunettes opaques
et salutaires.

— Tu les as volées ?

— Non je les ai juste pas payées, on reste pas là les
filles, on avance.

Derrière nous une grosse voix monte et c'est le vigile
qui hurle.

— VOUS LÀ-BAS AVEC LA ROBE !

— ET MERDE, ON COURT LES GARS ON COURT.

— ARRÊTEZ-VOUS !

— MES POTES BAISENT TA MÈRE ET MOI JE BAISE TON PÈRE !

— BANDE DE PETITES MERDES ! ARRÊTEZ-VOUS !

Mais trop lourd pour nous rattraper, il nous laisse filer vers le bus qu'on prend direction catastrophe. Sur la banquette je calcule pas tout de suite que Gil s'embrouille déjà avec deux meufs et trois mecs à la fois, mais c'est le risque quand on juge à voix haute une petite foudre en robe qui vient de baiser avec la nuit.

Le voilà qui menton en avant abaisse d'un coup son crâne sur la pommette d'un des types qui tombe, et Valentin dit Nino ! Alors on y va du pied dans le tas, j'attrape une des filles par les épaules et l'envoie sur les genoux d'une paire de gros retraités pour accéder au mâle alpha de la troupe qui m'en colle une en pleine bouche.

Ça clignote de partout, je m'en prends plein la gueule pendant que j'essaye de lui planter mes ongles dans la gorge, et bientôt je me dis à quoi bon, de toute façon je suis décalqué, je sens rien alors autant le laisser me taper dessus. Mais bientôt le type me lâche pour hurler, et je vois mon petit Gil lui foutre un coup de gazeuse sortie de sa pochette et faire suffoquer tout le bus qui s'arrête.

Valentin nous attrape pendant que le chauffeur avance à travers la panique pour éclater les restes, alors à coups de chassés on ouvre la porte arrière. Gil crache tout ce qu'il a de sang et de salive sur ceux d'en face pour une dernière provocation et on s'arrache en rigolant.

J'offre une tournée de cigarettes pour fêter ça en me demandant si c'est encore loin, parce que dans la rue y a des gosses, et que la cocaïne que j'ai envie de me foutre dans les trous de nez, devant eux je suis pas encore pour.

Valentin lui se tracasse pas pour si peu et à peine passé l'angle, le voilà qui sort tout ce qu'il faut pour s'en remettre une couche. Pendant qu'il utilise tranquillement un rebord de fenêtre comme support, je sens sur mon épaule une grosse main qui fait au moins le poids de celle du taré dans la Rover.

Je me retourne et merde, c'est les flics. Je cherche même pas à discuter quand on me jette dans la voiture où Valentin insulte leurs mères, pendant que Gil qui pissait caché derrière un container à verre s'échappe discrètement.

On nous fout direct en cellule, et dans la mienne j'ai le droit de penser au cauchemar qui m'attend en compagnie d'un clochard qui se pisse dessus et d'une mouche qui me casse les couilles en faisant des ronds au plafond. Je reste là des minutes ou des heures, j'en sais rien, je suis comme la mouche, dans ma tête ça fait des ronds en vibrant et puis c'est tout.

On finit par me sortir de là menottes aux mains pour me jeter sur une chaise en face d'un gros enfoiré. Il a devant lui tout ce que j'avais dans les poches moins ma thune, des petites pilules dans de la poudre blanche, des clopes, mes papiers et des tickets boisson, tout ce qu'il lui faut pour me faire passer à la casserole.

— Alors, c'est quoi ça?

— Ben c'est de la drogue.

— Tu te fous de ma gueule. Tu crois que je sais pas ce que c'est?

— Il faut pas demander si vous voulez pas que je vous réponde aussi.

– Commence pas à jouer au con avec moi. On en a ras-le-cul des comme toi, des connards de Français qui viennent foutre le bordel ici. Qu'est-ce que t'es venu foutre chez nous?

– Ah ben le bordel il semblerait.

– La prochaine comme ça c'est mon poing dans ta petite gueule, réponds-moi. Qu'est-ce que t'es venu foutre ici?

– Je suis venu faire la fête. Je suis désolé, je pensais que c'était légal.

– Légal?! La cocaïne? Mais c'est pas possible t'es complètement con ou quoi?

– Je sais pas tout le monde en a, alors j'ai cru que ça posait pas de problème, peut-être pas légal mais toléré quoi.

– Non on tolère pas, ni la cocaïne, ni les merdeux dans ton genre. T'as de la chance que t'as pas de fiche chez nous. Alors voilà comment ça va se passer. Une fois dehors t'as vingt-quatre heures pour quitter le territoire. Si on te chope après ça tu t'expliqueras avec le juge. Putains de Français vous croyez vraiment que le monde est à vous. Foutez-le-moi en cellule le temps qu'il soit clair et après foutez-le dehors.

Alors je dégrise lentement, c'est pas super agréable mais au moins plus personne ne m'emmerde et je finis par sortir le soir complètement perdu dans la ville. Je demande mon chemin pour retrouver mon point de chute parce que j'ai plus de batterie. Arrivé devant chez Valentin, je fais des tours jusqu'à ce que quelqu'un entre dans l'immeuble et que je puisse entrer à sa suite pour m'affaler dans un coin devant sa porte. Il fait froid et c'est confortable comme un lit de la Légion. Je suis réveillé par du bruit mais c'est pas lui, c'est un voisin qui descend. Le temps qu'il arrive, je file en bas et fais semblant de chercher les clefs de la boîte aux lettres, avant de retourner comme un chien me caler sur le paillasson.

Je passe une nuit dégueulasse dans cette cage d'escalier qui pue et au petit matin je le vois qui arrive enfin avec Gil, les deux encore plus raides qu'au moment où je les ai laissés.

Il m'explique qu'une fois dehors, il a enchaîné direct et Gil l'a retrouvé dans un de leurs repères habituels, parce qu'on dirait pas mais cette ville c'est plus un gros village, on y croise forcément des gens.

Je me sens pire que pouilleux et j'ai faim, les autres aussi alors on passe au Bon Goût, un snack infernal du quartier d'où on ressort chargés de sandwichs énormes, remplis d'une viande tellement bourrée d'épices que même si elle était pourrie on s'en rendrait pas compte et c'est vachement bon, même si c'est dégueulasse.

On retrouve l'appartement de Valentin dans l'état où on l'a laissé, des pailles taillées dans des prospectus de pizza sur la table et la bouteille de Jim aussi vide que les verres autour.

J'en remplis un d'eau pour que ma langue retrouve sa texture normale après deux jours où je l'ai troquée contre un morceau de parchemin, et constate qu'on a ramené avec nous toutes les odeurs de la nuit et celle du snack en plus, c'est carrément horrible.

Une fois lavé je roule un costaud, je l'allume devant un épisode des Simpson. La fumée passe en nous et nos têtes s'affalent enfin les unes sur les épaules des autres.

Je me réveille dans un lit torse nu et t'es pas avec moi, à la place j'ai Gil et Valentin, les bras mélangés dans un tas de peau fraîche.

Je profite de leur sommeil pour t'appeler enfin, la tête presque froide. Pour pas siffler toute la recharge je prends le fixe de l'appartement tout en me disant putain mais qui dans la vie a un fixe chez lui avant trente ans ?

– Allô Nino je suis contente de t'avoir, tout va bien ?

– Ça va c'est presque fini.

– T'as dormi un peu ?

– Juste aujourd'hui, je viens de me réveiller là. Je suis chez Valentin le pote du Farfa, j'ai rencontré des gens plutôt cool, c'est des bourges mais ils sont gentils quand même. Toi ça va comment ?

– Je suis dégoûtée, hier soir une de mes tables est partie sans payer, une bande de six, ils en avaient pour deux cents euros. Je vais devoir travailler toute la semaine gratuitement pour rembourser.

– Quoi ? C'est toi qui dois payer ?

– C'est moi qui ai pris la commande donc c'était à moi d'encaisser, je les ai même pas vus partir, il y avait beaucoup de monde et on était que deux en service.

– C'est dégueulasse !

– Y a pire, au moins les patrons sont presque jamais là. T'as pris beaucoup de drogue ?

– On s'est bien rétamés oui, ici c'est facile, tout le monde en a vu que c'est pas cher.

– T'as pris quoi ?

– Tout ce qu'on m'a donné sauf du G.

– T'es vraiment un gamin, tu sais pas dire non. Tu rentres comment ?

– En train je pense, la voiture à l'aller c'était pas une super idée.

– Tu fais attention c'est la dernière fois que je te laisse tout seul faire un truc pareil, rien qu'à ta voix je sens que t'as fait n'importe quoi.

– Ça va aller, j'ai plus qu'à rentrer là.

– OK, je t'aime Nino, fais attention aux filles.

Je raccroche pendant que les gars émergent doucement, Valentin sort en premier, les yeux pleins de sommeil, les deux mains dans le caleçon pour se gratter les couilles.

Je roule un joint du matin qu'on fume en se racontant nos vies. Je leur fais la version courte des galères et ils écoutent un peu hallucinés ma petite histoire.

– Putain quand même t'en as de la chance.

– Comment ça, je te suis pas.

– Ça t'en fait des aventures, t'es dans la vraie vie quoi, moi j'aurai jamais des histoires comme ça.

– Tu te fous de ma gueule, t'as peint une bite de trente mètres de haut sur l'arche de la Défense pour t'amuser, et t'es en train de me dire que ce que je raconte ça te fait envie?

– Ben ouais ça fait un peu rêver. T'as un vrai chemin à faire, moi je sais que quoi qu'il arrive j'aurai pas ta chance, connaître tout ça, vivre sans rien et me débrouiller, être vraiment dans la merde.

– Mais t'es malade tu te rends pas compte, t'es complètement givré. Je te raconte qu'on a pas de thune et qu'on doit tout voler tout le temps, même le PQ, et toi ça te fait envie?

– Ben ouais.

– Mais si tu galères jamais pourquoi tu voles autant?

— Je sais pas, pour le sport.

— Pour le sport?

— Non mais attends, toi non plus tu te rends pas compte, moi j'ai des parents qui me virent au minimum deux mille balles par mois, je paye pas de loyer parce que l'appartement est à ma tante et j'ai besoin de rien faire pour rien, du coup je me fais trop chier quoi.

— Ah ouais ça craint t'as raison.

— C'est vrai je suis bien loti, mais ça n'empêche que toi tu vis des vrais trucs. En plus t'es en banlieue, c'est stylé. T'es avec tes potes, tout le monde se connaît, chacun est posé chez lui pas loin des autres, c'est bonne ambiance.

— Ouais c'est vrai, et puis le jeudi c'est combat de chiens, ça j'adore.

— De quoi?

— Tu savais pas? Tous les jeudis soirs c'est combat de chiens dans pas mal d'endroits en banlieue, c'est une tradition mais c'est un truc d'initiés, faut connaître.

— Mortel, tu vois c'est ce que je te disais.

— Et en ce moment on dresse des rats, pour transporter le shit.

— Mais non arrête.

— Si je te jure, le mien je lui donne une pièce et il me remonte une canette de l'épicerie, c'est un rat sympa, tout le monde le connaît.

— Vous dressez les rats? Mais ça défonce ça. Tu vois Gil je te l'avais dit, la banlieue ça déchire, j'aimerais trop.

— Mais oui mon beau.

— En plus j'imagine t'es toujours avec tes potes en bas, en mode grosse équipe.

– Mais grave, on est posés tous ensemble, on bricole le tank.

– Le quoi?

– Le tank. On a un tank, c'est des voisins serbes qui le ramènent petit à petit en pièces détachées, et nous on le remonte dans une cour, c'est comme un gros lego quoi, ça nous occupe.

– Mais la police elle dit rien?

– Valentin, il se fout de ta gueule là Nino.

– Comment ça il se fout de ma gueule?

– Y a pas de tank ni de rats dressés pour aller chercher des canettes de Tropico, t'es vraiment débile toi.

J'explose de rire face à lui qui percute doucement que la vie c'est pas exactement comme il pense, et je descends faire le plein de clopes à l'épicerie. Quand j'arrive il s'excuse un peu embarrassé, et moi je rigole encore en lui disant de pas s'en faire.

Un peu emmerdé, il me propose de payer le billet de retour pour se racheter de son mal à la bourgeoisie et vu que c'est quand même moi qui trimballe tout et qui prends les risques, j'accepte sans problème le billet à cent euros acheté avec l'argent de papa.

Je leur dis de venir faire un tour quand ils veulent, qu'on fasse la connexion. Que je te présente toi, Malik et les autres, histoire de cumuler les chances de sortie de route.

Je me suis fait aussi propre que possible, Gil m'a même tartiné la gueule de crème hydratante pour enlever les rougeurs à la base des cheveux, et malgré mon blouson râpé j'ai l'air d'un étudiant à peu près normal.

Une fois dans le train, je planque tout de suite l'argent et le reste au fond d'un sac McDo dans la poubelle à ma droite. Je fais bien parce qu'un groupe de flics passe deux fois et me demande mes papiers, d'où je viens, où je vais en retournant mes affaires. À part moi ils contrôlent pas grand monde dans le wagon, et je commence à serrer du boyau en pensant à l'arrivée à Paris.

Ça vient beaucoup plus vite que prévu, rien à voir avec ma tragédie de l'aller sur fond d'autoroute.

Je sors du wagon et avance sur le quai le sac de sport de nouveau chargé bien serré dans la main. J'entends mon sang qui bat dans ma tête, j'ai les mains qui glissent et je me dis Nino, c'est pas le moment de faire ta baltringue, alors démerde-toi pour passer.

On avance tous dans la même direction et je le vois qui m'arrive dessus, le mur des douaniers gantés. Ils sont nombreux, tous sur le côté gauche et je me dis merde, je vais y passer c'est clair, j'ai l'air d'être le neveu louche des vioques en costume qui sortent du train en même temps que moi.

Et puis je repense aux Noirs dans le wagon, j'en cherche un des yeux. J'en vois deux, la trentaine, plutôt classe la montre au poignet, la barbe et les cheveux taillés de frais, alors je m'arrête pour fouiller le vide de mes poches le temps qu'ils me dépassent.

Je leur colle ensuite au cul jusqu'au mur des emmerdes et bingo, le bras de la République se tend carte en main sur leur chemin, et c'est parti pour une fouille complète des bagages pendant que moi blanc comme mon cul, je passe de la drogue, de l'argent de la drogue et des bijoux volés, les jambes d'un coup plombées par les shoots de tension.

Un mec m'accoste tracts en main à l'entrée du métro et en glisse un dans la mienne.

– Jésus peut vous sauver, il le peut vraiment!

– C'est sympa ça.

– Il peut vous sauver! Jésus vous aime!

J'avance et une fois le papier jeté j'accélère pour changer ce qu'il faut changer comme ligne, marcher ce qu'il faut marcher comme pas, monter ce qu'il faut monter comme marches pour sentir enfin tes cheveux à toi inonder mon visage.

14

SORTIS de la gare on se cogne tout de suite au bleu du ciel, et tu respires plus libérée qu'avant dans les odeurs de sel et de terre sèche. Il y a du vent qui fait du bien, c'est de l'air venu d'Afrique tout droit sur nous, et sur les pare-brise s'accroche le sable rouge qu'il a porté depuis là-bas.

Je suis content qu'une fois enfin tu sois venue, et tirant ta valise le long des canaux tu souris d'être aussi proche de l'eau. Je comprends qu'ici, la mer pas loin, on est plus près de chez toi qu'ailleurs et que ça te fait du bien.

Malik est là aussi, la clope enflammant le sourire, saluant le soleil à travers ses lunettes noires.

On passe un pont puis un autre, et puis encore un autre avant de monter les rues auxquelles je jure de revenir aux beaux jours, écouter leur bruit le long des fenêtres ouvertes.

J'avais oublié ce qui tire les jambes dans les côtes sans voiture, et on ne parle pas pour garder le souffle jusqu'à voir enfin entre les maisons.

Du bleu dans du bleu sur du bleu, du bleu qui danse et des barques dessus. Les maisons sont avalées par la mer et le ciel, les volets toujours ouverts sur de simples rideaux qu'on tire à peine pour se cacher la nuit.

Malik rit, il rit dans l'air après la montée et son rire porte au loin dans les rues silencieuses.

On arrive enfin dans l'impasse qu'on remonte jusqu'à la porte peinte où je frappe trois coups, et d'où sort Konki, encore plus petit qu'avant, encore plus penché.

La douceur de son air quand il me reconnaît m'attrape le cœur. Il a des yeux qui m'ont vu grandir, d'où la joie coule de me voir en bonne santé, devenu grand sans avoir oublié les premiers pas et la sensation des coudes posés sur la toile cirée de sa cuisine.

Il nous donne la clef de la petite maison pour qu'on s'installe en attendant que papa arrive.

J'ouvre la porte et rien n'a changé, les odeurs non plus et le soleil descend déjà un peu sur la mer, je peux le sentir à travers les murs. On grimpe le petit escabeau pour sortir par la trappe sur la petite terrasse dans l'air immense.

Malik nous roule de quoi saluer le quartier, profiter dignement de la mer qui mange tout.

Petit je rêvais que de ma fenêtre je pouvais tomber dedans. Ou que la mer se penchait et coulait dans la maison, remplissait tout.

On entend Jul monter dans les aigus depuis les enceintes d'une voiture qui vient de la corniche où de plus loin vers l'ouest. Les lampadaires s'allument doucement et font briller la colline et l'eau. Le phare tourne sur nous et me ramène des années en arrière, quand il entrait par la fenêtre pour lécher les murs de ma chambre.

— Pourquoi vous êtes partis d'ici Nino ?

— Parce que ma mère voulait pas rester. Et moi à huit ans ça me paraissait plus excitant de changer d'air je suppose. C'était plus facile comme ça pour tout le monde de toute façon, mon père pouvait pas me filer tous les jours à Konki pour qu'il me garde, avec la pêche ça collait pas.

— Son prénom à Konki ça vient d'où ?

— Il est espagnol, c'est un Catalan. Il vient d'un bled à côté de Barcelone, sa famille est venue ici après la guerre civile.

— Merci pour le cours d'histoire, mais ça veut dire quelque chose ?

— Ouais en vrai il s'appelle Francisco. Comme il est toujours très doux, très gentil, les vieilles du coin l'appellent Francisco Con Calma, et nous les gamins on disait Konki. Pour aller plus vite et parce que ça lui va bien, c'est son blaze de vieux quoi.

— Il t'aime bien en tout cas. T'y crois Lale ? Ton mec qui plante des bouts de bois pour faire des tractions dessus ici c'est le bébé du quartier, j'ai hâte qu'on nous sorte l'album de famille.

— Y en a une de moi à quatre ans qui traîne quelque part, les couilles et le reste enflés à cause d'une piqûre de méduse. Je te la montrerai si t'es sage.

— Ceci explique cela.

— C'est juste la méthode locale des nageurs de combat, pour faire des vrais mecs on leur frotte les couilles sur une méduse, ça fait venir le sang.

— C'est vrai ?

– Mais non, à ce qu'il paraît c'est moi qui l'ai mise tout seul dans mon maillot.

– NINO TU ES LÀ ? C'EST QUOI CE BORDEL EN BAS !

– Ça c'est mon père.

Quand on dévale les marches, il nous tourne le dos, les mains plongées dans le lavabo pour enlever les restes de la journée qui traînent dessus, et moi je dis salut papa.

– Ça va mon fils, ça fait longtemps que t'es pas venu me voir !

– Ça roule papa, et toi ? Tu te souviens de Malik.

– Bien sûr que je m'en souviens, dis donc t'es devenu un grand garçon Malik, comment vont tes parents ? Tu reviens passer un bout de vacances ici comme avant ?

– C'est un peu ça oui, ils vont bien je vous remercie.

– Et toi tu es Lale ? Nino tu pourrais quand même me présenter ta copine, sois un peu poli bordel !

– Ouais Lale je te présente mon père.

– Allez, venez on va se mettre là-haut pour picorer des petites choses. Et rangez vos affaires au passage.

C'était pas très grand mais tout a encore rétréci en quelques années, les petits niveaux les uns sur les autres et les petits escaliers très raides pour passer entre comme sur un bateau. La cuisine en bas, la chambre et le petit salon au-dessus, la petite chambre et la douche en haut et à côté l'escabeau pour monter par la trappe sur le toit.

– Tu t'en es pris des bûches dans les escaliers ici, tu te souviens Nino ? Quand il était petit, avec sa mère on avait mis des barrières à chaque étage pour pas qu'il se fasse mal, il était un peu casse-cou le jeune. Il nous en a fait des belles. Il t'a pas raconté quand il a mangé les croquettes du chat?

— Papa on vient à peine d'arriver là.

— Mais laisse ton père parler, ça m'intéresse.

— Je savais pas que t'aimais les croquettes Nino.

— Eh bien un matin, il vient me voir tout content, j'étais en train de bricoler dans l'impasse, et il me dit papa papa j'ai pris le petit déjeuner avec le chat! Moi je lui dis comment ça, tu veux pas un biberon plutôt? Mais il me dit non c'est le chat qui m'a donné à manger. Je fais pas trop attention parce qu'il disait beaucoup de conneries à cet âge-là. Et puis je l'entends qui couine en bas, il avait les yeux tout gonflés et il me dit je vois pas où je dois faire pipi. Je l'ai emmené chez le docteur, il avait fait une allergie. Il y voyait plus rien, mais lui ce qui l'inquiétait c'était de pisser à côté du pot.

— On dirait que ça l'inquiète plus trop ce genre de choses maintenant.

— Oh ça va, je fais gaffe quand même.

— Il m'a dit que vous étiez pêcheur?

— Oui, mais je vais moins sur l'eau maintenant, je suis un peu cassé et avec l'âge c'est de plus en plus dangereux. Mais petit il aimait bien venir avec moi lui.

— Tu parles, je me souviens pas d'une sortie en mer où j'ai pas vomi.

— C'est vrai que sur l'eau t'as toujours eu un peu de mal, enfin demain on pourra aller faire un tour si vous voulez. Avec le Piccolo, c'est le petit bateau que j'ai au port, sur celui-là tu devrais t'en sortir.

— C'est avec celui-là que vous pêchez?

— Non non, je travaille sur un chalutier, pour une entreprise. Mais je sors plus si souvent, je fais surtout la maintenance quand il est à l'arrêt. Sur l'eau de trois heures du matin jusqu'au soir, je commençais à en avoir assez, ça fait plus de quarante ans maintenant et de toute façon le corps ne suit plus. C'est vrai que c'est pas un boulot facile. Nino il a toujours dit qu'il ferait jamais ça.

– Ouais c'est clair. Et de toute façon sur la flotte je sers à rien, je passe mon temps à dégobiller. T'aimes ça toi papa ?

– J'aime bien voir le soleil qui se lève sur l'eau, j'en ai pour dix vies des moments comme ça. Et du poisson tous les jours, maintenant il m'en faut pas plus. Mais c'est vrai que c'est pas évident. Avec ta mère ça nous causait des soucis.

– Ça lui plaisait pas à ta mère ? Pourtant c'est bien d'avoir quelqu'un qui ramène du poisson frais tout le temps.

– Maman elle avait peur que tu tombes ou qu'il y ait un accident, après Daniel elle voulait plus que t'y ailles.

– C'est qui Daniel ?

– C'était un copain, avec qui je travaillais quand Nino était petit. On avait pour projet d'acheter un bateau à nous, de monter notre affaire. Mais un jour il est tombé, il s'est cogné la tête et on l'a perdu, il faisait encore nuit, on a rien pu faire. On le sait pas mais tous les ans il y a des morts sur les chalutiers, dans la pêche et ça tu le verras jamais dans les journaux. Et toi Lale, tu viens d'où, Nino m'en a un peu parlé mais je préfère que ce soit toi qui me racontes.

– Eh bien ma mère est Française et mon père est Turc, j'ai grandi en France puis en Turquie de treize à dix-sept ans.

– Où ça en Turquie ?

– Istanbul, côté européen dans les terres. Mes parents sont professeurs de français là-bas. Ils m'ont envoyée à Paris chez le frère de ma mère parce qu'ils voulaient pas qu'il m'arrive des histoires, je suppose que j'étais un peu trop turbulente pour eux. Je faisais pas mal de bêtises, et un jour ma mère m'a surprise en train de fumer de l'herbe dans la rue avec une copine. Elle a eu peur que je me fasse attraper, on rigole pas avec ça en Turquie. Trois jours après j'étais dans l'avion pour Paris.

– Et toi aussi tu fais des études, comme Nino ?

– Hm non là je travaille. Je suis serveuse dans un bar, je voudrais bien travailler dans la mode, pour un magazine. Mais sinon je sais pas trop.

– Vous avez le temps, vous êtes jeunes, c'est normal de pas trop savoir quand on a le choix, il faut en profiter. Et Paris, ça te plaît ?

– On peut pas vraiment dire ça non. J'ai mis du temps à m'y faire, surtout que c'est une ville où quand on est pas riche on est plus pauvre qu'ailleurs.

– C'est sûr que quand tu dois dépenser de l'argent pour tout, ça rend pas la vie facile. Et toi Malik, tu deviens quoi ? J'en reviens pas t'es devenu impressionnant, tu as l'air d'avoir une sacré forme. Ça doit faire presque dix ans que t'es pas venu ici.

– Ça va bien, je suis content qu'on ait pu se retrouver avec Nino. Je travaille dans un bar de nuit, je suis responsable depuis pas longtemps. Je travaille beaucoup mais ça me plaît de gérer un espace pour ceux qui ont du mal à se retrouver au-dehors.

– C'est vrai qu'ici ça manque un peu. À part les boites à couillons sur la plage et les bars des vieux, il y a pas grand-chose. Et t'as pas un amoureux toi ?

– Haha non, je papillonne pour l'instant.

– Tu as raison. Je l'ai toujours dit à Nino, fais ce que tu veux du moment que ça n'emmerde pas les autres. Et si ça les emmerde parce que c'est des cons, il faut pas s'arrêter pour ça.

– On peut dire qu'il vous a écouté, il est plutôt du genre à faire ce qu'il veut le petit.

– Une tête de mule, y a rien à faire. Nino, viens avec moi en bas, tu vas faire la vinaigrette.

C'est quand même un peu étrange d'être ici, tout s'est enchaîné très vite une fois revenu de Belgique.

J'ai donné son fric à Adam, les bijoux au Farfadet, pris l'argent, prévenu Malik, acheté les billets pour le lendemain et on est là, avec pour une fois un peu plus d'argent que de problèmes en poche. La moutarde a pas bougé, l'huile d'olive et le reste non plus.

– Je suis content pour toi Nino, elle est très bien Lale, c'est une fille intelligente, ça se voit tout de suite.

– Oui on s'est trouvés, on fait à peu près tout ensemble maintenant.

– Et vous avez ce qu'il vous faut ?

– Ça va papa, on se débrouille.

– Tu sais le crédit pour la maison est presque terminé, il y en a juste pour quelques mois. Après je pourrai vous envoyer des sous sans problème.

– Tu devais pas racheter une voiture ?

– Si mais ça va, j'ai pas besoin de rouler tous les jours et je peux en emprunter une à un ami s'il le faut. Ça attendra, je veux vous aider un peu d'abord. Maintenant que tu as une copine et que c'est sérieux, je voudrais pas qu'elle se dise qu'elle s'est mise avec un misérable quand même.

– Elle est pas comme ça. Et puis si tu dois acheter une voiture achète-la, nous on se débrouille.

– Je sais bien Nino, je plaisante, arrête un peu de t'énerver tout de suite. Et laisse-moi t'envoyer du pognon si ça me fait plaisir. Maintenant que t'es loin, je peux au moins faire ça de temps en temps. Je peux pas t'envoyer des colis de diamants mais un peu d'argent c'est déjà ça. Comme ça tu peux l'emmener au cinéma, je sais pas, faire des sorties.

– OK papa, fais comme tu veux, merci en tout cas.

– Tu as des nouvelles de ta mère ?

– Pas depuis quelque temps, ça coince vraiment avec l'autre alors on a un peu du mal tous les deux.

– C'est vrai qu'il est con celui-là. Mais donne-lui des nouvelles quand même, je l'ai eue il y a pas longtemps, elle demandait après toi.

– Ouais enfin elle sait où me trouver si elle veut me parler.

– Tu rigoles ou quoi, tu changes de numéro tous les quatre mois et tu préviens personne, exagère pas non plus. Tu fais ce que tu veux mais écris-lui au moins un message, ça coûte rien et ça lui fera plaisir.

– OK je ferai ça. Tu vois personne toi ?

– Moi je suis fatigué en ce moment, je discute avec Konki, je vais au café boire un verre de temps en temps, je fais un loto et avec le travail ça m'occupe toute la semaine. On verra cet été, mais là je suis bien seul, j'ai du temps pour moi, je lis un peu, j'écoute de la musique. Tu sais qu'avec ta mère on aurait aimé avoir plus à te donner. On a fait comme on a pu, comme on pensait que c'était bien pour toi. Dans tous les cas il y aura toujours une place pour vous ici, il faut pas l'oublier.

– Tu sais que c'est ma maison préférée au monde quand même.

– C'est vrai que petit tu y étais bien, c'est un bel endroit pour les enfants, on rêve facilement dans les endroits comme ça. Mais quand ta mère est partie, on a pas eu le choix tu sais, elle avait pris sa décision, et moi tout seul ici avec toi, avec la pêche je m'en serais pas sorti. J'ai essayé mais elle t'aurait lâché pour rien au monde. Et le juge, tu l'aurais vu, pour lui c'était décidé d'avance. De toute façon pour toi c'était mieux comme ça, même si c'était douloureux de vous voir partir.

– Je sais papa. Et si on était pas partis, j'aurais pas rencontré Lale.

– T'as raison de voir les choses comme ça, nous on avait quand même mal au cœur que tu passes d'ici à des immeubles tout gris. Mais c'était plus possible, ta mère elle tenait plus, elle a failli devenir folle tu sais. Quelques mois de plus et c'était elle qui se foutait à l'eau. Lale, tu es gentil avec elle, tu lui fais pas d'histoires?

– Bien sûr, elle sait se défendre en plus, c'est même elle qui me défend des fois.

– Si vous vous protégez l'un l'autre c'est bien. Quand on aime des gens, il faut pas les lâcher. Si on aime quelqu'un on veut son bien, sinon c'est pas de l'amour, c'est autre chose. Prends le saladier, moi je vais monter le reste.

Le lendemain, une fois levés à une heure où je préfère être allongé que debout, on se met en route jusqu'au port d'où on sort au moteur pour gagner la mer. Une fois passé la digue, je sens tout de suite que ça va pas le faire. Moins d'une heure après, alors que papa est

à la barre et que je m'occupe des écoutes, j'entends
le petit déjeuner que j'ai pas pris monter doucement
vers les cieux. Et je lâche tout par dessus bord, pendant
que Malik et mon père se foutent bruyamment de ma
gueule et que toi tu souris avec un peu de peine en me
voyant la tête penchée au-dessus de la houle, à prendre
des gifles humides.

On rentre à midi pour manger dans un café du haut
de la ville, et j'ai un brin de compassion pour les touristes arrivés avant nous et servis bien après, parce que
c'est comme ça, c'est la préférence nationale du Sud,
et qu'ici le Sud fait vingt-cinq kilomètres carrés, avec
la mer d'un côté et les rails du train de l'autre. Le reste
c'est loin, ailleurs.

Ici c'est la Hess Coast, le plus fort taux de chômage,
les plus jolies filles et des travaux partout sous un soleil
qui en été ferait cramer des dattes. Je croise un 34 grif-
fonné sur un boîtier électrique. C'est moi qui l'ai fait,
ça date. Au feutre ou au blanco, pour faire comme les
types qui à la bombe ont dégommé l'ensemble des toits,
rideaux de fer et infrastructures du rail de Perpignan
à Marseille en passant par tous les bleds d'ici.

Ils ont pas bougé les C4, les SMOLE, les MEZZO, les
CLASE, les OVIOL, les KREVET et les autres.

Du nouveau aussi mais jamais sur le vieux. Ici ça
vandalise dans le respect des anciens. Un ZOKA SMB
tutoie les fées de gouttières loin en haut sur les toits, les
contours tout craquelés, la poussière qui l'efface mais
toujours intouché en souvenir de celui tombé pour ça.

Ici c'est le doux délire de la liberté, police aux fesses
éternelle jeunesse, comme c'était marqué avant sur un
des murs de la ville.

Je mange une tourte au poisson, à l'ancienne, pendant que t'aides mon père en bas et que Malik roule tel un bon prêtre qui doit prier à heure fixe un cierge assez gros pour apaiser les dieux.

– Il est vraiment chouette ton vieux Nino.

– Ouais il est pas chiant, il me fait délirer il est fan de Lale.

– Tu m'étonnes. Tu sais ce que tu vas faire en rentrant?

– Non, je t'avoue que j'ai un peu de mal à me projeter. Le seul truc que je sais, c'est que je travaillerai plus si c'est pour être mal payé et traité comme une merde. Plus jamais. Je préfère encore les plans du Farfadet.

– Maintenant que ça s'est bien passé je peux te le dire, t'as eu de la chance. Je sais pas si tu te rends compte que tu risques assez gros avec ce genre de magouille, je serais toi je ferais attention. Tu veux que je voies si je peux te trouver une place quelque part?

– Ça va, j'ai pas l'intention de retourner bosser tout de suite. Tant que j'ai un peu d'argent pour voir venir, je préfère voir venir que de faire un taf de merde.

– Et Lale?

– Elle vient de planter le bar, ils lui demandaient de faire une semaine de travail gratuitement pour rembourser une table de touristes qui s'est cassée sans payer. Elle a un plan pour faire du service ailleurs, un truc de sandwichs je crois. Mais sur le long terme, franchement à part s'aimer je vois vraiment pas ce qu'on peut faire.

– Et alors, c'est déjà ça. C'est quand même plus important que le reste non?

– Ouais, seulement sans le reste t'as beau t'aimer, tu règles pas les problèmes.

– Au moins tu sais pour quoi tu cours.

– Et toi, c'est quoi ta raison, qu'est-ce que tu cherches ?

– Je sais pas mon beau. Simplement vivre l'expérience de qui je suis, tu vois, juste être moi.

– Je sais pas comment tu fais pour jamais vriller, toujours assurer et savoir ce que tu veux.

– T'as vraiment des problèmes de petit blanc toi. Nino, plusieurs fois dans ma vie des sacs à merde m'auraient buté s'ils avaient pu, et ça pour les raisons que tu vois quand tu me regardes. Quand ça t'arrive, tu saisis tout de suite que si tu crois pas à ta vie, si t'es pas fier d'être qui t'es et que tu prêtes l'oreille à l'ensemble des connards qui te veulent du mal, et bien t'as vite fait d'arrêter tout. Toi personne au monde veut te voir crever, à part Daesh qui voudrait voir crever tout le monde. Et même entre nous deux c'est moi qu'ils viseraient en premier, alors s'il te plaît arrête un peu la crise existentielle et évite de prendre quatre ans pour une connerie.

– C'est juste qu'avec Lale j'ai vraiment quelque chose, quelque chose qu'on achète pas. Seulement je sais pas si je suis capable de garantir ce qu'il faut pour pas que ça s'abîme. Il nous faut de quoi vivre mais sans ramper. Mais je veux pas faire non plus pour ça un boulot de fils de pute, genre cuistot de centrale.

– Laisse les putes tranquilles tu veux bien.

– Oh ça va, détends-toi un peu.

– Mais tu sais, trouver quelque chose où on laisse ta dignité en état, où tu enrichis pas ceux qui te veulent pas du bien et où ton corps se fait pas défoncer, mais sans pour autant avoir le rôle de celui qui carotte les autres, ni être flic, il reste pas grand-chose. Prof d'arts plastiques?

– Merde Malik, maintenant tu comprends pourquoi je suis dans le flou?

– T'en fais pas trop, vous êtes pas débiles et vous êtes beaux comme des cœurs, avec un peu de chance ça devrait bien se passer.

– Avec un peu de chance… Tu m'appelles si tu la vois passer cette salope.

– T'es pas possible, un vrai gamin.

Malik me tend le pétard et je tire lentement dessus. Je le regarde et je voyage dans le passé.

– Tu te souviens de quand on niquait des métros?

– Tu parles, bien sûr que je m'en souviens. Je pense souvent à la fois où la vieille nous a vus monter entre les wagons. On était complètement givrés quand t'y penses.

– AU SECOURS ILS SE SUICIIIIIDENT POLIIIICE POLIIIIICE! Hahaha on aurait pu la tuer celle-là.

– Maintenant c'est pas la peine, je rentre plus, même allongé sur le toit de la rame je finis coupé en deux.

– Vu la poisse que je me colle j'essayerais même pas.

– C'étaient des sacrées sensations, mais on a trouvé mieux non?

– Celles-là on les a pas ratées en tout cas.

– Si tu réfléchis Nino, on a pas raté grand-chose.

– T'es sérieux? Parle pour toi mon copain.

– Pour toi aussi. Regarde, t'as jamais cherché à avoir une bonne place, à être rangé, à faire carrière, à passer ta vie à bosser comme un con pour monter l'échelle ou à faire quoi que ce soit de normal. Et en plus tu supportes mal les ordres. Là t'en chies parce que c'est comme ça, mais si demain tu veux changer de voie et te mettre à vendre des portails électriques ou n'importe quelle autre connerie, tu peux le faire sans problème, t'es pas plus con qu'un autre. Il faut juste que t'admettes que tu feras jamais ça. Je te connais Nino, tu préfères crever que de vendre des portails électriques.

– C'est pas faux. On fait quoi du coup ?

– Je sais pas, il faut réfléchir, inventer quelque chose. Parce que ni toi, ni moi, ni Lale, on est du genre à se lever dans la nuit pour aller traire des chèvres. Et à part traire des chèvres, je sais pas vraiment ce qu'on peut faire quand on veut pas vendre de portails. C'est une image tout ça.

– Ouais j'ai bien saisi, je veux pas non plus finir dans les bois.

– À TABLE !

On laisse là le pétard et les dieux, les souvenirs et les plans pour la suite pour un drôle de moment de joie en famille. Ma famille c'est toi, Malik et quelques autres.

Comme pour le reste j'ai tout voulu choisir, rien en dehors de mes propres impulsions.

Rien d'en haut, je prends tout par les yeux, en face. Je regarde les tiens pendant que tu manges et je vois que ça brille, des lucioles et des strass sous une lumière de banquise, je me demande pourquoi moi si con choisi par toi si pure. Mystère de l'amour.

Dans le noir, j'ai pour moi tes cheveux défaits dans le silence des poissons.

– Nino, tu crois que tu m'aimes pour toujours ?

– Ouais.

– Des fois j'ai un peu peur que tu gâches tout.

– Comment ça que je gâche tout.

– Tu sais de quoi je parle. Quand moi je te dis que je suis sûre, c'est qu'il y a rien qui peut se mettre en travers de ça. Pour toi c'est différent, t'es aussi sûr que moi mais la première jolie fille qui veut t'avoir, elle peut quand même t'attraper pourvu qu'elle soit vraiment belle et qu'elle t'allume.

– Mais Lale, je laisserai jamais une poufiasse se mettre entre nous.

– Je sais que t'y crois en plus.

– Bien sûr que j'y crois.

– Tant mieux, je veux pas que tu mentes avec moi... Il est chouette ton père.

– Il t'a vue à peine deux jours et il t'aime autant que moi.

– On dirait qu'il est soulagé de voir que ça va pour toi, que t'es pas tout seul.

– Et ben on va attendre encore un peu avant de briser l'illusion.

J'ai ton pied dans la main et je le touche doucement en t'écoutant chuchoter ce que disent parfois les filles la nuit, splendeur des cœurs de louves qui mordent la langue au sang depuis que les mots existent.

On rit encore deux jours sous le soleil de l'hiver, et puis déjà la gare. Avant le départ, comme s'il avait failli oublier ce qu'il a sans doute prévu depuis le début, mon père me donne deux cents euros en billets de vingt. Je l'embrasse et déjà on glisse entre les rails et les câbles, à peine remis mais prêts à sauter tous les moutons qui nous séparent de la vie de rêve.

15

ON ARRIVE tard, à l'heure où roulent déjà les derniers métros. Ma tête sur toi je regarde à chaque arrêt tous ceux qui auraient aimé boire encore quelques heures de plus, s'agiter un peu sans rendre de comptes.

Une fois dehors, on marche sacs en mains jusqu'à passer sous l'arbre d'où toute la journée pleut la merde.

Le feu devant l'immeuble a été réparé, et sur les trottoirs des petites machines qui servent à leur faire peau neuve dorment aussi en attendant demain. Les quelques carcasses de camionnettes ont été enlevées. Il reste juste les tas d'ordures, les sacs poubelles et les meubles cassés où quelques rats s'agitent.

Personne en bas, personne derrière alors je demande aux types qui discutent au bord des jeux en séchant lentement des Capri-Sun par la petite paille.

– Adam, il est par là?

– Adam? Il s'est fait serrer mon pote, ils l'ont levé il y a deux jours.

– Merde. Et vous savez où ils l'ont mis?

– Non on sait rien. Si tu veux quelque chose il faut que t'ailles sur la place. Tu demandes Noé, dis-lui que c'est Sims qui t'envoie, il te mettra bien. Mais fais attention ça tourne beaucoup, ils font un gros ménage avant de tout casser.

– Tout casser quoi?

– Le quartier, ça y est c'est fini, dans quelques mois y a plus rien ici. Tout ce qu'il y a depuis les rails jusqu'à nous ils cassent tout, tu savais pas?

– Non.

– Ça va changer mon pote, je sais pas où ils vont nous mettre mais ici ça va changer, c'est trop près de Paris pour rester pauvre. Oublie pas, demande Noé.

– Merci les gars, bonne soirée.

– Toi aussi, fais belek ils tournent en Ford grise, si tu les vois tu connais personne.

Et prévenu je me dirige doucement vers la place. Parmi les petits groupes je repère celui qui m'intéresse, posé sur le rebord de la jardinière et sur des chaises pliantes qui servent normalement aux vieux qui aiment la pêche ou le camping.

– Alors les gars, ça mord?

– On te connaît?

– C'est Sims qui m'envoie, je cherche Noé.

– À l'aise, attends-moi derrière le bâtiment j'arrive dans une minute.

L'affaire faite, je repars maintenant avec neuf billets bleus sur les dix en poche donnés par papa, plus un morceau de marron dur en hiver et mou en été.

Je me tape les escaliers et te trouve sans comprendre effondrée la tête contre la rambarde, les yeux éteints dans la pénombre.

– C'est fermé Nino.

– Comment ça c'est fermé, je t'ai donné les clefs.

– Il a changé la serrure. Regarde, y a même un cadenas. J'ai secoué la porte dans tous les sens, rien à faire.

– Putain mais c'est quoi ces conneries, fais voir les clefs.

– C'est pas la peine je te dis, j'ai fini par mettre des coups dedans jusqu'à faire sortir le vieux du dessus. Il m'a regardée comme si j'étais folle. Il m'a dit que l'immeuble est vendu, qu'ils vont tout casser, il comprenait pas qu'on soit pas au courant.

– C'est quoi ces conneries. Bouge pas je reviens, on va l'ouvrir cette putain de porte.

Et je redescends furie en trombe et tous les autres mots pour dire ça, je retourne voir les voisins d'Adam à qui j'explique l'affaire dans l'espoir qu'une pince-monseigneur ou un pied-de-biche traîne dans le coin. Un des types qui me voit en peine monte chercher dans ses outils de chantier de quoi au moins m'épuiser les nerfs, marteau compris.

Alors la fureur au ventre et la sueur dans le dos, je remonte métal en main lui niquer sa grand-mère à cette connasse en bois.

Je casse d'abord le cadenas en deux coups, puis glisse le plat de la barre en haut, fais levier pour tordre la porte et que t'y cales un bout de tasseau. La même chose en bas puis je fais descendre celui du haut avant de faire monter l'autre en tapant par en dessous jusqu'à ce que les deux cales soient proches du verrou et lui foutent une grosse tension dans la gueule. Ensuite je glisse le plat du pied-de-biche, tire un grand coup pendant que la porte s'ouvre à moitié arrachée et que les cales tombent au sol dans un bordel pas possible.

Dedans c'est le carnage, la petite salle d'eau défoncée, le reste pareil, des gravats sur un parquet mort et plus rien de nous nulle part. Je cours vers le trou dans les planches près de la fenêtre et soulève celle qui bouge, là non plus, rien. Les six cents balles planquées fumées par le démon. Plus rien de nous, enlevée la vie. Je te demande si ça va et t'accuses le coup, de toute façon on peut rien faire.

On redescend vite avec nos sacs parce qu'on vient
de défoncer une porte qui est pas à nous, et une fois
dans la rue j'appelle Malik pour lui dire qu'on arrive.
Il comprend pas mais il comprend que c'est grave,
alors il nous attend.

Il est tard, plus de métro. On marche lentement les
sacs à la main, et dans ma tête je fais l'inventaire de
ce qu'on verra plus jamais. Surtout des vêtements,
quelques outils qui servent rarement et pas grand-
chose d'autre. Mais quand même ça fait chier. Je pense
même pas à l'argent envolé parce que je veux pas subir,
j'évalue ce qu'on a en poche, un peu moins de mille
euros, en tout cas assez pour acheter une chevrotine de
whisky et se faire claquer la tête en attendant demain.

On stoppe à l'épicerie du coin où je prends un Coca,
une pinte de Jack, un paquet de feuilles longues et un
Kinder Bueno pour compléter le pique-nique.

Le sol de la boutique est au niveau de la rue, si bien
qu'on dirait que dans l'épicerie c'est encore le trottoir.
D'ailleurs l'épicier a aussi une sale gueule de goudron.
Pendant qu'il me rend la monnaie sans avoir décroché
un autre mot que le montant que je lui dois, je vois
qu'il a derrière lui une batte suspendue aux couleurs
passées du drapeau jamaïcain.

Je vois aussi sur le comptoir le pot misérable, sale et
plein de scotch avec marqué dessus au feutre "pour
aider à construire une mosquée". Je lâche un euro
dedans et le type me regarde d'un air de jamais vu.

Mais qu'est-ce que tu veux épicier, celui-là ou un
autre de pot, quand t'as ton karma dans la merde ça
change pas grand-chose, alors je paye un clou pour
la mosquée que d'autres auraient foutu dans une

fontaine. Mais pas de fontaine ici, et j'attends pas de
la Seine qu'elle réalise mes désirs sauf celui de me faire
boire les poumons si un jour je saute dedans. C'est ton
épicerie ma fontaine et j'ose même pas faire un vœu, de
peur que quelqu'un l'entende et use de sa force pour
empêcher que ça arrive.

C'est presque trois heures quand on rejoint l'arrêt du
bus de nuit qui nous rapprochera le plus de chez Malik.

On attend assis sans rien dire, et je roule un joint où
je mets de quoi nous geler trois fois la tête pour passer
le temps. Quand le bus arrive je suis aussi raide que lui,
avec la fatigue, il suffit que je cligne un peu des yeux
pour voir briller des choses invisibles.

Devant nous dans le carré sont assises deux brunes
aux jupes très courtes, à la voix grave et aux bras cos-
tauds qui ont dû finir de tapiner peu de temps avant.
L'une d'elle fume une cigarette en parlant à sa pote
dans un espagnol qui vient pas d'Espagne pendant
qu'on s'affale en silence, toi K.O., la tête sur mes
genoux. La lumière blanche du bus clignote bizarrement depuis une petite minute quand le bus s'arrête
et qu'il monte par l'arrière.

Je le fixe parce que c'est plus fort que moi. Il a la
peau très noire, les bras épais et le corps sans graisse,
plutôt jeune sous un tee-shirt blanc troué au-dessous
d'une aisselle.

Il s'agite, tremble et s'amène vers nous, alors immédiatement je regarde ailleurs.

Il s'arrête au niveau des filles devant, commence
à leur parler en anglais et je comprends pas ce qu'il
dit, mais très bien les yeux des autres qui le regardent
sévère.

Il insiste pas, s'écarte un peu et le voilà qui me fixe moi, les yeux déments et la bouche pleine de dents blanches. Il se rapproche, me regarde en tremblant puis se fige en dévorant les ombres. Il reste immobile un instant avant de se retourner vers moi, le corps encore titubant et qui s'arrête. Qui bouge et qui s'arrête.

– What's your name?

– Euh… Nino

Ses yeux replongent derrière la vitre.

– If you leave this girl, you will never be happy.

– Quoi?

Je comprends rien à ce qu'il raconte, tout ça est trop étrange, les deux putes dans la lumière du bus qui clignote toujours et lui qui mâche tranquillement la foudre, les yeux pris dans la glace des visions qu'il tourne encore vers moi pour me percer le crâne.

– You have to marry her.

– Euh…

– If you leave this girl, you will never be happy in your life, you will be anger.

Et voyant que je comprends pas tout, il fait le geste de l'alliance qu'on passe au doigt. Il le répète en me regardant si droit que je sens la démence de son corps envahir le mien.

Sa tête tourne brusquement une fois encore vers les ténèbres où son regard se fige, et je l'observe écouter ce qu'on y raconte sur moi.

– You have to marry her. Don't leave this girl.

Il refait le geste de l'alliance passée au doigt, et les yeux toujours plantés dans les miens il sourit en tressaillant un peu. Il dit d'autres choses que je comprends pas, rigole puissamment en l'air et se dirige vers le type tout seul à l'avant du bus. Il s'échappe à l'arrêt suivant, le corps agité par les visions que je lui laisse, et toi tu te redresses la tête pleine de brume, de pétard et de déprime et me demande la voix toute basse.

– Tu parles à qui Nino?

– À personne. C'est un type bizarre qui était là mais il est parti.

On roule encore longtemps, les gens changent un peu et à cette heure plus de sommeil que d'alcool tombe des yeux et des mains sur le sol tremblant du bus.

Je m'endors aussi après m'être assuré que l'arrivée n'est pas pour tout de suite, et puis on me secoue. J'ai vu seulement la fermeture éclair de sa veste et j'ai déjà la haine.

– Contrôle des titres de transport s'il vous plaît.

– À cette heure-ci, vous êtes sérieux?

– Oui monsieur on est sérieux, billets s'il vous plaît.

– Vous avez pas mieux à faire là?

– Vous avez des billets?

– À votre avis, on a l'air d'avoir des billets?

– Je suis pas là pour les devinettes, pas de titre de transport c'est cinquante euros par tête si vous payez maintenant, sinon il me faut vos papiers et ça sera quatre-vingt euros chacun à payer sous sept jours, c'est comme vous voulez.

Il a dit combien Nino?

– Il a dit cinquante chacun.

– Et merde…

Je vois les muscles de ton visage se tendre, tu fais pas de bruit mais tu pleures, et moi je regarde le type avec des yeux qui le traitent lui, sa mère et son père, mais je demande juste si on peut pas s'arranger.

– Vous êtes sûrs que vous avez pas de billets, même pas validés ?

– Oui on est sûrs.

Il jette un œil à ses collègues plus loin occupés à en aligner d'autres. Il est pas à l'aise, il a tout vu sur toi, il s'est pris sur la poire ce qui gicle quand on appuie là où ça fait mal. Un peu emmerdé d'être le connard du film, il sort sa machine et me parle à voix basse.

– Je peux vous mettre une absence de validation de titre, c'est trente-cinq au lieu de cinquante, mais il faut payer tout de suite par carte. C'est la seule chose que je peux faire pour vous.

– C'est bon, je vais payer.

Et je sors ma carte postale à quatre chiffres. C'est l'ironie, le destin ou le reste qui veut ça, mais je possède dessus tout l'argent que j'ai gagné normalement, l'inventaire de l'autre fois dont le montant de la paye correspond exactement à ce que je dois donner maintenant au type de la Gestapute. Je tape le code en essayant de penser à rien sauf rester correct avec celui qui vient de me faire une fleur empoisonnée, et ce jardinier de mes couilles a l'audace de nous regarder navré.

– Allez, bon courage.

Je veux voir son sang, je veux plus de villa, juste voir son sang lui pisser du nez et laisser le reste au feu. Faire tout ça sans penser et assumer demain quelques meurtres au réveil.

J'ai les tempes qui battent la kalach, j'ai chaud et j'ai froid, je sens ma main qui mouille la tienne.

– Laisse ça sert à rien, on peut rien faire de toute façon.

– Bon courage ? Il était obligé de la faire celle-là ?

– S'il te plaît, Nino, je veux juste qu'on arrive.

Et heureusement on débarque en même temps que les dernières heures de la nuit. Y a personne en bas sur les marches car trop froides sans doute pendant le noir du moment.

On monte avec les restes de nous, et Malik ouvre les yeux en peine, il fait du thé pendant que toi tu vas sans mot dire t'allonger là où reste encore au monde un peu de place pour nous.

– Qu'est-ce qu'il s'est passé Nino?

– On est arrivés et on a vu qu'il avait scellé l'appartement.

– Comment ça? Il a changé les serrures?

– Ouais.

– Et il t'a rien dit?

– Non. J'ai pété un câble avec Lale, on a défoncé la porte, et plus rien. Ils avaient déjà tout viré et tout cassé. J'avais planqué du fric, un peu moins de la moitié du coup pour le Farfadet, envolé.

– Merde, t'as payé ton loyer quand la dernière fois?

– Il y a moins de deux semaines. L'immeuble va être détruit, tout le monde était au courant sauf nous. Il nous a baisés.

– Mais quel chien. Tu sais où il habite?

– J'ai son adresse, je le payais en cash dans sa boîte aux lettres. Je sais pas son étage mais je connais l'immeuble.

– Garde-le bien en tête, un de ces jours on lui rendra une petite visite de courtoisie. Pour l'instant on va se calmer un peu, vous pouvez garder la petite chambre autant que vous voulez. T'as besoin de quelque chose?

– D'un verre vide, j'ai pris du Jack pour fêter toute cette merde.

– T'as bien fait, ça fait longtemps qu'on a pas eu une si belle occasion de trinquer.

– Malik?

– Je t'écoute mon loup.

– Je crois qu'on va se marier.

– Merde c'est encore mieux ça, tu lui as demandé?

– Non pas encore, j'y ai pensé juste là, dans le bus en venant.

– Viens, on va en parler dans ma chambre.

On fume et on boit du brun, et dans la déconne qui nous unit j'oublie un peu combien la vie me déteste en parlant avec lui du serment que je veux te faire.

16

– NINO j'ai plus de pilules, il va falloir que j'aille voir un docteur pour une ordonnance.

– On peut pas la voler quelque part?

– Non, il faudra qu'on vole des capotes en attendant. Et des tampons, j'ai plus de tampons non plus.

– Tu te sens comment?

– Pas génial.

Moi non plus c'est pas terrible. Malik est à Berlin et nous on s'emmerde.

– Tu veux qu'on aille au ciné?

– On devrait pas faire attention?

– Je crois qu'aujourd'hui je m'en bats les couilles.

– OK, et tu veux aller voir quoi?

– Je sais pas, je crois que je m'en bats les couilles aussi.

Alors on enfile les couches et on trace au multiplex le plus proche. Arrivés à la caisse, le mec nous demande si on est étudiants, on lui dit non mais il nous fait le tarif quand même parce qu'il voit bien qu'on a pas de quoi se payer des études.

On s'affale les yeux derrière des lunettes 3D devant une bouse où ça tire partout et ça fait du bien de laisser un peu le cerveau au vestiaire et de se faire doucher les oreilles avec des explosions.

Les jours passent et moi je glande, je repasse voir le Farfadet qui a rien pour moi, et je le regarde utiliser son téléphone comme télécommande pour la télé parce qu'il a une appli pour ça. Il doit juste attendre que la pub passe sur les deux écrans pour pouvoir changer de chaîne, ou payer vingt euros pour l'enlever du téléphone et pouvoir zapper quand il veut. Si on avait su que c'était ça le futur on y serait pas allés, moi en tout cas je serais pas venu. Je suis comme le reste, parachuté dans le triste débile de l'époque.

Je rentre t'attendre, je regarde mes mains et vois que sous l'ongle de l'index droit j'ai du noir de coincé. C'est du shit, j'ai toujours un bout de shit coincé sous l'ongle alors je le frotte avec la petite brosse posée sur le bord du lavabo. Tout m'énerve mais toi tu rentres plutôt en paix, pas joyeuse non, mais moins sombre que la veille.

T'étais sur un bon plan, trois petits à garder pendant un mariage, moins de dix heures, plus de cent euros, un vrai jour de fête.

– C'était comment?

– Super tranquille, les gens étaient vraiment sympas. Et il faut que je te dise, j'ai une bonne nouvelle. J'étais en train de jouer avec les enfants, et il y a un type qui commence à discuter avec moi, il pensait que j'étais de la famille, une cousine ou quoi. On parle et il finit par

me demander ce que je fais. Je rigole et lui dis que ça
se voit pas mais je travaille là. Dans le genre invisible tu
peux pas faire mieux, il s'y attendait pas. Il bosse pour
un groupe de presse, ils ont plein de publications spé-
cialisées voyage, art, mode, des trucs cool dans le genre
alors ça m'intéressait, c'est un peu ce que je voulais
faire avant tout ça.

— Avant que tu me rencontres tu veux dire.

— Arrête Nino, t'es la meilleure chose qui me soit
arrivée, tout le reste c'est pas ta faute même si c'est
tombé en même temps.

— Et alors?

— Il m'a proposé de passer à son bureau discuter,
c'est un copain du marié, il était gentil. Je suis contente,
j'avais complètement tiré un trait sur tout ça.

— C'est carrément chouette, il est comment le type?

— Je sais pas trop te dire, genre papa quarante-cinq
ou cinquante ans, grisonnant mais qui fait un peu
beau, un vieux cool avec des Stan Smith.

— Je vois, t'as rendez-vous quand?

— En fin de semaine. Alors, c'est qui la meilleure?

C'est toi, c'est toujours toi, et moi je suis soulagé
que quelqu'un t'adresse enfin la parole et s'intéresse
à toi pour ce que t'aimes, que tu trouves un terrain où
parler dans le monde que je vois pas mais que tu me
racontes le soir.

— J'ai pris ce sac au passage. J'ai plus de sac à main
à part le vieux qui est au bout de sa vie, je peux pas
débarquer là-bas comme une pouilleuse.

— T'as bien fait il est beau, tu l'as trouvé où?

— Dans une friperie, j'ai volé un pull aussi. Je savais
pas si ça me plaisait vraiment alors autant pas le payer.

Le type te prend en stage pour un mois, et on est contents même si t'es pas vraiment payée. T'as un pass pour la cantine et un repas d'offert par jour, c'est déjà ça. Tu commences les petites rubriques, les cafés, t'amènes ce qu'on te demande d'amener et lui t'envoie des compliments. Il a raison, t'as l'air de bien t'en sortir pendant que de mon côté je perds un peu l'orbite.

Malik me tanne quand t'es pas là pour savoir quand je te sortirai la bague. J'en sais rien, pour l'instant j'ai pas de thunes mais le Farfadet est au courant, il m'a promis de garder la pierre.

Je traîne en ville en attendant que tu finisses, j'évite les quartiers trop chic parce que je suis sapé avec des nippes avachies et que mes Nike sont plus qu'usées. Ma petite misère et mon gros ego zigzaguent au milieu de la rue entre les poubelles et les stores.

Je passe devant le musée Picasso, j'entre parce qu'il fait froid dehors et qu'à mon âge c'est gratuit.

Ça fait longtemps les musées. Au début on y allait des fois, toi surtout, et puis avec tout ça on a fini par devoir se concentrer sur autre chose.

Je montre ma carte d'identité au vigile qui me la rend et j'arrive devant sans l'avoir fait exprès. Il est pas très grand, plutôt jeune et ça me ressemble, l'œil très noir et l'autre plus clair posé plus haut.

Je suis avalé d'un coup et j'en suis là de l'oubli du monde quand le surveillant de salle se rapproche de moi, me détaille de haut en bas, passe sur ma veste et fixe mes chaussures parce que sur l'une d'elles j'ai un petit trou, sur le pied droit au gros orteil. Je l'ai accroché dans un grillage par dessus lequel j'ai sauté, on voit un bout de ma chaussette grise. Ça m'a jamais dérangé, je prends pas trop la flotte avec. Et puis les chaussures, c'est d'abord fait pour marcher. Mais lui regarde, relève les yeux vers moi et souffle un air lourd de dépit ou de dédain en secouant la tête avant de partir. Je sens d'un coup la honte qui entre par la chaussure crevée et me mange tout le corps en remontant par la jambe, j'ai la colère qui voudrait me couper le pied que je peux pas cacher, alors vite je sors.

Je trace et dans le premier Go Sport que je trouve, j'attrape une paire en toile et pars en courant avec, pendant que derrière ça crie au-dessus du portique qui sonne.

— T'as vu mes nouvelles chaussures ?

— Il a essayé de me baiser Nino.

— Quoi, comment ça il a essayé de te baiser.

— Il m'a demandé d'apporter une tenue sur le lieu d'une production, un vieil appartement. J'y suis allée. Il y avait rien de prêt, personne, juste lui. Il me sort une vieille excuse, maintenant qu'on est là tous les deux... Et il essaye de m'embrasser. Je me suis cassée tout de suite. Putain, ça fait un mois que je fais tout le mieux possible, que je reprends un peu confiance en moi. Enfin quelqu'un qui avait l'air de croire en moi, qui me donnait un peu de responsabilités même s'il me payait pas. Mais tout ça c'était pour me baiser. J'en reviens pas d'être aussi conne. Il faut que je m'y fasse, j'ai que mon cul de vraiment intéressant, le reste tout le monde s'en fout. Avant je pensais que c'était là mais que je pouvais amener des choses au-dessus de ça. Tu parles, c'est comme un principe. Le pire, c'est qu'il y en a plein qui travaillent là-bas des filles de mon âge. Je les regarde en me disant qu'on est pareilles, qu'on a les mêmes envies, mais pour moi ça bloque. La seule chose qu'on me propose, c'est de sucer leur père pour la moitié de leur argent de poche. J'ai la rage Nino.

Les jours sont vides de Malik absent et de toi qui te noies en pleine mer dans une nuit où il pleut. C'est arrivé sans que je le voie, le drap s'est jeté d'un coup et je savais que ton corps changeait doucement, mais moi je pensais que c'était ta manière d'attendre que l'air se réchauffe, que tout ça s'arrangerait avec de la lumière et de l'eau. Qu'on était tous les deux embarqués mais solides, que tout ce qu'on se prenait, on le prenait ensemble. Mais là je vois bien que t'en as pris plus que moi, que c'était pas juste l'aventure.

Maintenant tu dors, tu dors quinze heures et t'es fatiguée tout le temps.

Le doc t'a filé des cachets, t'es défoncée toute la journée. T'as mis le sèche-cheveux au frigo, t'oublies les choses et ta tristesse est tellement triste que t'en rigoles d'un rire qui en moi tue plein de choses. Ton corps se mange et tu me dis pourquoi pas directement me faire baiser pour de l'argent ? Si c'est ça ou crever derrière une caisse ou un bureau toute ma vie en attendant d'être vieille, autant faire celui qui rapporte le plus. Moi je vole des choses pour faire parfois un billet, je peux de toute façon pas travailler pour attendre un mois avant d'être payé. Pendant que tu te roules dans de grands rideaux noirs, je retrouve Malik en terrasse avec Violette et Élena, sa copine, et c'est déjà ça de savoir que celle-là a enfin trouvé sa petite.

Les filles sont cool, elles comprennent bien que c'est la merde et cette impression que j'ai que tout doucement sans se presser les gens autour te poussent vers la sortie.

– Brûle ses cheveux et ses ongles quand elle les coupe. Au cas où quelqu'un veut lui jeter un sort.

– Malik, tu jettes des sorts à Lale ?

– Arrête de dire des conneries tu veux.

– Tu connais quelqu'un qui lui voudrait du mal ?

– Non Grand-mère feuillage je connais personne, mais c'est pas comme s'il fallait forcément que quelqu'un le veuille pour que le mal lui tombe dessus, c'est juste le monde qui est arrangé comme ça.

– Il s'est pas arrangé tout seul le monde.

– Et alors, qu'est-ce que j'y peux moi.

À chaque gorgée que j'avale j'ai l'impression de boire des lames de couteaux.

Souvent la nuit je rappelle à moi tout ce qui fait ta bouche. Je rêve pas de ton corps, je rêve de ta joie. Boris nous rejoint, il est pas en grande forme non plus, sa mère est atteinte d'Alzheimer et ça part en couille. Au début ils géraient ça en famille mais comme son père est déjà mort, ils ont dû finir par la placer dans l'établissement de son pote parce qu'elle partait faire ses courses la nuit.

– Et t'as essayé la weed ?

– Comment ça ?

– Ben je sais pas, en tisane ou quoi, pour l'aider à dormir, qu'elle angoisse moins de jamais savoir où elle est ni qui lui parle.

– Non, comme je fume pas je sais pas où trouver quelque chose qui lui conviendrait. Mais en faisant des recherches je suis déjà tombé sur des publications qui le conseillent. Ça se fait dans d'autres pays en tout cas.

– Ben si tu veux essayer on peut s'arranger, je peux te choper quelque chose de naturel. En infusion ça peut lui faire du bien, si tu dis qu'elle se réveille en crise.

— Je sais pas quoi faire, au point où on en est c'est ça ou les sédatifs, ça devient ingérable. C'est impossible pour moi et ma sœur de nous occuper d'elle. On a fait comme on a pu mais avec le travail c'était pas tenable de lui courir après la nuit. On a au moins cette chance de lui avoir trouvé une place dans une structure adaptée où j'ai quelqu'un de confiance, mais dans l'idée ça reste un mouroir. Je supporte pas, je sais pas quoi faire.

— Passe chez Malik si tu veux, je te filerai un truc et tu verras bien si ça marche.

— Il faut en mettre beaucoup?

— Non on fera des petits sachets, comme du thé quoi.

— Et Nino, pour Lale pense à ce qu'a dit Élena, brûle bien ses ongles.

— OK les sorcières merci du tuyau, je suis sûr qu'avec ça elle va arrêter d'avoir envie d'éclater tout le monde.

— Ne méprise pas les choses que tu comprends pas.

— Je méprise pas Violette, c'est juste que tirer des cartes et sniffer de la sauge ça fait pas pleuvoir l'oseille.

Je quitte les lieux pour préparer à Boris de quoi aider sa mère, et pour ça je prends des sachets de thé que j'ouvre délicatement et que je referme à l'agrafeuse après avoir remplacé une herbe par l'autre.

Il me demande combien il me doit, rien, tu verras bien si ça marche d'abord. Il part alors retrouver sa mère qui doit quelque part dans sa tête faire la ola en quatre-vingt-dix-huit.

Possible que ça lui fasse du bien, le Farfadet m'a filé son plan, un vrai botaniste forcément. Le type ne vend qu'à un cercle restreint dans des prix qu'il veut garder correct, en bon amoureux de la nature. Drôle d'endroit que Paris pour l'apprécier, mais à vingt euros les trois grammes de douceur j'ai juste pris le pochon, et je suis revenu jusqu'ici sans rien dire.

Maintenant je fais la fête tout seul, j'ai la pilule dans le sang et dents serrées je ferme les yeux sans force. J'exulte dans les ombres roses et bleues avant de te rejoindre, et des fois les nuits sont trop courtes. Je voudrais pouvoir danser au moins trente heures dans le noir. Je reste ma peau dans la tienne avalé par le lit.

Je dois apporter tes feuilles de soin à la sécu parce que pas de carte vitale, mais juste un numéro noté quelque part et pas encore perdu.

Procuration en main, je viens demander pour toi les délais de remboursement. Sur les écrans accrochés dans la grande pièce à guichets, je regarde les vidéos qui expliquent à ceux qui claudiquent ici que quand ils ont mal au dos, la solution c'est de pas s'arrêter de bouger et de retourner bosser. Ma parole, ils nous prennent vraiment pour des gros cons.

J'essaye de savoir exactement ce que t'avales, mais c'est difficile vu la quantité de boîtes. Et tes vêtements. Avant même avec rien tu portais toujours des choses différentes, maintenant il y a juste les sous-pulls moches que tu quittes jamais même pour dormir. J'ai le mal de tes robes et toi celui du reste.

– Ça a bien marché, ça a super bien marché même, tu pourrais m'en faire d'autres?

– Il t'en faudrait combien?

– Une quinzaine, comme ça je les laisse à mon pote et il lui fait sa tisane le soir. Mais c'est incroyable, elle dort comme un bébé, elle mange beaucoup mieux et arrive à passer des journées à peu près normales. Elle est un peu à l'ouest mais tellement plus joyeuse, ça lui fait un bien fou.

— Super, je vais te faire ça alors. Pour quinze, il faudra que tu comptes quarante euros.

Et Boris me tend les billets, soulagé de voir que je peux lui donner ce qu'il cherche. Ça rembourse ce qu'on fume et tant mieux parce que sans ça, tu serais sans doute quelque part dans une chambre aux murs capitonnés.

Des fois dehors on marche et puis tu tombes, t'es même plus vraiment accrochée à toi-même. Juste à moi t'es encore emmêlée. On s'assoit sur une marche le temps que ça passe, les vertiges et les balades de l'âme. Un vieux en costard nous jette un regard étrange depuis le coin de la rue, et toi colère en bouche tu me dis qu'il doit être du genre à payer trois cents balles pour une pipe. Je relève pas, j'attends juste que ça passe. Boris revient la semaine d'après, un peu nerveux.

— Nino, il faut que je te dise un truc.

— Ben vas-y je t'écoute.

— Yanis, mon pote qui est médecin, qui travaille dans le centre où est ma mère, il y croit pas à comment ça marche tes sachets. Ça l'a complètement apaisée, c'est assez incroyable pour lui. Il constate que c'est plus efficace que tout ce qu'on leur donne d'habitude pour dormir et qui ont beaucoup d'effets secondaires, qu'on doit compenser ensuite avec d'autres médicaments.

— Ah nickel, c'est bien si ta mère va mieux.

— Il en a parlé à certaines familles de patients, elles veulent toutes essayer.

– Et ça fait combien de sachets du coup ?

– Une centaine par semaine.

– Et il est discret ton pote ?

– Il risque juste de se faire radier donc oui, il est plutôt prudent.

– OK, il faut que je voie comment on s'organise.

– Il te faut combien ?

Alors je compte dans ma tête, quarante fois sept, ça fait deux cent quatre-vingts, fois quatre ça fait mille cent et quelques. Ça fait presque un salaire en beaucoup moins d'un mois et sans personne pour me casser les couilles. Je dois retirer l'argent pour acheter l'herbe, mais je peux garder une bonne marge tout en garantissant un prix qui est tout sauf crevard pour bien faire dormir les vieilles.

Le jardinier est OK pour me donner ce que je veux, à venir chercher une fois par mois. Je fais le premier voyage et heureusement que c'est pas loin parce que j'aime pas trop ça, marcher dehors avec la drogue ou l'argent des autres.

Je repense à Charlie qui me racontait la fois où il a compris que ce qu'il trimballait à l'aller, c'était des plaquettes de shit et au retour une enveloppe de billets. Il avait les boules forcément, tomber sur les clients de la boîte qui se tapent pas le risque alors que lui le fait pour un smic horaire en pédalant comme un taré. Au moins le petit gras que je fais c'est moi qui l'empoche.

Chaque semaine j'ai de quoi participer au loyer de Malik et acheter un peu de ce qu'il nous faut sans serrer du cul quand je passe à la caisse, même si pour le principe j'ai toujours quelque chose de caché quelque part.

Tout doucement on reprend ce qu'on nous a pris.

J'ai craqué une paire de pompes, des Timberland. Noires, parce qu'à la manière où je les use il vaut mieux éviter les tons clairs. C'est bon d'avoir du neuf au pied et je me trouve un peu débile, mais j'y peux rien contre cette fierté qui jubile dans le reflet au bas des vitres.

Les médicaments t'embrouillent complètement, ça fait trois docteurs que tu vois et à chaque fois c'est pareil, on te dit pas grand-chose à part d'avaler ça, et toi après la pharmacie t'avales et t'es complètement défoncée sans presque plus jamais fumer.

Tu me dis des fois des choses horribles qu'ensuite t'oublies à tout jamais, tu me poses des questions auxquelles j'ai des réponses trop faibles et moi je goûte ton Lexomil pour être sur ta longueur d'ondes.

D'autres encore chez les vieux profitent de la combine et maintenant j'ai presque un smic de weed, mais j'ai beau des fois te choisir des vêtements tu les mets quand même jamais.

Le temps radoucit enfin, mais pour quoi faire puisque maintenant tu dors plus. Neuf heures en quatre jours c'est ce que t'arrives à arracher au sommeil pour que ton cœur tourne encore, et là aussi les types en blouse donnent des cachets qui n'arrangent rien et te défoncent.

Je dors mal aussi puisqu'à côté tu tournes en double cage, et j'ai toujours un peu peur quand je t'appelle et que tu réponds pas.

Heureusement parfois Malik transforme le soir en spectacle avec les garçons qui savent un peu, qui ont appris à rire au milieu du désastre, et Charlie déguisé en pute des bas quartiers improvise des chansons qui arrivent à chasser quelques démons pour y foutre à la place un peu de folie.

On fait à manger des choses que t'aimes parce que c'est ce qu'on peut faire, on voit bien que pour toi vivre c'est comme mourir pour Sarkozy, pas facile.

— Mais sérieusement pourquoi les gens sont obligés de baiser ? De toute façon c'est criminel de faire des enfants maintenant, c'est un crime écologique, voilà ce que c'est. C'est dégueulasse de donner naissance à des êtres qui ont rien demandé dans un monde aussi pourri. Pourquoi on oblige pas les gens à s'occuper de ceux qui sont déjà là et qui sont tout seuls ?

— Nous au moins les pédés on baise sans faire d'enfants, on emmerde les cathos et on préserve l'espèce.

— De toute façon si tout le monde faisait comme tous ces connards de bigots toutes religions confondues, on en aurait tous quinze et on crèverait encore plus vite. Qu'est-ce qu'ils ont à dire que c'est contre-nature d'être gay ? Baiser entre cousins pour garder entre eux leur noyau pourri, ça c'est un truc de dégénéré. Moi je suis sûre que l'homosexualité c'est la réponse de la nature à toutes leurs conneries, le dernier réflexe de l'évolution pour que la vie dure encore un peu sur Terre. À la fin tout le monde sera gouine ou pédé, on fera plus aucun enfant, y aura plus de familles rien que de la bonne musique et des vêtements bien coupés qu'on aura le droit de porter sans que personne nous emmerde.

— Lale je vote pour toi.

— Tu vois Nino, Malik il est d'accord avec moi lui au moins.

— Mais moi aussi je suis d'accord.

– T'es d'accord parce qu'il est d'accord, sinon t'aurais quelque chose à me dire pour me prouver que j'ai tort, parce que t'aimes pas quand j'ai une bonne idée à laquelle t'as pas pensé avant.

– Ça c'est un réflexe d'hétéro pur sang, inguérissable tu peux rien y faire.

– Enfonce-moi toi surtout.

– C'est vrai Nino, souvent t'écoutes pas quand elle parle. À peine elle commence que toi t'as compris et que tu veux dire les choses à sa place.

– Ah.

– Quoi ah, c'est tout ce que tu dis ?

– Ben désolé je fais pas exprès, et quand vous aurez fini de niquer le patriarcat appelez-moi, je serai dans la cuisine.

– Tu peux aussi accepter une remarque de temps en temps, ça va pas te tuer.

– Ça me tue pas mais ça me casse les couilles.

– Oh Ninette, arrête tu vas nous faire pleurer.

– Vous êtes pas non plus obligés de vous foutre autant de ma gueule.

– On est pas obligés non.

– Mais c'est ça, niquez-vous avec les arbres et les petits oiseaux, pendant ce temps-là je vais promener les poubelles, je préfère être avec elles qu'avec vous.

Alors je descends les sacs sur les six étages et crame une clope en bas le temps d'apaiser ce qui parfois se braque en moi pour des conneries. C'est presque le printemps mais ça se voit pas du tout.

Je compte ce qu'il reste une fois payé l'inévitable. Toi tu lâches plus de la moitié de ce que tu gagnes aux spécialistes qui en échange te prescrivent de quoi cacher les symptômes, arrêter de dormir ou y arriver, pour réussir à sortir gagner ce que tu leur donnes la fois suivante. Le reste c'est nourriture, loyer et défonce.

À soixante-quinze centimes la boîte de Xanax on peut y aller, et on est souvent quelque part entre le ciel et la terre, comme allongés dans un truc mou qui enveloppe tout et rend débile. Le reste c'est dans la fumée, les verres en club et les parachutes de cristaux qui tombent lentement pour se dissoudre en moi.

Je me sens comme Frodon allongé sur les pentes du volcan au milieu de la lave et qui pense au goût des fraises, j'attends moi aussi complètement niqué qu'un aigle géant débarque pour me ramener au pays. J'ai pas d'autres projets que de plus jamais recevoir d'ordre.

– Nino t'avais dit que tu ferais la vaisselle.

– J'ai oublié.

– T'oublies souvent.

– C'est Lale ça me bouffe la tête, je comprends pas ce qu'elle a.

– C'est pas Lale, c'est que t'as la flemme. Lale je sais pas ce qu'elle a non plus mais elle a besoin de repos, c'était tendu pour elle ces derniers mois.

– La dernière fois je l'ai trouvée en train de pleurer dans le noir, assise sur la machine à laver. Hier encore on s'est hurlé dessus pendant des heures, si je mets un pied dedans ça s'arrête plus, ça s'arrête que si moi j'arrête. Ensuite elle dort.

– Alors il faut que t'arrêtes.

– Et quoi, j'ai pas le droit de péter un câble des fois moi aussi ?

– Pas en ce moment.

– Et pourquoi ?

– Parce qu'elle est malade Nino. Elle fait pas juste la gueule, elle est malade là. Toi t'es pas malade, tu te défonces. C'est normal de te mettre à l'envers, on a tous nos raisons pour ça, c'est pas un mal de faire la fête. Mais si tu te planques tout le temps dans les clubs et que tu fais de la merde, tu vas oublier ce qui compte vraiment pour toi.

– Des fois la nuit je reste sans bouger pour être sûr de l'entendre respirer. Ils lui ont tous filé tellement de trucs, autant lui donner un kit de suicide.

– C'est des vacances qu'il lui faut.

– Si ça continue de rouler comme il faut avec les sachets ça sera pour bientôt.

– T'es sûr de ton truc avec ça ? Où est-ce que t'as encore eu une idée pareille ? La prochaine fois écris un film et vends-le plutôt.

– Je sais pas, c'est la vie, c'est absurde alors je me suis dis après tout pourquoi pas, y a qu'à tenter. En plus ça leur fait vraiment du bien aux vieux. Ça va commencer à me rapporter pas mal.

– Nino, que tu vendes de l'herbe à des mamies qui se soulagent en faisant de la tisane avec, c'est très bien, mais je te connais t'es pas un caïd, il faudrait pas que tu te retrouves dans des histoires qui te dépassent.

– Mec je fais juste un thé spécial pour des maisons de retraite, j'ai pas vraiment l'impression d'être le roi du ghetto là. Toi, t'en es où dans tes histoires ?

– C'est compliqué, j'en ai marre de gérer le bar je crois, ça me prend trop de temps. J'ai vu ma mère hier, elle aussi elle en a marre de son travail de bureau, d'avoir rien fait d'utile pendant toutes ces années. Elle voit plus de sens dans ce que faisait sa mère qui était femme de ménage. Au moins après c'était propre elle me dit, donc tu vois c'est pas la grande forme. Elle m'a proposé qu'on s'associe, qu'on ouvre quelque chose qui nous ressemble.

– Et t'en penses quoi?

– Je sais pas, ça pourrait être bien, on s'entend plutôt bien. Il faut que je réfléchisse encore.

– Ou alors il faut faire son truc, l'inventer comme tu disais.

– Il faut un peu de moyens pour ça.

– Justement Boris m'a présenté Yanis, son pote médecin. Il en a parlé avec deux chefs de service d'autres établissements qui viennent de la même promo, les mecs se sont vus en train de lécher des estomacs de cadavres pour leur intégration, donc autant te dire qu'ils savent garder les secrets. Ils sont tellement dans la merde niveau moyens qu'ils sont prêts à se passer du règlement et mettre en place autre chose pour améliorer les soins. Tu verrais ce qu'ils racontent, on les laisse mariner dans leur merde, hurler toute la nuit, c'est vraiment dégueulasse.

– Ça fait pas un peu trop trois établissements?

– C'est des sachets de thé avec un goût un peu étrange, c'est tout.

– Un peu étrange? Ça sent la weed à des kilomètres Nino. Depuis que t'es là tout sent la weed ici, même mes cheveux.

– Je sais, j'ai fait une nouvelle recette.

– Une nouvelle recette? Tu fais des recettes maintenant?

– J'en ai trois, une à la cannelle, une au jasmin qui est parfaite et la dernière qui est pas terrible encore,

avec des clous de girofle mais pour l'instant c'est pas
au point. Par contre pour l'odeur on sent plus rien.

— Et ça va faire combien de sachets ?

— Pas mal. J'ai fait les comptes, il leur faudrait environ
deux mille cinq cents sachets par mois.

— Deux mille cinq ?

— Oui en tout. Même en leur faisant un bon tarif, une
fois payé l'herbe et le reste, ça me fait un bénéfice d'un
peu moins de deux mille. C'est pas mal non ?

17

— C'EST la merde Nino.

— Comment ça c'est la merde.

— On doit tout arrêter, un putain d'ado nous a
cramés, on a fait presque trois mois parfaits mais ce
petit merdeux a tout grillé, il a filmé sa grand-mère en
train de se taper une énorme barre de rire après son
thé, c'est la merde il faut tout arrêter.

— Merde explique mieux, il s'est passé quoi ?

— Il est passé un soir voir sa grand-mère, lui faire une
surprise, mais il est venu juste après l'heure du thé. Lui
il a tout de suite vu qu'elle était à l'ouest. Ses parents
étaient au courant mais une tante qui paye aussi la
place savait pas, et sa fille, la cousine du jeune, lui a
montré la vidéo qui tourne. Yanis m'a appelé, ils sont
vraiment dans la merde. Elle a pas trouvé ça drôle du
tout la tatie, elle veut leur foutre un procès au cul.

— Merde, je dois tout plier alors.

— Oui, et vite, on est à deux doigts du scandale.
T'imagines les informations, trois maisons de retraite

avec des médecins qui font boire du cannabis aux vieux?

– Merde, ils vont faire quoi?

– Ils ont tout jeté, l'autre a déposé plainte, ils vont se débrouiller pour dire qu'ils ont dû lui donner un peu de morphine parce qu'elle souffrait et que c'est ça qui l'a mise dans cet état, étouffer le truc comme ça, le temps que ça se calme. Le personnel avait admis que c'est ce qu'il y avait de mieux à faire, ça les soulageait tous et tout le monde pouvait travailler dans de meilleures conditions, donc c'est pas eux qui vont balancer. Ils craignent surtout que la police aille plus loin et demande des analyses d'urine de patients, ou se mette à fouiller les poubelles. On compte sur le fait qu'ils s'en tiennent au discours des médecins tellement ça paraît pas sérieux comme histoire. Mais fais attention, je vais te prendre quelques derniers sachets pour ma mère si t'en as et puis il faut qu'on arrête. À la cannelle s'il te plaît, c'est ses préférés.

Le mec abuse mais s'il y a que ça pour la soulager je le comprends, alors je lui revends la trentaine qui reste en lui demandant d'être vigilant.

Ensuite je plie tout le bordel que je vais jeter dans une poubelle souterraine loin d'ici. Je flippe mais je crois que ça va. Une fois revenu, je nettoie tout et Malik me trouve en plein ménage en train de frotter le sol.

– Qu'est-ce qui t'arrive Nino, tu fais une crise mystique?

– Non je fais le ménage.

– Je vois bien que tu fais le ménage mais jusqu'à présent ça semblait aussi impossible pour toi que de te taper une messe de Pâques, t'es sûr que t'as pas vu passer de pucelle avec un voile sur la tête?

— JEANNE, AU SECOURS !

Et forcément ça le plie en deux de me voir hurler du Le Pen dans son salon en agitant la serpillière. C'est la bonne diversion pour pas lui expliquer ce qu'il se passe et gagner un peu de temps en espérant éviter la catastrophe.

Toi tu regardes sur l'ordinateur de Malik au moins quatre films par jours, c'est le seul moment où t'arrives à arrêter de penser. Tu sursautes pour un rien, je dis Lale au milieu du silence et toi ça te presse le cœur d'un coup.

Ils t'ont achevée nerveusement à coups de plaquettes et t'es comme une chouette qui marche la nuit au milieu de l'autoroute. J'attends qu'on nous rende ce qu'on nous a pas encore donné, l'opportunité de mettre un pied dans l'existence. Je sais même pas si j'en veux, j'ai les bras comme chargés de pierres et je préfère cracher que dire bonjour.

J'ai mis les billets de côté derrière la grille qui cache le boîtier de la fibre optique sur le palier. Comme j'ai plus de tournevis depuis qu'on a tout perdu dans l'autre appartement, je l'ai fait avec un couteau plat. J'en ai pour un peu moins de trois mille serrés par un élastique. C'est joli, comme il y a toutes sortes de billets, ça fait un rouleau à plusieurs couleurs.

Je sais pas quoi faire maintenant. Je suis tellement frustré par ce qui est arrivé à toi et au reste qu'à part faire des tours de quartier et marcher en fumant des clopes, j'ai pas d'idée. Je gratte un Goal de temps en temps, je gagne jamais. Je reçois un message de Malik.

J'ai les flics à la porte c'est quoi ces conneries?!! J'ai dit à Lale que tu t'es cassé quelques jours et aux bleus que t'es parti sans nouvelles, tu fous pas un pied ici et tu contactes personne, je t'écrirai, t'es vraiment une galère. Et efface ce putain de message.

Malik a dit putain. Là ça rigole plus, j'y suis profond.

Je reste choqué quelques minutes avant de réaliser que je vais pas pouvoir t'écrire ni rentrer. On avait dit quoi déjà quand on s'était retrouvés, qu'on ferait attention.

C'est ça, faire attention. J'ai dû laisser quelque chose en route. J'ai quoi en poche, dix-huit euros, six clopes, un briquet, vingt-trois pour cent de batterie et cinq fois moins de crédit qu'il vaut mieux pas que j'utilise. J'envoie une tête d'ange blanche à Malik à laquelle il répond quand même par un majeur noir, alors je dis plus rien et je reprends la balade.

J'ai rien à bédave, même pas un sachet de mon thé en poche. Je sais pas où aller, je vais pas me ramener chez le Farfadet alors que les flics me cherchent. Charlie est pas là, Violette c'est mort et si je vais chez Ava, je vais encore me faire engueuler, je vais pas supporter.

Alors je fais comme tous les gens qui zonent, je marche. Je suis mains en poches et je trace les boulevards, Rome, Place de Clichy, Blanche, Pigalle. Je trace.

Partout la jeunesse et ce qu'il en reste sous le rouge des néons, il y a de la fourrure et du noir et parfois de l'oseille plein les poches. C'est la vie, elle est comme ça, y a que six faces sur le dé.

C'est tard dans la nuit, je cherche un coin où me caler parce que je suis fatigué, et comme j'ai encore ma carte bleue j'arrive à m'ouvrir un hall de banque, en la passant dans le détecteur qui fait le tri entre ceux qui veulent des sous et ceux qui veulent se mettre au chaud. J'ai le privilège de l'un et le besoin de l'autre, alors j'en profite et m'affale dans un coin, capuche tirée pour affronter la lumière des ampoules.

Je me fais secouer au réveil par celui qui arrive pour ouvrir. Pas spécialement agressif, il doit me prendre pour un mec qui s'est juste trop cuité la veille, mais je peux pas rester là. Je reprends la marche et je tourne, je dérive lentement et sans vraiment m'en rendre compte j'arrive en bas de chez Élodie. Je l'ai pas revue depuis la dernière fois, je voulais pas la gêner, qu'elle doive parler avec moi d'un truc dont elle a peut-être pas envie.

J'ai esquivé parce que je savais pas quoi faire mais là j'ai rien, je suis fatigué, je pue et j'ai soif, alors je sonne.

Elle m'ouvre et je monte au premier un peu tendu, j'entre dans l'appartement pas très grand mais plutôt joli.

– Qu'est-ce que tu fais là, ça va ?

– Je peux me poser deux minutes ?

– Bien sûr, tu veux quelque chose ?

– Un verre d'eau s'il te plaît, j'ai hyper soif.

Alors au fond du canapé, verre en main avec mes doigts sales qui font des traces dessus, je raconte à Élodie où j'en suis depuis que j'ai fait faire l'écureuil volant à un connard dans sa cage d'escalier.

– Merde, ça va loin là tes histoires.

– Et toi, ça va comment ?

– Ça va, je suis désolée, j'ai pas cherché à te contacter après l'autre fois.

– T'inquiète j'aurais fait pareil à ta place, on en parle juste pas si tu veux.

– Je préfère pas ouais. Tu peux te poser ici le temps que ça se calme, c'est pas grand mais je peux t'arranger un lit sur le canapé.

– Je veux bien, je sais pas trop où aller là. Je peux utiliser ton téléphone ?

À peine décroché tu hurles toute la haine que tout ça te fait avoir, c'est même pas contre moi, c'est contre tout le reste. La police veut m'auditionner, ils ont laissé une convocation au cas où je repasserais.

Tu me passes Malik qui me rassure pas du tout. Boris m'a balancé, il est désolé. Ce con s'est fait choper au centre de soins avec un des derniers sachets, juste au moment où la police passait pour poser des questions.

J'essaye de rester cool. Les flics me cherchent, j'ai pas de thunes, j'ai toi que je peux pas rejoindre et puis c'est tout.

Je reste ici et refais le monde en buvant des vraies tisanes avec Élo qui part étudier le matin et qui revient le soir.

La journée, je me fais un peu chier. J'ouvre des livres qui traînent et je les referme de suite. Je repense au réflexe que j'ai eu la dernière fois que ça sentait autant la merde, sauf que là c'est pire. Pourquoi je l'ai pas fait avant. Ma puce, il faut que je la casse.

Je cherche partout mon téléphone et au bout de trente minutes à tout retourner, quand j'abandonne l'idée de prendre le moins de risque possible, parce qu'à quoi bon si je suis même pas capable de mettre la main dessus, cet enfoiré se met à sonner.

Ça me glace. Je le retrouve dans une de mes chaussures, et j'ai à peine le temps de me demander qui c'est que je suis surpris par le numéro.

C'est le même indicatif que Valentin, ça vient de Belgique. C'est peut-être lui, je sais pas, on dirait pas les flics et même si je devrais pas, comme je crois plus en rien et que je m'emmerde je décroche, au moins ça m'occupe.

– Allô, c'est qui?

– Nino? Allô? Nino c'est toi?

– C'est qui?

– C'est Adriaan.

– Adriaan? T'es qui?

– Tu te souviens pas? On s'est croisés dans une soirée avec Shawn et les autres, à Bruxelles. Je suis un peu speed là mais je suis content de t'avoir, c'était pas facile de trouver où te joindre. T'es sur Paris?

– Pourquoi?

– Écoute Nino, on se connaît pas mais je t'ai gardé en tête depuis l'autre fois, il y a un truc qui est resté. Je t'explique, je viens d'être confirmé pour réaliser un film, une campagne pour une grande marque d'ici. J'ai carte blanche sur le casting et le reste, ils veulent vraiment que je fasse à ma manière. J'ai pensé à toi pour la vidéo, vous seriez plusieurs dedans mais je voudrais vraiment t'avoir. Il y a pas mal d'argent à la clé, je suis de passage là, l'idéal ça serait de faire un test ensemble, que je puisse te voir en plein jour et te donner plus de détails.

– Pour une marque? Moi?

– Oui ils me donnent carte blanche, je prends qui je veux. Allô?

– Ouais je suis là.

– Demain fin de matinée t'es disponible?

– Euh ouais.

– OK je t'envoie l'adresse et l'horaire, il faut que je te laisse là, à demain Nino.

Je reçois l'adresse, note son numéro et casse ma puce ensuite en espérant que j'ai raison de le faire, même si maintenant je doute à chaque fois de tout ce qui en moi se rapproche du bon sens.

18

– TIENS, on t'a racheté une carte avec un numéro.

On est tous les trois au bar de Malik qui est pas encore ouvert, posé sur le comptoir en sirotant un jus de fraise je suis venu vous raconter ce qui s'est passé la veille.

– Ça a été?

– Ben je suis arrivé, et lui il était là avec des Birkenstock aux pieds, dans un endroit super grand avec un jardin et plein de gros livres d'art. On a discuté deux minutes et il m'a demandé d'enlever mon tee-shirt, puis il a fait des photos de moi. Avec un appareil et avec son téléphone. Ensuite il m'a filmé et il m'a fait faire des trucs bizarres avec mes mains. Je lui ai donné une adresse mail que j'ai créée juste avant chez Élo et il m'a écrit juste après pour me confirmer qu'il me voulait. Le tournage est dans quatre jours, je sais pas ce que je vais faire.

– Comment ça tu sais pas ce que tu vas faire? Tu vas y aller Nino.

– C'est clair, tu vas y aller.

– Mais quoi, vous pensez pas que ça craint avec tous ces trucs qui me collent?

– Nino écoute-moi, ce que t'as là c'est l'opportunité de nous sortir de la merde, il t'a pas encore dit
combien t'allais toucher mais ça va être beaucoup, une
campagne comme ça, filmée, tu comptes sur au moins
quinze mille euros.

– Quoi?

– Oui t'as pas le choix là, tu vas y aller et nous on
sera derrière toi.

– Je comprends pas ce qu'il me trouve moi, je sais
même pas si je vais savoir faire ce qu'il faut.

– Ça va aller, t'as juste à faire un peu plus la gueule
dès qu'un objectif est vers toi et puis le reste va rouler
tout seul. C'est une occasion que t'auras pas deux fois,
il faut que tu mettes de côté les autres histoires et que
tu te concentres là-dessus. On a discuté avec Malik
et on pense que tu devrais pouvoir revenir. Les flics
ont juste posé une convocation. Ils ont pas l'air de te
courir après comme après un bandit. On va t'aider à te
préparer, je t'ai déjà volé des vêtements.

– Elle a raison, si t'y vas pas t'es le dernier des abrutis.
Tu cherchais comment changer de vie, eh bien c'est
là, t'as même pas eu à trouver, quelqu'un d'autre l'a
fait pour toi. Tu peux très rapidement gagner de quoi
changer tout ce que tu veux. Donc tu vas y aller.

– OK, mais on fait quoi?

– Tu viens avec moi, on retourne chez Malik, on a
pas de temps à perdre. Et tu vas stopper les joints,
il faut que t'aies la meilleure mine possible.

On laisse Malik au comptoir, et arrivé chez lui tu
vides à mes pieds de quoi habiller tous les types qui
dorment sous les ponts de Paris. Je sais pas comment
t'as fait, et je te demande même pas tellement je suis

dépassé par toi qui surgis devant moi boule de feu
pour m'emmener sur la route qui s'ouvre, et où j'hésite
à mettre un pied.

Pourquoi ? Parce que je flippe.

Et quand je te demande où est passée la trousse
à croquettes blanches que t'avalais tout le temps, tu
me dis que t'as tout balancé dans les toilettes, c'est les
poissons des tuyaux qui vont être contents.

On délaisse tout ce qui ressemble à du survêtement
et tu finis par opter pour un jean clair et un tee-shirt
blanc. Je me vois dans le miroir, c'est vrai que c'est pas
mal. Tu me regardes sous tous les angles en enlevant
les poils qui traînent à la pince à épiler, tout en me
donnant une série de conseils.

– Quand t'arrives tu dis bonjour à tout le monde,
t'es poli, tu dis pas de vulgarités, tu restes cool quoi
qu'il arrive.

– Et si ça se passe mal ?

– Il t'a pris parce que t'as un air qu'il a pas vu ailleurs.
Il faut juste pas que tu t'enfonces et que tu commences
à en avoir rien à foutre parce que quelque chose t'a
gavé. Tu fais pas comme d'habitude quoi, tu fais des
efforts. Là tu peux vraiment nous sortir de la merde,
t'as toutes les cartes en main. Donc sois beau, sois cool,
mais ne souris pas tout le temps et ça va bien se passer.
Vous tournez où ?

– Dans un hôtel particulier, je sais plus où exactement. Lale, ça me stresse à mort tout ça.

– Traverser des frontières avec des bijoux volés et des
plaquettes de shit ça c'est stressant à mort, et tu l'as
fait sans problème. Ce qui va se passer demain c'est
rien à côté.

Je débarque à l'adresse en suivant les indications qu'on m'a envoyées par mail. Je me rends compte que c'est bizarre, un mail qui marche, j'en avais pas avant tout ça.

Je tape le code indiqué, l'immense porte s'ouvre et j'arrive bientôt à l'étage qu'il faut. Je redescends, je crame une clope. Je me sens tout bizarre. Pas à l'aise, pas à l'aise du tout. Je trouve dans ma poche le paquet de chewing-gums que tu m'as donné pour pas puer de la gueule. Je respire un coup, je mâche une minute une des dragées bleues que je crache tout de suite pour pas arriver en mastiquant, comme tu m'as dit. Je remonte et je sonne.

La porte s'ouvre sur une fille de mon âge en jean et baskets qui m'accompagne jusqu'au set, je sais pas ce que c'est mais c'est là qu'on va.

Il y a du monde et plein de gens avec des casques sur les oreilles et un petit micro devant, je repère Adriaan grâce à ses cheveux qui brillent et lui me voit pas du tout.

Heureusement la fille qui m'accompagne me lâche pas, et une fois qu'il a compris que j'étais là et fait un signe de la main, elle m'emmène dans l'immense cour équipée d'une fontaine qui trône au milieu du bâtiment.

On a monté partout des tentes blanches sans portes et je me laisse emmener jusqu'au fond de l'une d'elles où on me confie à Matéo et Sonia.

Ce sont les stylistes, ceux qui choisissent comment on m'habille et pas de temps à perdre, tout de suite je me retrouve presque à poil. Heureusement là aussi t'as pensé à tout, et j'ai sur moi un peu de neuf, sans trous de boulettes ni d'élastique relâché. J'ai le paquet solidement arrimé au reste, donc pas de risque que dans un mouvement brusque une de mes couilles s'échappe pour faire la révérence.

Ils parlent en anglais entre eux, je capte rien. Des fois italien aussi mais je comprends pas mieux. Ils me regardent presque autant que leurs téléphones et me voilà bientôt emballé dans un costume noir et fin, très chic.

Ça me tombe parfaitement et Matéo dit Incruyo-oooable en battant des mains, moi je trouve ça louche mais je montre rien comme t'as dit.

Aux pieds, des chaussures noires en cuir avec des chaussettes tellement douces qu'on dirait que j'ai enfilé des bébés phoques.

Une fois habillé, une nouvelle madame micro m'emmène en parlant toute seule sous une autre tente. Je me fais prendre en main par quatre bras qui entreprennent de me masser la tête et le visage en parlant mal de plein de gens que je connais pas. C'est comme si j'étais pas vraiment là, que mon âme était moins épaisse que la crème qu'on m'étale maintenant partout.

Ensuite je change de table, on me masse les mains, on me coupe les ongles, on me fait je sais pas quoi pour repousser les petits bouts de peau qui gênent. Une fois prêt je monte l'escalier et j'arrive dans un salon immense, rempli de tables dressées de nappes noires sur lesquelles on a mis des choses merveilleuses en quantité hallucinante. Des sandwichs aux formes étranges et coupés en deux. Des bouteilles d'eau de marques que je connais pas dans un frigo où toutes les boissons qu'on veut s'entassent bien alignées. Il y a peut-être trente personnes en tout mais à manger pour quatre fois plus.

C'est plein de grandes boîtes de pâtisseries, et dedans des choses que j'ai jamais vues autrement qu'à travers la vitre de magasins dont j'ai jamais passé la porte. J'ai faim mais j'ose pas, je prends juste un Twix.

D'autres garçons sont là, trois dans des costumes aussi beaux que le mien, et c'est vrai qu'ils sont pas mal, tous des gueules qu'on croise pas tous les jours dans la rue.

On discute un peu et ça dit man toutes les trois secondes, ça parle de filles connues que je connais pas et ça sent la weed depuis un de leurs sacs à dos de luxe posés dans un coin.

Une autre madame micro vient nous chercher pour nous emmener sur un plateau éclairé de partout. Il y a un grand échafaudage de chaque côté, reliés entre eux par des passerelles où beaucoup de gens tout en noir font plein de choses que je comprends pas.

Adriaan arrive et nous explique quoi faire pour les répétitions. Il y a deux niveaux de passerelles, celui tout en haut où les techniciens courent et un en dessous, sur lequel on va marcher et faire d'autres trucs pendant qu'on est filmés.

On répète tout ça et c'est vrai que c'est pas bien compliqué. Au début je fais ça juste normal mais on me dit de forcer un peu sur la dureté du visage et c'est facile, j'ai juste à penser à quelque chose qui m'énerve, comme une boîte aux lettres ou un contrôleur de la RATP.

Le temps de faire quelques réglages, je fais un tour pour voir l'endroit et je croise un grand miroir où je me reconnais pas vraiment, on dirait un film. Je vois que c'est moi, mais loin dessous tout ce qu'on a mis dessus pour tirer le maximum d'une mâchoire fine et carrée dans du chic.

On me donne une bouteille d'eau avec une paille pour éviter d'avoir à faire des retouches maquillage à chaque fois que je bois, puis on enchaîne des poses dans les structures métalliques.

On nous change pour la vraie prise, on me demande si c'est possible de faire lentement une traction, et je répète ça depuis longtemps donc c'est fait sans effort. C'est une traction de luxe, une gentille traction avec des gens derrière la caméra qui me disent c'est super Nino, recommence encore une fois mais c'est très bien, la tête plus par là, magnifique et d'autres choses que j'ai pas souvent entendues.

C'est la traction finale après toutes celles sur le bout de bois cloué, après celles de la Légion où on me gueulait dessus sous la pluie.

Une fois la prise finie, on me repasse de la crème sur les mains qui ont un peu rougi. Puis les gros plans sur les détails des vêtements s'enchaînent pendant que petit à petit la confiance monte en moi. On nous fait passer l'un après l'autre en ligne, nous prendre par les épaules, faire semblant qu'on est trop copains et qu'on rigole ensemble en marchant dans le château.

Ça je sais pas trop m'y prendre, mais comme l'ambiance est détendue je me laisse porter par les rires naturels et forcés des autres, par la musique et la beauté de ce que je porte pour au final avoir l'air d'un type qui a fait ça toute sa vie.

La journée se termine tôt. Pour eux c'est bon, ils ont ce qu'il faut, le reste ils le feront au montage, avec des tonnes d'effets partout.

Une assistante de l'assistante à je sais pas qui me fait signer le contrat, dix-huit mille euros. J'y crois pas.

Pour une journée. Dix-huit mille euros, je sais même pas ce que ça fait en espèces, dans quel genre de sac ça entre.

Je viens de gagner un sac de billets. J'ai braqué une banque, au moins une agence de province du Crédit Agricole. J'ai levé le fourgon blindé, fait sauter la porte avec un cadre d'explosifs et une fois poussés les mecs allongés par terre bouche ouverte et mains sur les oreilles pour éviter le coup de grisou, j'ai pris les paquets et je suis parti avec tout le pognon. Je l'ai fait mon putain de coup. Ça y est, je l'ai fait.

En vérifiant bien toutes les infos, elle lit mon nom et me demande tu t'appelles vraiment Paradis? Nino Paradis? J'acquiesce et elle me regarde tendresse aux yeux en disant j'adore, c'est un nom magnifique. Ben tiens, celle-là non plus on me l'avait jamais faite.

Il faut que je donne mon RIB par mail, ça va leur faire drôle mon RIB de la poste.

Adriaan vient me voir et me dit que c'était super, exactement ce qu'il voulait, qu'il va me donner le contact d'un ami qui est booker. Je me dis que ça doit être comme un bookmaker pour les modèles, celui qui prend les paris au cas où le lévrier rapporte.

C'est fini de patauger dans la boue pour lever les perdrix, quelqu'un a un jour vu que ma tête à moi qui sort d'un costume chic pouvait servir à vendre sur toute la planète ledit costume. Je suis passé de la chasse dans la brume au concours de belles bêtes, et putain c'est tant mieux.

Je vais pour partir mais tout de suite je reviens et lui donne mon nouveau numéro, que je me jure de garder au moins six mois. Rien faire de ce qui pourrait m'amener à refaire les gestes qu'on fait quand on plonge. Plus plonger, jamais, sauf dans les piscines.

19

UNE NOUVELLE énergie me transperce en même temps que les fleurs soulèvent la terre pour se montrer au monde. J'ai des roses dans la bouche, des pensées sur les paupières et des brassées de tulipes au cœur.

J'ai pas encore touché le magot, le paiement arrivera plus tard, je sais pas exactement quand mais il arrivera. En attendant j'ai le tas de billets roulés pour voir venir et toi à chérir parce que c'est le mieux à faire.

Je fume des Craven en terrasse en attendant Charlie. J'ai laissé loin derrière tout ce qui se rapproche d'un problème et je me trouve beau comme un homard bleu. Maintenant je souris plus facilement quand on me parle. Je joue moins, j'ai moins de raisons de le faire.

Ma petite crapule arrive enfin, soufflant sur sa bicyclette, le casque un peu de travers qu'il décroche en dérapant devant moi, à l'aise comme personne sur tout ce qui a deux roues.

– Nino ! Alors ça y est t'as tout niqué ?

– C'est incroyable je m'en remets toujours pas.

– Alors, tu payes bientôt tes vacances ?

– Promis, dès que ça tombe on se barre tous ensemble quelque part où la mer est pas loin. T'as revu ton beau gosse du moment ?

– Non, il m'a planté, il est en Allemagne là. Tu sais quand même que toi et Lale c'est pas commun comme histoire, j'en ai jamais vu des comme vous. Je sais pas si t'as remarqué mais tout le monde galère autour.

— On s'est bien trouvés ouais, et puis pour tous les deux c'est clair, ça compte plus que le reste, alors une fois que tu le sais t'as pas envie de gâcher ça.

— Je t'ai jamais demandé mais vous vous êtes rencontrés comment?

— Comme dans un rêve, enfin pas exactement mais presque. J'étais dans un bar tranquille, et je commence à discuter avec une fille. On se marre bien, je suis bourré et j'ai envie de baiser, donc je la branche et pour une fois ça se passe comme il faut. On se chope dehors en fumant, je commence à sentir que c'est bon, je vais la serrer et j'espère qu'elle a un endroit où aller parce que mon taudis est à l'autre bout de la ville, et là elle est arrivée.

— Quoi t'étais en train de choper une fille quand vous vous êtes vus la première fois?

— Ouais. J'ai tourné la tête et je l'ai vue, elle m'a regardé droit dans les yeux en passant devant moi et c'était plié, l'autre existait plus. Je l'ai plantée là en laissant mon verre plein dehors, je lui ai dit que j'allais pisser et je suis allé me mettre au comptoir à côté de Lale, l'air de rien pour en commander un autre, mais tu parles.

— Et il s'est passé quoi?

Elle s'est tournée vers moi, et elle m'a dit je peux t'offrir un verre?

— Haaaa trop forte.

— En deux secondes on se mangeait les yeux, moi je savais même pas quoi lui dire, mais là l'autre fille débarque et commence à me prendre la tête quand elle voit que je suis pas juste parti pisser.

– Ah merde.

– On pourrait croire mais non, c'est là où j'ai complètement craqué. Lale elle l'a regardée avec un air de psycho et elle lui a dit ce mec maintenant tu l'oublies, il est avec moi.

– T'es sérieux là ?

– Très sérieux. La fille en face a pété un câble, alors Lale lui a dit de venir s'expliquer aux toilettes et l'autre a suivi. Deux minutes après elle est sortie de là en trombe les cheveux mouillés et elle s'est cassée à jamais.

– Les cheveux mouillés ?

– Lale lui a foutu la tête dans la pissotière avant de tirer la chasse.

– Mais non.

– Mais si.

– Ça en jette. T'en as eu beaucoup avant elle ?

– Non, pas beaucoup. La première c'était l'été après le lycée. On a traîné ensemble pendant les vacances et puis plus rien. Ensuite je me suis tapé une fois une fille en soirée puis Pauline, une autre avec qui Malik traînait vite fait quand je l'ai retrouvé. Après j'ai rencontré Lale et voilà, ça fait quatre. Et toi avec les mecs ?

– En fait c'est facile pour moi de choper mais j'aime pas trop coucher quand je suis pas amoureux, ça me déprime.

– Tu vas trouver, moi je serais gay je te trouverais mignon.

– C'est vrai ?

– Ben ouais c'est vrai, surtout en ce moment, t'es bronzé et bien foutu à force de passer tes journées sur ton vélo. Faut pas t'en faire ça va venir tout seul.

– Aha t'es sympa Nino, c'est gentil. En plus maintenant c'est pas comme au début, je sais ce que je dois faire pour gérer le truc. Nous c'est pas comme vous, on a pas dix mille modes d'emploi, on a quelques vieux films d'auteurs bien pourris et c'est tout. Tu m'aurais vu il y a quelques années c'était la catastrophe.

– Tu parles, perso le seul mode d'emploi que j'aie jamais eu c'est le porno, sinon les infos sur le cul je sais pas où tu les trouves mais c'est pas l'infirmière du collège qui t'apprend comment faire.

– C'est comment le porno hétéro?

– T'en as jamais vu? Ben c'est pas compliqué, la fille suce le mec, ensuite le mec retourne la fille, il la baise et pour finir il lâche tout quelque part, plutôt sur la tête. En gros ça c'est le plan de base. Quand t'as dix-sept ans et que tu te retrouves à poil avec une fille, ben le plan que t'as en tête c'est celui-là. Forcément ça marche pas mais tu penses même pas à chercher ce qui te procure vraiment du plaisir, tu crois que le plaisir c'est d'être le mec que t'as vu pilonner sur Internet.

– C'est ce que t'as fait toi?

– Au début ouais, quand j'y repense je trouve ça triste, c'est juste un gros gâchis. Ce qui arrange pas le truc c'est que les filles elles pensent souvent pareil mais inversé, que c'est les mecs qui gèrent et qu'elles doivent être d'accord. Avec ces conneries j'ai mis presque un an à prendre vraiment du plaisir.

– Y a un truc qui t'a fait changer?

– Tu vas te foutre de ma gueule. Pauline, la fille avec qui Malik bossait un moment, elle m'a mis un doigt dans le cul pendant qu'on le faisait.

– Ahahaha Nino t'es extra.

– Ça m'a décoincé direct. Et toi, raconte.

– Oh moi c'était un voisin un peu plus grand que moi, j'avais quatorze ans et il m'a baisé, puis il m'a dit que si je le disais à quelqu'un, il me défoncerait la gueule et voilà.

– Ah merde.

– Ouais, c'est une belle entrée en matière aussi.

– On reprend la même chose?

On recommande une tournée de Long Island pendant que le soleil passe sans se presser derrière les gros immeubles qui nous encerclent.

Je rentre ivre et te raconte Charlie, comment ça a l'air d'aller pour lui, la forme qu'il a. Tu fais la moue et me rappelles qu'il y a pas si longtemps il nous racontait une crevaison où il a dû voler une roue dans la rue pour prendre la chambre à air, et vite la changer dans un hall d'immeuble avant de tracer pour finir sa course à temps.

C'est vrai, mais moi quand je vois Charlie arriver sur son vélo c'est toujours une bonne nouvelle, un signe du bonheur, alors j'oublie trop vite ce qui se trame derrière.

Au bout de quelques jours le booker m'appelle, il a enfin du temps pour me rencontrer et me donne rendez-vous pour le lendemain. J'arrive au pied de l'immeuble et je m'annonce à l'agence. La première porte s'ouvre, on me donne le code pour la deuxième en anglais par l'interphone et il faut que je me concentre pour traduire les chiffres dans ma tête. Je me regarde dans le miroir de l'ascenseur pour vérifier que tout est en place. Un peu plus de soleil, un peu moins de défonce et un peu plus de pompes, c'est clair que ça me va mieux au teint que ma tête des derniers mois.

Je pousse la porte laissée entrouverte pour entrer dans un très grand espace tout blanc. C'est immense avec des fenêtres deux fois plus hautes que moi.

Sur la droite, un mur tapissé de petits casiers en plastique portant les photos de gens jeunes et beaux. Au-dessus, des horloges toutes pareilles indiquent l'heure qu'il est en même temps à Londres, New York, Milan, Tokyo et Los Angeles.

J'avance vers l'énorme bureau où quatre personnes travaillent derrière quatre ordinateurs aux écrans grands comme des télés, deux par deux face à face.

Personne me regarde, il y en a deux qui gueulent en même temps au téléphone, un en anglais et l'autre en je sais pas quoi. Je reste debout derrière, je sais pas quoi faire de cet espace autour de moi et c'est comme nager au large, vraiment désagréable.

Enfin on me remarque, un type arrive derrière moi café en main et me parle en anglais en me montrant une direction.

Il me fait remplir une fiche de renseignements où je dois donner des informations sur mon corps que j'ai jamais eues, mon tour de hanches, de buste, ma pointure de chaussures selon l'unité de mesure américaine.

Il dit don't worry et prend lui-même celles qui manquent, qu'il ponctue à chaque fois par des OK et des very good.

— Do you workout Nino ?
— What ?
— Do you workout, push-up, you doing sport ?
— Euh yes je workout.
— OK good, you're drinking ?
— Sometimes ?

– OK you have to stop it, alcohol is really really bad for your body.

– Sans blague.

– What?

– No just say OK.

– OK. Here we're doing big business. Tomorrow you can be in New York or Tokyo, it's OK? You don't have any other job, you're free?

– Yes, no job.

– OK perfect. On va faire les photos.

Putain le con il parle français, pourquoi il me parle pas français depuis le début? Sans doute pour voir à quel point je galère. Il me met torse nu et me fait faire une vidéo où je dis en ayant l'air sympa et trop cool hi I'm Nino I'm tall 1.85, I'm twenty years old and I'm from France. En disant France en français, parce que c'est plus classe il me dit.

OK mec, c'est toi qui sais. Aussi des photos profil droite gauche trois-quarts des deux côtés, la tête vers lui, more gorgeous, more intense, more powerful et moi je fais ce que je peux mais la transition est un peu rude et les murs autour un peu trop blancs pour que je sois détendu.

J'enlève ensuite mon pantalon pour finir presque nu, et je te bénis de m'avoir demandé si j'étais pas sans rien au moment où je passais la porte de l'appartement.

Il fait des photos en pied, en profite pour me mater partout comme le dernier des enfoirés, mais je peux rien dire parce que c'est son boulot.

Enfin ça le fait. Il est content, il a tout ce qu'il veut. Il me dit de pas boire et d'éviter tout ce qui se rapproche de la friture, du fast-food ou de la nourriture italienne.

Je m'occupe en faisant des pompes, parce que tant qu'à faire vu ce que ça peut rapporter, autant continuer la seule bonne habitude que j'ai réussi à prendre tout seul.

Dès le soir il m'envoie pour le lendemain une série d'adresses dans Paris et les heures auxquelles je dois y aller.

Je démarre le matin dans une rue avec un service voiturier devant chaque immeuble, et je suis complètement paumé mais je comprends rapidement que le mieux que j'aie à faire, c'est de suivre les grands types minces habillés pointu qui passent par là et qui prennent tous la même porte. J'arrive dans un grand couloir où attendent au moins une quarantaine de mecs avec toutes les teintes de peau, comme à la Légion mais c'est vraiment le seul point commun.

J'attends une heure et on m'appelle. On me demande ma carte, le petit carton qu'ils ont tous avec eux où il y a leur tête, leur taille de tout et que moi j'ai pas. No problem, comment tu t'appelles ? Nino Paradis ? Trop cute. OK Nino enlève ton tee-shirt s'il te plaît et marche jusqu'au mur là-bas avant de revenir vers nous. OK merci, suivant.

Toute la journée c'est comme ça et j'ai pas l'impression de faire grand-chose.

Il me rappelle quand même pour un job, une demi-journée, trois cents euros alors, évidemment, je dis oui.

Ça se passe dans un sous-sol étrange, un genre de parking qu'on peut rejoindre que par un escalier. En bas, tout le monde est chinois sauf les modèles et les coiffeurs, sinon c'est plein de filles pas très grandes avec des bonnets sur la tête, des coques de téléphone vraiment bizarres et des grands sourires.

On m'habille avec des horreurs, j'ai l'impression de porter du plastique et des animaux morts dans lesquels je sue vraiment beaucoup. On me coiffe comme un bâtard, une mèche bleue collée sur le front et le reste en l'air comme si j'avais essayé de baiser une prise.

Un type passe et demande à la coiffeuse responsable de ce carnage si j'étais pas censé être rasé. Si, mais elle préfère comme ça, et moi je préfère avoir une dégaine d'abruti pendant quelques heures pour le tarif annoncé que de sortir de là aussi frais que si je sortais de chimio. Pour le reste on a pas grand-chose à faire, on se fait habiller par des filles jeunes et jolies et comme je rigole bien avec l'habilleuse qui doit faire entrer un kilo de pantalon dans chaque chaussette, elle me demande si j'ai Instagram. Je lui dis non et ça la choque mais comme elle est bien élevée elle dit rien et passe à autre chose.

On marche en tournant en rond autour d'un bloc de ciment, et plein de gens plus vieux et plus moches que nous regardent avec attention ce qu'on fait depuis les côtés de la salle.

Je repars en fin d'après-midi et sur la route il m'appelle, il parle en anglais mais je l'arrête de suite parce que j'ai la flemme de faire semblant. Il a quelque chose pour moi ce week-end en Italie, quatre cents euros pour deux jours.

Je dois me lever tôt et faire le trajet jusqu'à Orly avec une petite valise, à peu près la seule chose que je porte qui n'a pas été volée. Je voyage en low cost pendant un peu plus d'une heure pour arriver pas loin de Bologne.

À peine arrivé dans le hall, je vois un mec en costard qui sourit, une tablette dans les mains avec mon nom marqué en majuscules M. PARADIS qui brille sur l'écran, et quand j'arrive à son niveau les oiseaux de sa bouche chantent un Welcome to Italia mister Paradis, I'm Giorgio, your driver.

C'est quoi ce bordel, ce mec a bien quinze ans de plus que moi et il m'appelle monsieur. Je comprends pas pourquoi et j'ai pas le temps de répondre qu'il m'a déjà pris la valise des mains pour m'emmener jusqu'à la voiture.

Là il me propose à boire, une petite serviette propre et chaude, des bonbons et un câble assez long pour charger mon téléphone depuis la banquette arrière. Je dis oui à tout sauf au câble, parce que j'ai toujours mon smartphone pourri et qu'il marche pas avec celui-là. Celui-là, c'est pour le dernier modèle de la marque que j'ai jamais envisagé de me payer.

Quand j'arrive c'est presque pareil qu'avec les autres clients, sauf que là tout le monde fait vraiment la gueule. On me change une quinzaine de fois dans un studio qui ressemble à une étrange rampe de skate, tout blanc avec aucun angle au mur.

Pour chaque tenue on fait des photos où je dois pas bouger, tout droit les bras le long du corps et puis pareil de dos, et j'essaye de sourire mais on me fait tout de suite comprendre que c'est pas du tout la peine. Il y a plein de sacs à dos qu'on met sur moi les uns après les autres et le photographe qui fait la gueule aussi, mais qui est clairement sous cocaïne, enchaîne les come on beautiful, sell me that shit! à mon intention.

Je dors dans un hôtel confortable et propre, le lit fait la taille de ma chambre d'enfant et il y a une putain de baignoire. J'ai envie que tu sois avec moi au moment où je plonge et c'est tellement bien que je me mets à chanter, puis à hurler Paranoid que j'ai mis à fond sur mon téléphone qui grésille. Pas longtemps, parce qu'on toque à la porte et me demande avec une politesse que j'ai jamais vue ailleurs si je pourrais pas chanter un tout petit peu moins fort, la fenêtre est ouverte et on entend tout dans la rue.

OK mec pas de problème, c'est si sympa quand on est sympa avec moi qui suis plongé dans l'eau douce que j'ai de problème avec rien. Le soir je suis seul au restaurant de l'hôtel au milieu de plein de gens qui ont tous au moins deux fois mon âge et qui me jettent des regards en coin dans mon sweat à capuche, comme les vieux du Carrefour.

Mais tout ça c'est si loin maintenant. Je dois avoir l'air un peu con parce que je souris tout le temps et ça fait marrer la serveuse qui me dit que j'ai l'air heureux.

Je prends pas le temps de lui expliquer que c'est parce que j'ai pu me laver allongé pour la première fois depuis des années et je commande des tagliatelles au canard, c'est le plus cher et tous les frais de l'hôtel sont payés par le client.

Le lendemain tout est pareil, les gens font toujours la gueule. Au moment où je cherche mon chemin en revenant de pisser, parce qu'ici j'ai le droit de le faire quand je veux sans qu'on m'emmerde, je me trompe de porte et tombe sur un immense placard de la taille de chez nous où sont entassés des dizaines de tableaux. Quand j'arrive en bas je demande ce que ça fait là, et une des blasées m'explique qu'ils ont le choix entre acheter de l'art ou payer des impôts, alors ils achètent de l'art mais comme ils savent pas quoi en faire, ils entassent les toiles un peu partout dans les placards du bâtiment.

Je fais comme t'as dit, tout l'inconnu qui arrive je fais comme si c'était normal, alors je dis juste OK. Je pensais que le monde c'était juste une galère, mais vu de dedans c'est encore plus bizarre que ça, alors intrigué et méfiant, j'avance.

La journée finie, je repasse prendre la valise à l'hôtel et dans la chambre, je vois qu'au-dessus du lit le tableau affreux où un fœtus semble être avorté par un soleil malade c'est pas juste un tableau. Il y a une petite molette, et derrière un coffre-fort qui s'ouvre. Excité, je t'appelle pour te le dire mais comme t'en sais plus que moi sur la vie, tu m'expliques que c'est normal et moi j'ai juste l'air d'un con. Tu me dis que tant qu'à faire j'ai qu'à prendre ce qu'il y a dans le minibar, que je découvre les yeux pleins de merveilles qui retombent aussitôt. Pourquoi ces abrutis ont mis des paquets de cacahuètes et le whisky au frigo, c'est la question que je me pose en les fourrant dans mon sac.

Quand je sors de l'hôtel, Giorgio m'attend devant sa berline clinquante qui fait presque résonner son hello mister Paradis qu'il prononce avec un accent à presser les tomates.

Pour moi c'est du délire parce que les seules fois où des gens m'ont appelé monsieur, c'était soit pour me contrôler, soit pour m'annoncer des mauvaises nouvelles.

Une fois revenu à Paris, on retraverse le périph souvent mais que pour faire la fête, et la bouche dans ton cou d'été je te sens remuer sur les ondes où parfois ma main touche discrètement ta culotte.

Malik irradie, on traverse des plages de bonheur pendant des nuits qui se terminent souvent au milieu de la suivante. Je sens ta sueur sur mes mains et ça m'excite, j'ai les veines qui battent pour toutes les odeurs de toi, je voudrais baiser tout le temps tous les jours.

Je passe une semaine à faire la queue avec des centaines d'autres garçons. Je répète toujours les mêmes gestes, enlever mon tee-shirt et faire des allers-retours en ligne droite devant des gens habillés parfois de manière très étrange.

Je fais comme Malik, je dis rien même si je trouve ça moche. Mais des fois c'est trop, et heureusement que je suis seul parce qu'à deux impossible de pas leur plier mon rire dessus.

On me rappelle jamais, je dois pas marcher droit. Par contre les Chinois aiment bien ma gueule, et je fais des photos pour des boutiques en ligne de marques de là-bas.

Sur le plateau du jour, la styliste chinoise me fait sortir les oreilles du bonnet, et à chaque fois qu'elle retourne sur son téléphone en attendant la prise suivante, le photographe français lâche des bordel mais c'est pas possible, en disant à quelqu'un qui est là juste pour ça de me remettre les oreilles dedans.

C'est pas comme dans les films, on mange des sandwichs poulet mayo de la boulangerie d'à côté et moi je suis en combinaison dans des chaussures de ski avec ces putains d'oreilles qui entrent et sortent toutes les deux minutes. J'ai trop chaud et autour de moi il y a plein de gens qui foutent vraiment rien, qui connaissent quelqu'un qui connaît quelqu'un et qui sont là pour je sais pas quoi.

Mais ça s'enchaîne, alors quoi faire d'autre en attendant que le film sorte et que le pactole tombe. Je suis envoyé chez un artiste, un ami du booker et j'ai pas le choix, il faut absolument que j'y aille parce que c'est son pote.

On m'habille avec des pulls en laine très moches et on me fait tenir dans chaque main des poissons morts sous un soleil qui me défonce, ça dure de très tôt jusque très tard et je suis pas payé. En rentrant je me jure de plus jamais faire un truc pareil, je me lave les mains en maudissant l'autre abruti qui pense faire une interprétation de symboles chrétiens alors qu'il fait de la merde.

Je coupe mon téléphone qui me brise le crâne à sonner plus souvent qu'avant et je laisse quelques jours couler sans rien faire d'autre que rire avec vous.

Chez Ava, posés toute la journée pour éviter la chaleur qui dehors nous plaque au sol, on occupe le temps en fumant feuilles longues et canettes. Elle sort les aiguilles et moi torse nu allongé sur son lit, je la laisse point par point entrer dans ma peau des symboles qui me regardent et qui souvent se ramènent à toi.

Avec Charlie, Malik et Violette, vous vous foutez de ma gueule parce que j'ai mal à chaque fois qu'elle me plante, mais c'est normal et parfois ça fait cloc quand elle appuie trop fort et que l'aiguille touche une côte. Je coince le carton dans ma bouche et je profite de chaque instant de douleur en aspirant la fumée chaude.

Je vois la lumière qui découpe sur le parquet le carré où tu t'es mise, puisque face au soleil tu ne t'enfuies jamais, juste des fois tu tournes dans tes beaux sous-vêtements.

On a braqué une vente privée, un plan que j'ai eu par une habilleuse. Elle m'a donné les invitations et arrivés dans cet endroit où avec trois des sacs à main en vente on pourrait manger pendant des années, on s'est pas fait prier et on a volé tout ce qu'on a pu. Des grands cartons on a extrait une mousse de lingerie dans laquelle tu glisses maintenant tous les jours. J'adore ça et je savoure le fait que bien qu'entassés ici à sept dans une pièce, tu puisses au moins y bronzer dans quelque chose qui te ravit.

Violette intriguée par ce que fait Ava a envie d'essayer, alors je l'autorise à me tatouer un V sur le cul. J'en ai rien à foutre, c'est pas comme si tout ça c'était éternel, tout ça mourra avec moi et à l'échelle du reste, ma vie représente rien.

Tout le monde s'y met et me voilà bientôt point par point avec une lettre de chacun sur une fesse ou sur l'autre, un morceau de vous dans ma peau à moi, et même si je dois être un certain temps le cul à l'air plein de crème hydratante pour que ça cicatrise, je suis vraiment heureux. Pas vu pas pris, deux mots sur chaque épaule. En espérant que ça dure.

20

C'EST LE grand soir, la grande nuit qui s'annonce enfin et une voiture vient me chercher dans laquelle tu montes aussi parce que je fais plus rien sans toi. On roule jusqu'à l'immeuble où la double porte est siglée des lettres de celui qui a monté ici un empire. Une pièce immense pleine de portants dorés. Des gens

autour qui toutes dents blanches dehors nous sou-
rient. On nous propose à boire alors évidemment je
dis champagne parce que même si l'eau a l'air bonne,
c'est pas ça que j'ai envie de goûter.

T'enfiles une robe qui fait un peu salope mais qui
coûte tellement cher que ça te rend puissante en trois
pas. Je suis tiré dans un costume qui fait couler doucement dans mon dos la félicité là où avant c'était que
sueur froide et chaude.

Je dois dîner dans un grand restaurant avant qu'on
se retrouve tous pour le lancement, et en route Adriaan
me prévient, je risque d'entendre des choses que j'ai
pas l'habitude d'entendre. Aussi que tout ça c'est éphé-
mère, que sans doute le suivant dans l'histoire ça sera
pas moi. Je lui réponds qu'on peut y mettre les formes
qu'on veut, une connerie qu'on raconte ça reste une
connerie. Il est plutôt d'accord et ça le rassure de voir
que je prends les marques du monde que je pénètre.

Il est un peu inquiet, il ne voudrait pas me voir griller
sur les braises acides de ceux qui dictent la course au
reste, qui font les tendances en pillant. C'est oublier
que Nino si on l'écrit à l'envers, ça rime avec grande
vie, mais je comprends mieux ce qu'il me dit quand
on arrive.

Plein de femmes sont habillées avec des robes qu'on
peut pas mettre dans la rue. Des peaux serties, parfois
complètement nues en dessous et tout ça m'impres-
sionne, mais je pense au Farfadet à chaque fois que je
croise des pierres qui scintillent. Enfin je raconte le plus
simple des étapes de ma vie parce que je voudrais pas
choquer. J'avais ça comme prétexte pour voir plus loin
que le vide, garder la cadence imposée par le monde.

On nous sert un repas de traître, les assiettes se suc-
cèdent et dedans tout a l'air bon mais rien ne l'est
vraiment, c'est ni chaud ni froid comme les conver-
sations autour qui portent principalement sur des
gens qu'encore une fois tout le monde connaît sauf
moi. Je fais pas semblant, et celle à ma droite qui me
demande d'où je viens et à qui je confie faire ma route
en dehors d'une famille unie m'explique que pour elle
c'est pareil. On vient de lui acheter un appartement
qu'elle a refait à neuf toute seule, ses parents ont juste
payé deux ouvriers pour l'aider, sinon c'est elle qui
a tout décidé.

En douce, Adriaan m'explique qu'on paye aussi des
gens pour choisir.

On me demande comment j'ai rencontré Adriaan
et lui seul sait ce que je faisais vraiment là-bas. Il me
chuchote de ne pas dire plus que la soirée parce que le
reste franchit la ligne mais pour moi c'est tant mieux,
ça fait toujours plus de mystère.

Je suis pas le seul jeune il y en a d'autres, ils sont sages.

Tous sont appliqués à ressembler à l'image qu'ils
veulent vendre. Peut-être que chez eux ça va jusqu'au
fond alors qu'au fond de moi j'ai que toi.

Le reste, je vois pas de fin dedans puisque pour moi
t'es au bout de chaque chose.

On se rejoint à la porte du club privatisé pour
l'occasion et ceux de notre âge qui rangent pour nous
manteaux et sacs au vestiaire nous rendent nos sourires.

Malik est là évidemment, il connaît même un peu
de monde puisqu'il en connaît tant, et je vous laisse
danser pendant que mon ange gardien du service VIP
me demande si je veux boire quelque chose. Je le suis

au bar où tout est gratuit mais où personne se précipite et moi qui pense c'est con, si j'avais su j'aurais incrusté plus de potes. Je veux du whisky, mais derrière le bar je vois le type navré qui s'agite un peu trop. Il trouve pas la bouteille alors je demande autre chose mais l'autre à côté insiste en me disant qu'il le paye assez pour ça. Pendant un quart de seconde je crois que c'est de moi qu'on parle.

Dedans c'est pas comme je l'imaginais, on a oublié la danse et la musique passe comme pour rien.

On occupe la place en foutant le même bordel que d'habitude, au détail près que cette fois la coke ne se cache pas dans les chiottes, ça neige dans tous les nez de quinze à soixante-quinze ans.

Ta robe est belle et toi dedans plus belle encore que la beauté qui boude autour. Je suis pas le seul à chanter dans ma tête, à composer pour toi des sonnets qu'on arrangerait en jardin. En revenant des toilettes je vois des vieux mecs qui t'accostent et c'est pas des jardins que tu fais pousser en eux, mais des matelas à eau dans lesquels leurs culs gras s'enfoncent.

C'est étrange, parce que je suis de plus en plus bourré mais je vois de mieux en mieux les choses autour. Je vois celle qui n'a que son sac à main siglé pour se défendre, pour masquer le flot d'emmerdes qui l'emporte. Je vois les torses minces, les mâchoires fines que les quelques puissants d'ici aiment remplir.

Je pensais qu'on était seuls mais le monde en est plein, et j'en vois qui, couverts d'artifices, doivent tenir le rang de la vie des autres en espérant trouver leur place. Ça se bouffe les ongles le soir, jusqu'ici les trappes sont ouvertes.

Je vois jeunesse qui brûle au lieu de bronzer, qui cherche la vérité au sommet de la montagne des mensonges.

21

J'AI les yeux qui piquent à cause de la lumière, j'entends des bruits mais je vois rien jusqu'à ce que tu te glisses entre le soleil et moi. Ça me frappe toujours autant quand la journée commence par ton corps. Avec ton sourire à faire chuter les anges, tu me fais penser que n'importe où ailleurs, je voudrais pas y être.

Tu m'apportes des choses rondes et dorées qu'on réduit en miettes avec les dents, pendant que Malik entre à son tour en chantant. J'ai pas eu encore le temps de me le rappeler, c'est mon anniversaire. Il entre par la fenêtre autant d'amour que le ciel en porte.

La fraîcheur s'embrase dans les rayons venus du fond du bleu pendant que j'avance jusqu'au distributeur le plus proche.

Je fais la queue pour retirer de l'argent puisque maintenant ça marche.

À côté de moi les rabatteurs des salons de coiffure sautent sur les femmes qui passent en leur proposant des coupes. Un grand type au blanc des yeux jaune me regarde fixement pendant que mon esprit s'envole doucement, porté par les odeurs de la rue, mais plus que moi c'est mes pieds qu'il observe.

— C'est des belles chaussures ça.

— Ouais, des Timberland.

— Ça coûte combien?

– À peu près cent euros.

– Ah. Un jour j'aurai des comme ça.

Je le lui souhaite franchement. C'est mon tour, alors je tape le code et presque fébrile, le cœur qui chante sa petite émotion, je souris au symbole vert sur l'écran de la machine qui me dit que tout va bien pendant que les billets sortent.

Je passe la journée à rire seul de rien pendant qu'on s'affaire dans mon dos à réunir les gens qu'il faut pour célébrer tout ça. Je regarde autour, je vois que du bien, mais vraiment que du bien. Je bois un verre que je laisse briller au soleil avant de le porter à ma bouche. Ça me brûle et j'aime ça, je fume une des meilleures cigarette de ma vie.

Je vous rejoins enfin au bar, Malik a posé sa démission mais il profite de sa dernière semaine pour l'ouvrir juste pour nous le jour où d'habitude c'est fermé. Je suis super content, presque tous mes copains sont là, les amis des autres aussi et à peine arrivé je tape vingt et un shooters parce que j'ai pas le choix.

Ils ont beau faire un arc-en-ciel sur le comptoir, plus je passe les couleurs et plus c'est dégueulasse. On m'applaudit quand même parce que j'ai du mérite et qu'à peine fini je suis déjà bourré.

C'est bien d'être le prétexte à la joie des autres, et Violette en roue libre enchaîne derrière les platines la version samba de joyeux anniversaire avec son pendant tchèque qui tout de suite accélère ma nausée.

Tu souris de me voir les yeux brillants, et la clique s'organise en défilé puisque chacun son tour on passe dans la réserve pour trouver de quoi s'orner en deux minutes de choses qui nous changent complètement.

Ava et Bishop jouent les habilleuses et me foutent
à poil pour me fabriquer un short avec les tuyaux de
la vieille pompe à bière. Une fois en haut c'est un vrai
triomphe, et toi et Malik au bout du catwalk improvisé
sur le carrelage vous donnez le ton à l'engouement des
autres en battant des mains. Tout ce qui est dans la
cave y passe, du soutien-gorge en fer à repasser aux
strings de plantes vertes, mais le mieux c'est toi qu'on
habille d'une nappe et de fleurs en plastique pendant
que quelqu'un te suit sur le côté en portant le ven-
tilateur de la terrasse à bout de bras pour faire voler
tes cheveux.

J'attends avec impatience ceux qui doivent finir de
travailler avant de nous rejoindre, et dans la poche je
sens l'anneau serti.

Le Farfadet est resté chez lui évidemment. Trop loin,
trop chaud dehors et même un incendie je suis pas
sûr que ça le ferait quitter son trou. Mais j'ai l'anneau
dans ma poche. Personne ne l'a vu, je l'ai dit à personne. Je suis heureux de tout ce qui se passe malgré
le cœur qui bat quand même pour arriver à trouver le
bon moment. Tu te doutes vraiment de rien, et je dois
te rendre des sourires un peu plus étranges que les tiens
parce que tu me demandes souvent si ça va. Ça va mais
dans le chaud de ma main, dans le noir du tissu, je
mouille l'anneau en le serrant fort de peur de le perdre.

Au moment où je sens qu'en moi l'envie de prendre
ta main et de glisser ton doigt dedans est plus forte que
la peur, Malik me fait signe discrètement. De toute
façon je suis pas si pressé, j'aime bien faire durer un
peu le plaisir et m'imaginer avant de la voir la tête que
tu feras, la pierre et la couleur de tes yeux. Je te dis que

je vais aux toilettes et le rejoins derrière pendant qu'au centre le défilé part en couille.

Une fois dans le bureau, il me tend un paquet joliment décoré que je mets de côté le temps de rouler la seule bougie que j'ai vraiment envie de souffler aujourd'hui.

Il tenait à me le donner seul, et attend patiemment en souriant dans le fauteuil qu'en face je finisse mon affaire avant de l'ouvrir. Pendant que je coince la feuille autour du carton son téléphone sonne. Sa tête change, il dit quoi et puis plus rien avant de raccrocher.

– C'était la sœur de Charlie. Il s'est fait renverser pendant une course en milieu d'après-midi. Il est mort Nino.

Si j'étais pas déjà assis je serais tombé par terre sous le poids de mon corps qui s'écroule. Malik me regarde et moi aussi je tiens ses yeux.

Quand il me dit alors, on fait quoi maintenant? Je contracte tout, le temps de comprendre que même si je sais pas encore exactement ce qu'on prépare, ça va chier jusqu'au bout. Ce qui dort en nous tous depuis trop de temps se dresse. Je sens le venin de la vie qui se répand en moi, et tout ça devient limpide, j'attends plus de récompenses.

Plus rien de ce monde qui fait tomber des camions sur ce qu'il a de plus beau le jour où je veux t'aimer en serment. Je soutiens les yeux de Malik qui laissera pas tomber les miens.

Trouver une place ici n'a plus d'importance, celle qui nous attend sera au premier rang des enfers.

ACHEVÉ D'IMPRIMER
DANS L'UNION EUROPÉENNE
POUR LE COMPTE DES ÉDITIONS ALLIA
EN DÉCEMBRE 2018

ISBN : 979-10-304-1011-2
DÉPÔT LÉGAL : JANVIER 2019